멍키스패너

La chiave a stella
by Primo Levi

멍키스패너

프리모 레비 지음
김운찬 옮김

2013년 10월 14일 초판 1쇄 발행

펴낸이 한철희 | 펴낸곳 돌베개 | 등록 1979년 8월 25일 제406-2003-000018호
주소 (413-756) 경기도 파주시 회동길 77-20 (문발동)
전화 (031) 955-5020 | 팩스 (031) 955-5050
홈페이지 www.dolbegae.com | 전자우편 book@dolbegae.co.kr
블로그 imdol79.blog.me | 트위터 @Dolbegae79

편집 김태권
표지디자인 민진기디자인 | 본문디자인 이은정 · 이연경 · 강영훈
마케팅 심찬식 · 고운성 · 조원형 | 제작 · 관리 윤국중 · 이수민
인쇄 · 제본 영신사

ISBN 978-89-7199-567-9 (03880)

이 도서의 국립중앙도서관 출판시도서목록(CIP)은 e-CIP 홈페이지
(http://www.nl.go.kr/ecip)에서 이용하실 수 있습니다.(CIP제어번호: CIP2013018959)

책값은 뒤표지에 있습니다.

La chiave a stella

멍키스패너

프리모 레비 Primo Levi **지음** | **김운찬 옮김**

돌베개

[······] though this knave came somewhat saucily
to the world [······] there was good sport at his making.

[······] 이 녀석은 약간 뻔뻔스럽게 이 세상에
태어났지만 [······] 이 녀석을 만들 때 잘 즐겼지요.

「리어 왕」 1막 1장

차례

La chiave a stella

'악의적으로 계획된'

"아니, 아니에요. 당신에게 모든 것을 말할 수는 없어요. 나라 이름을 말하거나, 아니면 사건을 이야기할게요. 하지만 만약 내가 당신이라면 이야기를 선택하겠어요. 멋진 이야기니까요. 그리고 나중에 당신이 정말로 그 이야기를 하고 싶다면, 가공하고, 수정하고, 다듬고, 쓸모없는 부분을 없애고, 약간 부풀리고, 그래서 멋진 이야기를 이끌어내면 돼요. 내가 당신보다 젊지만, 나에게는 이야깃거리가 될 만한 많은 사건이 일어났지요. 나라는 아마 당신이 추측할 수도 있어요. 그러면 전혀 손해 볼 것이 없어요. 하지만 만약 나라 이름을 말하면 내가 곤란해져요. 그 사람들은 훌륭하지만 약간 다혈질이니까요."

내가 파우소네를 알게 된 것은 겨우 이삼 일 전이었다. 우리는 우연히 구내식당에서 만났다. 내가 도료塗料 화학자라는 직업 때문에 오게 된 아주 멀리 떨어진 공장의 외국인들을 위한 구내식당이었다. 우리 둘만 이탈리아 사람이었다. 그는 석 달 전부터 거기 있었지만 그곳에는 이미 여러 번 왔었다. 그곳 언어도 그럭저럭 했고, 부정확하지만 유창하게 이미 너덧 개의 다른 외국어도 할 줄 알았다. 서른다섯 살 정도에 키가 크고 말랐으며, 거의 대머리에 그을렸고, 언제나 깨끗하게 면도를 하고 있었다. 얼굴 표정은 진지했고 별로 변화가 없었으며 거의 무표정했다. 대단한 이야기꾼은 아니었다. 오히려 상당히 단조로웠고, 과장되게 보이는 것을 두려워하는 듯이 줄이고 생략하는 경향이 있었다. 하지만 종종 과장에 이끌렸고, 그럴 경우에는 미처 깨닫지도 못하고 과장하였다. 어휘는 제한되어 있었고, 종종 아마 자신에게는 재치 있고 새롭게 보이는 상투적 표현들을 통해 이야기했다. 만약 듣는 사람이 미소를 짓지 않으면 멍청이처럼 보이지 않으려는 듯이 다시 반복해주었다.

"······그러니까 내가 온 세상의 조선소, 공장, 항구를 돌아다니는 이 일을 하는 것은 결코 우연이 아니라 내가 원했기 때문입니다. 모든 아이들이 정글이나 사막, 말레이시아에 가보는 것을 꿈꾸듯이 나도 그랬지요. 다만 나로서는 꿈이 진짜로 실현되는 것이 좋아요. 만약 그렇지 않다면 꿈이란 사람이 평생 동안 옆에 가지고 다니는 질병이나, 아니면 습기가 찰 때마다 고통을 주는 수술의 상처로 남아 있게 되지요. 두 가지 방법이 있어요. 부자가 되기를 기다렸다가 관광객이 되거나, 아니면 조립공이 되는 것이지요. 나는 조립공이 되었어요. 물론 다른 여러 방법이 있지요. 누군가 말하듯이 가령 밀수를 한다든지 그런 것 말이에요. 하지만 나에게는 맞지 않아요. 나는 여러 나라를 구경하는 것이 좋지만 정상적인 사람이니까요. 그리고 이제는 이 일에 너무나 익숙해져서 그냥 편안히 있어야 한다면 아마 병이 날 겁니다. 나에게 세상은 다양하기 때문에 아름다워요."

그는 특이하게 무표정한 눈으로 잠시 동안 나를 바라보았다. 그러고는 인내심 있게 반복했다.

"사람이 자기 집에 있으면 아마 편안하겠지만 못을 빨고 있는 것과 같겠지요. 세상은 다양하기 때문에 아름다워요. 그러니까 나는 많은 나라와 온갖 색깔의 사람들을 만났다고 말했지요. 하지만 가장 기괴한 이야기는 바로 지난해에 일어났어요. 당신에게 이름을 말할 수 없는 나라에서 말이에요. 하지만 그 나라는 여기나 우리 집에서도 멀리 떨어져 있고, 여기에서 추위로 고생하는 동안 거기에서는 열두 달 중에 아홉 달은 엄청나게 덥고, 나머지 세 달 동안 바람이 분다는 것은 말할 수 있어요. 나는 항구에서 일하기 위해 갔는데 그곳은 우리와 달라요. 항구는 국가 소유가 아니라, 가문 소유이고, 가문은 가장의 소유지요. 나는 조립 작업을 시작하기 전에 재킷 차림에 넥타이를 매고 가장에게 가서 함께 식사하고, 대화를 나누고, 느긋하게 담배를 피워야 했어요. 생각해보세요, 우리는 언제나 시간이 없는데 말입니다. 물론 아무 이유 없이 그런 건 아니에요. 우리는 몸값이 비싸고, 그것이 우리의 자랑이지요. 그 가장은 반반半半 유형이에요. 절반은 현대적이고, 절반은 구식이지요. 멋진 흰색 셔츠를 입었는데, 다림질을 하지 않는 그런 셔츠지요. 하지만 집안으로 들어갈 때는 신발을 벗었고,

나에게도 벗게 했어요. 그는 영국 사람들보다 더 영어를 잘했어요. 영국에 별로 가지도 않는데 말이에요. 하지만 자기 집의 여자들은 보여 주지 않았지요. 주인으로서도 반반 유형으로, 일종의 진보적 노예주의자였어요. 생각해보세요. 자기 사진을 액자에 넣어 모든 사무실에, 심지어 창고에도 걸어 두게 했어요. 예수 그리스도도 그러지 않았을 겁니다. 하지만 온 나라가 약간 그래요. 당나귀들과 텔레타이프들이 있고, 카셀레 공항*도 우습게 보이게 만드는 공항이 있지만, 어떤 장소에 가려면 말을 타고 가는 것이 더 빠를 때도 있어요. 빵집보다 나이트클럽이 더 많지만, 길거리에는 트라코마**에 걸린 사람들이 보여요.

기중기 조립은 멋진 작업이라는 것을 알아야 해요. 천장 크레인은 더더욱 그래요. 하지만 혼자 할 일이 아니에요. 각종 전략을 알고 지휘할 줄 아는 사람이 필요한데, 우리 같은 사람들이지요. 그리고 조수들이 제자리에 있어야 해요. 바로 여기에서 놀라운 일들이 시작되지요. 당신에게 말한 그 항구에서는 노동조합도 아주 복잡해요. 그곳은 도둑질하는 사람의 손을 광장에서 자르는 나라예요. 무엇을 훔쳤는가에 따라 오른손이나 왼손을 자르고, 귀를 자르기도 해요. 하지만 마취를 하고, 유능한 의사들이 있어서 순식간에 출혈을 멈추게 하지요. 그래요. 거짓말이 아니에요. 만약 누군가가 힘 있는 가문에 대해 비난하

---

* 카셀레Caselle 공항은 토리노의 공항이다.
** 눈의 결막염을 일으키는 전염성 질환.

고 돌아다니면 그의 혀를 자르지요.

그래요, 그 모든 것과 함께 상당히 확고한 유대감을 갖고 있고, 모든 계산을 한꺼번에 해야 해요. 거기에서는 모든 노동자가 언제나 조그마한 라디오를 마스코트처럼 갖고 다니는데, 만약 라디오에서 파업이 있다고 말하면 모든 것을 멈춥니다. 감히 손가락 하나 쳐드는 사람도 없어요. 그리고 만약 그렇게 시도하면 칼을 맞을 일이지요. 당장 그러지 않더라도 이삼 일 후에 말입니다. 아니면 머리 위로 철근 기둥이 떨어지거나, 커피 한 잔 마시고 그 자리에서 죽기도 해요. 나는 거기에서 살고 싶지 않아요. 하지만 거기 가는 것은 좋았어요. 왜냐하면 어떤 것은 보지 않으면 믿지 못하기 때문이지요.

그러니까 나는 그곳 부두에 기중기를 설치하러 갔어요. 팔을 펼쳤다 오므렸다 하는 괴물 같은 기중기 하나와, 140마력으로 끌어올리는 모터에 폭 40미터의 환상적인 천장 크레인이었어요. 정말 대단한 기계지요. 내일 저녁 잊지 말고 사진을 보여주라고 하세요. 내가 그걸 설치하고 조립한 다음, 기름처럼 매끄럽게 하늘을 걸어가는 것 같았을 때, 나는 마치 기사騎士 작위를 받은 것 같았고 모두에게 마실 것을 제공했지요. 아니, 포도주는 아니에요. '쿰판'cumfān이라는 지저분한 술인데, 곰팡이 냄새가 나지만 시원하게 해주고 좋아요. 하지만 순서대로 말하지요. 조립은 단순한 일이 아니었어요. 기술적인 문제 때문이 아니었어요. 첫 볼트부터 잘 진행되었으니까요. 그게 아니라, 일종의 분위기가 느껴졌는데, 폭풍우가 오려고 할 때처럼 무거운 분위기였지요. 사람들은 구석에서 수군거렸고, 서로 신호를 하고 얼굴을 찡그렸는데, 나는 이해할 수 없었어요. 이따금 벽보가 나붙기도 했고, 모두 그 주위에 모여 읽거나 읽어달라고 했고, 나는 혼자 검은 지빠귀처럼 구조물 꼭대기에 남아 있었어요.

그리고 폭풍우가 왔어요. 어느 날 사람들이 손짓이나 휘파람으로 서로 부르는 것을 보았어요. 모두들 가버리더군요. 나 혼자는 아무것도 할 수 없었기 때문에 나도 구조물 아래로 내려갔고, 그들의 모임을 보러 갔지요. 건축 중인 커다란 집 내부였어요. 한쪽에 목재와 나무판으로 일종의 연단을 만들어 놓았고, 연단 위로 한 사람씩 올라가 말했어요. 나는 그들의 말을 이해하지 못했지만, 마치 누군가가 그들에게 잘못한 것처럼 화가 나 있다는 것을 알 수 있었어요. 어느 순간 어느 나이 많은 사람이 올라갔는데 우두머리 같았어요. 그는 자기 말에 매우 확신하는 것 같았고, 평온하게 권위에 넘쳐 말했고, 다른 사람들처럼 외치지도 않았어요. 외칠 필요도 없었어요. 그 앞에서는 모두가 침묵했으니까요. 그는 평온하게 연설했고, 모두들 설득되었어요. 마침내 그가 질문을 하나 했고, 모두들 손을 들고 내가 알 수 없는 말을 외쳤지요. 반대 질문을 했을 때 손을 드는 사람은 한 명도 없었어요. 그러자 노인은 앞줄에 있던 소년 하나를 불러 지시를 내렸어요. 소년은 달려갔는데, 공구 창고로 가서 순식간에 주인의 사진 액자와 책을 한 권 들고 돌아왔어요.

내 옆에는 그곳 출신이지만 영어를 아는 조립공이 하나 있었어요.

우리는 서로 약간 신뢰하는 사이였지요. 조립공들은 언제나 서로 좋은 관계를 유지할 필요가 있으니까요. 성인聖人마다 자기 촛불을 원하는 법이지요."

파우소네는 방금 커다란 구이 한 조각을 다 먹었는데, 여자 급사를 부르더니 다시 한 조각 갖다 달라고 했다. 나는 그의 속담보다 이야기에 더 관심이 있었지만, 그는 체계적으로 반복해서 말했다.

"세상 모든 나라에서 별 차이 없이 성인마다 자기 촛불을 원하는 법이지요. 나는 그 조립공에게 낚싯대 하나를 선물했지요. 조립공들은 서로 좋은 관계를 유지해야 하니까요. 그가 설명해주었어요. 그건 어리석은 일이었어요. 노동자들은 얼마 전부터 작업장의 식당에서 자신들의 종교에 따른 음식을 해줄 것을 요구했어요. 그런데 주인은 현대인인 척했지만 결국에는 다른 종교의 맹신자였지요. 그곳은 혼동될 정도로 많은 종교들이 있는 나라예요. 간단히 말해 직원들의 우두머리가 주인에게 알렸어요. 요구에 응하면 비싸도 구내식당을 그대로 가겠지만, 그렇지 않으면 절대 이용하지 않겠다는 것이었지요. 두세 번 파업이 있었는데 주인은 조금도 굽히지 않았어요. 어차피 사업은 보잘것없었으니까요. 여점원들은 비쩍 말랐지요. 그러자 보복으로 그에게 물리적 영향력을 행사하자는 제안이 나왔어요."

"어떻게, 물리적 영향력을 행사하다니요?"

파우소네는 인내심 있게 설명했다. 물리적 영향력을 행사한다는 것은 가령 누군가에게 마법을 쓰거나, 저주를 보내거나, 요술을 부리는 것이라고 했다.

"······아마 죽게 만들려는 것은 아니었어요. 아니, 그 당시 사람들은 분명히 그가 죽는 것을 원하지 않았어요. 왜냐하면 막내 동생은 더 사악했으니까요. 단지 그가 겁을 먹게 만들거나, 아마 질병이나 사고로 생각을 바꾸게 하고, 그들도 자기주장을 할 줄 안다는 것을 알려주고 싶었던 거예요.

그러자 노인은 칼을 들고 액자의 못을 빼고 초상화를 꺼냈지요. 그런 작업에는 커다란 의례가 있는 것 같았어요. 그리고 책을 펼쳤고, 눈을 감은 채 손가락을 어느 페이지에 갖다 댔고, 그런 다음 다시 눈을 뜨고 책에서 무엇인가를 읽었는데, 나도 이해하지 못했고 동료 조립공도 이해하지 못했어요. 그리고 사진을 들어 둘둘 만 다음 손가락으로 잘 눌렀어요. 드라이버를 하나 가져오게 해서 알코올램프에 빨갛게 달구었고, 그것으로 둘둘 말아 납작하게 누른 사진을 꿰뚫었지요. 사진을 펴서 보여주었고, 모두 박수를 쳤어요. 사진에는 불탄 구멍 여섯 개가 뚫렸는데, 하나는 이마, 하나는 오른쪽 눈, 하나는 입가였어요. 나머지 세 개는 얼굴 밖의 배경에 뚫렸지요.

그러자 노인은 그렇게 접히고 구멍 뚫린 사진을 다시 액자 안에 끼워 넣었고, 소년은 다시 달려가 제자리에 걸어두었어요. 그리고 모두들 일하러 돌아갔어요.

그런데 4월 말에 주인이 병에 걸렸어요. 분명하게 말하지 않았지만 곧바로 소문이 퍼졌지요. 그런 일이 어떻게 진행되는지 아시잖아요. 처음부터 심각했던 것 같아요. 아니, 얼굴에는 아무런 표시도 나지 않았어요. 그것만으로도 이야기는 충분히 이상하지요. 가족은 비행기에 태워 스위스로 보내려고 했지만 그럴 시간이 없었어요. 핏속에 무엇인가가 있었고 열흘 후에 죽었지요. 생각해보세요. 전혀 아픈 적이 없고 튼튼한 사람이었어요. 언제나 비행기를 타고 세상을 돌아다녔고, 이 비행기 저 비행기를 타고 다니면서 언제나 여자들 꽁무니를 쫓아다니거나 밤새도록 도박을 했지요.

　가족은 노동자들을 고발했어요. 살인 혐의로, 아니, '악의적으로 계획된 살인' 혐의로 말입니다. 거기에서는 그렇게 말한다고 하더군요. 법원이 있지만, 잘 알다시피 그 손아귀에 떨어지지 않는 게 좋지요. 법전이 하나만 있는 것이 아니라 세 개나 있고, 더 힘센 자나 돈을 많이 지불하는 자에게 편리한 대로 하나를 선택하지요. 내가 말했지요. 가족은 살인이 일어났다고 주장했어요. 죽이려는 의지가 있었고, 죽게 만들려는 행위가 있었고, 그리고 죽었으니까요. 피고 변호사는 정당한 행위였다고 대답했어요. 아마 단순히 그의 피부에 약간의 문제가, 가령 종기나 부스럼이 생기도록 만들기 위한 것이었다고 말입니다. 만약 그 사진을 둘로 잘랐거나 휘발유로 불태워버렸다면, 그랬다면 심각했을 것이라고 말했답니다. 저주 마술은 그렇게 이루어지는 것 같았어요. 구멍을 내면 구멍이 나고, 절단을 하면 절단이 발생하는 식으로 말이에요. 우리에게는 약간 웃기는 일이지요. 하지만 그들은 모두 그렇게 믿어요. 판사나 피고의 변호사도 마찬가지예요."

"소송은 어떻게 끝났어요?"

"농담하세요? 아직도 계속되고 있어요. 언제까지 계속될지 아무도 몰라요. 그 나라에서는 소송이 절대 끝나지 않아요. 하지만 내가 말한 그 조립공이 나에게 알려주겠다고 약속했어요. 당신도 믿는다면 내가 알려줄게요. 당신이 이 이야기에 관심을 보이니까 말입니다."

여급사가 파우소네가 주문한 커다란 치즈 조각을 가져 왔다. 그녀는 사십대에 야위고 구부정했으며, 무엇인지 알 수 없는 기름으로 머리칼이 매끄러웠고, 초라한 얼굴은 깜짝 놀란 염소 같았다. 그녀는 한참 동안 파우소네를 바라보았고, 그는 무관심을 과시하는 시선으로 마주 바라보았다. 그녀가 가고 나자 그가 말했다.

"불쌍한 저 여자는 클럽 카드의 잭 같군요. 있는 것에 만족해야 하는 법이지요."

그는 턱으로 치즈를 가리켰고, 별로 내키지 않는 듯 나에게 조금 맛보겠느냐고 물었다. 그리고 탐욕스럽게 먹기 시작했고 우물우물 씹으면서 말했다.

"잘 알다시피 이곳 아가씨들은 약간 초라해요. 그냥 있는 것에 만족해야 하지요. 이 작업장이 그렇다는 말이에요."

봉쇄

"……그러니까 믿을 수 없는 일
이지요. 알아요. 당신은 그런 이야기를 쓰고 싶겠지요. 어떤 것은 나
도 알고 있었어요. 우리 아버지가 이야기해주셨지요. 아버지도 다른
일로 독일에 가본 적이 있어요. 어쨌든 나는 독일에서 작업을 해본 적
이 전혀 없어요. 내가 좋아하지 않는 땅이지요. 나는 여러 외국어를
대충 할 줄 알고, 아랍어나 일본어도 조금 알아요. 하지만 독일어는
한마디도 몰라요. 언젠가 당신에게 이야기해주고 싶어요. 우리 아버
지가 전쟁 포로였던 이야기 말이에요. 물론 당신 이야기와는 달라요.
오히려 웃겨요. 감옥에는 들어가지도 않았어요. 요즘 같은 때에는 감
옥에 가려면 정말로 큰일을 저질러야 해요. 그런데 믿을 수 있겠어요?
언젠가 감옥에 있는 것보다 더 지독한 일이 나에게 일어났어요. 만약
정말로 감옥에 가야 한다면 아마 나는 이틀도 버티지 못할 겁니다. 벽
을 들이받고 내 머리통을 깨버리거나, 아니면 가슴이 터져 죽을 겁니
다. 꾀꼬리나 제비가 우리에다 가두려고 하면 그러는 것처럼 말이에

요. 하지만 먼 나라에서 그런 일이 일어났다고 생각하지 마세요. 우리 고향 가까운 곳에서 일어났어요. 바람이 불거나 공기가 깨끗할 때면 수페르가와 몰레*가 보이는 곳이지요. 하지만 거기에서 공기가 깨끗한 경우는 많지 않아요.

나하고 다른 사람들을 불렀는데, 장소나 어려움에 있어 전혀 특별할 것 없는 일 때문이었어요. 장소는 내가 말했듯이 구체적으로 밝히지 않았어요. 하지만 사실 우리에게도 의사나 고해신부처럼 직업상의 비밀 같은 것이 있지요. 그리고 어려움에 있어서는 단지 탑 모양의 철제 구조물로, 높이가 30미터쯤 되고, 토대는 가로 6미터 세로 5미터였고, 나 혼자 하는 것도 아니었어요. 가을이라 춥지도 않고 덥지도 않았어요. 간단히 말해 거의 일도 아니었지요. 다른 일들에서 벗어나 잠시 쉬고, 다시 고향의 공기를 마시기에 적합한 일이었어요. 나는 그럴 필요가 있었어요. 아주 힘든 일에서 방금 돌아왔기 때문이지요. 인도에서 다리를 조립하는 일이었는데, 조만간 당신에게 이야기해줄게요.

설계 면에서도 어긋나는 것이 전혀 없었어요. 뼈대는 L자 빔과 T자 빔처럼 모두 일괄 생산된 것이고, 어려운 용접도 전혀 없었고, 그릴 바닥은 '규격통일협회'의 규격에 맞았어요. 그리고 조립은 탑이 바

---

* 수페르가Superga는 토리노 동쪽의 포 강 옆에 있는 높은 언덕이고, 몰레Mole는 토리노에서 가장 높고 커다란 건물인 '몰레 안토넬리아나'Mole Antonelliana를 가리킨다. 몰레는 '대형 건축물'을 가리키고, 건축가 알레산드로 안토넬리Alessandro Antonelli(1798~1888)의 이름을 따서 그렇게 부른다. 따라서 '안토넬리의 건물'로 옮길 수 있을 것이다.

닥에 누운 상태로 하게 되어 있었고, 그래서 6미터 이상 올라갈 필요도 없었고 몸을 묶을 필요도 없었어요. 다 끝난 후에 기중기가 와서 일으켜 세울 예정이었지요. 무엇에 쓸 것인지 나는 처음에 신경도 쓰지 않았어요. 내가 설계도에서 본 바에 의하면, 상당히 복잡한 화학 설비를 위한 받침대 역할을 하는 것으로, 기둥처럼 크고 작은 관들, 열 교환기, 한 무더기의 배관들이 있었어요. 나에게는 단지 폐수에서 산酸을 회수하기 위한 증류 설비라고 말하더군요. 만약 회수하지 않으면……."

나도 모르게 무의식적으로 유달리 흥미로운 표정을 지었던 모양이다. 파우소네는 중간에 말을 멈추더니 약간 놀라고 약간 짜증 섞인 어조로 말했다. "비밀이 아니라면 결국 당신도 나에게 말하게 되겠지요. 당신의 일은 무엇이고, 당신이 무엇을 하러 여기 왔는지 말이오." 하지만 이어서 자기 이야기를 계속했다.

"하지만 비록 충분히 알지 못했지만, 어쨌든 하루하루 자라는 것을 지켜보는 것은 나에게도 즐거웠어요. 마치 아이가 자라는 것을 보는 것 같았지요. 그러니까 아직 엄마 뱃속에 있으면서 앞으로 태어나야 할 아이 말이에요. 물론 뼈대만 해도 대략 60톤 무게였으니까 아이치고는 약간 이상했지요. 하지만 잡초가 자라듯이 내키는 대로 자라지는 않았어요. 설계도대로 정확하고 순서대로 자랐고, 그래서 층과 층 사이에 상당히 복잡한 계단을 설치하였을 때 자르거나 덧붙일 것 없이 정확하게 들어맞았고, 그것은 만족감을 주는 일이지요. 프레쥐스 터널*을 뚫었을 때처럼 말입니다. 13년이나 걸렸지만 나중에 프랑스 구멍과 이탈리아 구멍이 20센티미터도 되지 않는 오차로 함께 만났고, 그래서 스타투토 광장에다 꼭대기에 날아가는 여인이 있는 기념비를 세웠지요.

당신에게 말했듯이 그 작업은 나 혼자 하지 않았어요. 그런 작업은, 만약 세 달 여유에 약간 재빠른 조수 두 명만 준다면, 나 혼자도 충분히 해낼 수 있지만 말입니다. 우리는 너덧 명이 함께 일했어요. 고용주가 서둘렀고 최대 20일 안에 뼈대를 세우고 싶어 했기 때문이지요. 누구도 나에게 팀을 지휘하라고 하지 않았지만, 첫날부터 내가 지휘하는 것이 자연스럽게 되었어요. 내가 가장 경력이 많았기 때문이에요. 소맷자락에 계급장도 없는 우리 사이에서 그게 유일하게 중요한 것이지요. 나는 고용주와 많이 이야기하지 않았어요. 그는 언제나 바빴고 나도 바빴으니까요. 하지만 우리는 곧바로 마음이 맞았어요. 그도 허풍 부리지 않고, 자기 일을 알고, 다른 사람보다 크게 말하지 않으면서도 지휘할 줄 알고, 자신이 주는 돈을 일일이 세어보게 만들지 않고, 누가 실수해도 크게 화내지 않지만 자신이 실수하면 곰곰이 생각해보고 용서를 구하는 그런 타입이었기 때문이지요. 그도 이

---

* 이탈리아 피에몬테 지방과 프랑스 접경 지역에 있는 프레쥐스Fréjus(이탈리아어 발음으로는 프레유스) 산 아래에 뚫은 철도 터널로 1857년 공사가 시작되어 1871년에 개통되었다. 터널의 개통을 축하하는 기념비가 1879년 토리노의 스타투토Statuto 광장에 세워졌는데, 기념비 꼭대기에는 날개 달린 여인의 조각상이 있다. 같은 이름의 자동차 터널은 1980년에 개통되었다.

곳 출신으로 당신처럼 자그마하고, 다만 약간 더 젊어요.

뼈대는 그 전체 30미터 길이로 완성되었을 때 광장 전체를 차지했고, 세워놓기 위해 만든 것이 누워 있을 때 그렇듯이 다소 볼품없고 우스꽝스러웠어요. 간단히 말해 쓰러진 나무처럼 마음을 아프게 했고, 똑바로 세우기 위해 우리는 서둘러 기중기를 불렀지요. 아주 길었기 때문에 기중기 두 대가 필요했어요. 양쪽 끝을 기중기에 매달아서, 고정 장치와 함께 미리 준비된 철근 콘크리트 바닥까지 아주 천천히 옮기게 했어요. 신축성 팔이 달린 기중기 한 대는 똑바로 세운 다음 아래로 내리게 했지요. 모든 것이 잘 되었어요. 광장에서 창고까지 잘 옮겼고, 창고의 모퉁이를 돌기 위해 벽을 약간 허물어야 했지만 심각한 것은 전혀 없었어요. 바닥이 토대에 닿았을 때 작은 기중기는 집으로 갔고, 다른 기중기는 팔을 최대한 길게 펼쳤고, 그에 따라 매달린 뼈대가 조금씩 세워졌어요. 기중기들을 많이 본 나에게도 멋진 광경 같았지요. 모터도 아주 평온하게 붕붕거리며 자신에게 그건 손쉬운 일이라고 말하는 것 같았으니까요. 뼈대를 정확하게 내려놓았고, 고정 장치에 구멍들이 정확히 맞았어요. 우리는 볼트들을 조였고, 한 잔 마시고 돌아갔지요. 하지만 고용주는 내 곁으로 달려오더니 말하더군요. 나를 존경하고 있으며, 이제 해야 할 일이 가장 어려운 작업이라고 했고, 나에게 다른 할 일이 있는지, 스테인리스 강철 용접을 할 줄 아는지 물었어요. 간단히 말해 나는 다른 할 일이 없는 데다 그도 마음에 들고 일도 마음에 들었기 때문에 그렇다고 대답했고, 그는 모든 증류 기둥관들, 보조 배관들과 작업 배관들의 조립 책임자로 나를 고용했지요. 보조 배관에는 냉각수, 증기, 압축 공기 등이 지나가고, 작업 배관에는 작업해야 할 산酸들이 지나가니까 그렇게 불렸지요.

증류 기둥관은 네 개로, 하나는 크고 세 개는 작았어요. 큰 관은 아주 컸지만 조립은 어렵지 않았어요. 단순한 수직의 스테인리스 강철관으로 높이는 30미터, 말하자면 그것을 지탱해야 하는 철골 뼈대만큼 높았고, 직경은 1미터였어요. 네 토막으로 분리되어 도착했고, 따라서 세 곳을 연결해야 했는데, 플랜지 하나에 모서리 용접은 두 군데, 그러니까 안쪽에 한 바퀴, 바깥쪽에 한 바퀴 용접을 해야 했어요. 강판 두께가 10밀리미터였기 때문이지요. 안쪽 용접을 하기 위해 나는 마치 줄에 매달린 앵무새 새장 같은 우리 안에 들어가서 관의 꼭대기에서 아래로 내려가야 했어요. 그다지 멋진 것은 아니지만 몇 분밖에 걸리지 않았어요. 그런데 배관 작업을 시작했을 때 나는 머리가 돌아버리는 줄 알았어요. 사실 나는 부품 조립공인데 그렇게 복잡한 작업은 전혀 해본 적이 없었기 때문이지요. 배관들은 300개가 넘었는데, 지름이 4분의 1인치에서 10인치까지 다양했고, 온갖 길이에 세 번, 네 번, 다섯 번 구부러진 데다 모두 직각으로 구부러진 것도 아니었고, 또 온갖 재질로 만든 것이었어요. 심지어 티타늄으로 만든 배관도 있었는데, 나는 그런 것이 있는지도 몰랐고, 내 셔츠 일곱 벌을 땀에 젖게 만들었지요. 바로 가장 농축된 산이 지나가는 배관이었어요. 그 모든 배관은 가장 큰 기둥관을 작은 기둥관들 그리고 교환기들과 연결시켰지만, 설계도가 너무 복잡해서 나는 아침에 공부한 것을 저녁에 벌써 잊어버릴 정도였어요. 사실 나는 전체 설비가 나중에 어떻게 작동되는지 정확하게 이해하지도 못했어요.

배관들의 대부분은 스테인리스 강철이었고, 당신도 잘 알다시피 스테인리스는 아주 멋진 재료지만 굴복하지 않아요. 말하자면 차가울 때에는 굴복하지 않아요. ⋯⋯몰랐어요? 미안합니다. 나는 당신 같은 사람들에게 학교에서 그런 것을 가르친다고 생각했어요. 차가울 때는 굴복하지 않지만, 가열하면 더 이상 스테인리스가 아니에요. 결론적으로 말해 수없이 조립하고, 잡아당기고, 줄로 다듬고, 다시 해체하기도 했어요. 그리고 아무도 보지 않을 때 나는 망치로 두들겨보곤 했어요. 망치는 모든 것을 바로잡기 때문이지요. 란차*에서는 망치를 '엔지니어'라 부르기도 했어요. 어쨌든 배관을 끝냈을 때에는 마치 타잔이 사는 정글 같았고 그 사이로 지나가기도 힘들었어요. 그런 다음 절연絕緣 기술자들이 와서 절연 작업을 했고, 페인트 기술자들이 와서 페인트를 칠했고, 이런저런 일을 하는 동안 한 달이 지났지요.

어느 날 나는 멍키스패너를 들고 바로 탑 꼭대기에서 볼트들의 조임 상태를 점검하고 있었어요. 그런데 저 아래에서 고용주가 올라오는 것이 보이더군요. 30미터는 거의 8층 높이와 같기 때문에 약간 천천히 왔어요. 그는 붓과 종잇조각을 들고 있었고, 교활한 태도였는데,

---

* Lancia. 1906년 토리노에 설립된 자동차 회사로 1969년 피아트에 병합되었다.

내가 한 달 전에 조립을 끝낸 큰 기둥관의 꼭대기 판에서 먼지를 모으기 시작했어요. 나는 미심쩍은 눈으로 그를 바라보았고 속으로 생각했지요. '이 사람이 흠 잡을 것을 찾으러 왔구나.' 그런데 아니었어요. 잠시 후 그가 나를 불렀고, 붓으로 종이에다 쓸어 모은 약간의 잿빛 먼지를 보여주었어요.

'무엇인지 알아요?' 그가 묻더군요.

'먼지요.' 나는 대답했지요.

'그래요. 하지만 도로나 집들의 먼지는 여기까지 올라오지 못해요. 이것은 별들에서 오는 먼지예요.'

나는 그가 나를 놀린다고 생각했지요. 하지만 내려왔을 때 그가 렌즈로 보여줬는데 모두 동그란 작은 공들이었어요. 자석이 끌어당기는 것도 보여줬어요. 간단히 말해 그것들은 철이었어요. 그리고 그것들은 바로 낙하를 모두 끝낸 별똥별이라고 설명했어요. 만약 깨끗하고 고립된 곳으로 약간 높이 올라가면 언제든 발견할 수 있고, 단지 경사가 없고, 비가 씻어가지 않기만 하면 된다고 했어요. 당신은 믿지 않는군요. 당시에는 나도 믿지 않았어요. 하지만 직업상 나는 그런 높은 곳에 자주 있게 되었는데, 언제나 그런 먼지가 있는 것을 보았답니다. 여러 해가 지나면 더 많이 쌓여서 일종의 시계 같기도 해요. 그보다는 계란을 삶는 데 사용되는 모래시계 같은 것이지요. 나는 세계 모든 곳에서 그런 먼지를 조금씩 모았고, 집에 있는 작은 상자에 보관하고 있어요. 말하자면 아주머니들의 집에 말입니다. 나는 집이 없으니까요. 언젠가 우리가 토리노에서 만나게 되면 보여줄게요. 가만히 생각해보면 슬픈 일이에요. 크리스마스 말구유의 혜성처럼 떨어지는 별똥별을 보면 사람들은 소원을 생각하는데, 그 별은 아래로 떨어져서 식어가고, 10분의 2밀리미터 크기의 작은 쇠공이 되지요. 하지만 본론에서 벗어나지 맙시다.

그러니까 당신에게 말했지요. 작업이 끝났을 때 그 탑은 숲 같았고, 의사들의 대기실에서 볼 수 있는 '인체도'의 형상들, 그러니까 근육들, 뼈들, 신경들, 모든 내장들이 그려진 형상과도 닮았어요. 사실 근육은 없었어요. 왜냐하면 움직이는 것이 아니었기 때문이지요. 하지만 나머지는 모두 있었고, 혈관들과 내장들은 내가 조립했지요. 내장 제1호, 그러니까 위장 또는 창자는 바로 내가 말한 그 제일 큰 기둥관이었어요. 우리는 그 기둥관 꼭대기까지 물을 채웠고, 물속으로 도자기로 만든 주먹 크기의 고리들을 두 트럭이나 던져 넣었어요. 물은 고리들이 깨지지 않고 천천히 내려가게 만드는 데 사용되었고, 물을 빼내면 고리들은 일종의 미로 같은 기능을 하고, 그래서 관의 절반까지 채운 물과 산의 혼합물이 잘 분리될 시간을 갖게 만드는 것이었어요. 산은 바닥으로 나오고 물은 증기 상태로 윗부분에서 나온 다음 교환기에서 농축되고, 그 다음에는 어디로 가는지 나도 모르겠어요. 내가 말했지요. 그 모든 화학 과정을 잘 이해하지 못했다고 말이에요. 어쨌든 고리들은 깨지지 않게 천천히 내려가 서로 겹치게 쌓여야 했고, 관 꼭대기까지 채워져야 했어요. 고리들을 던져 넣는 것은 즐거운 일이었어요. 양동이에 담아 전기 승강기로 위로 끌어올렸고, 천천히 물속으로 내려가게 했는데, 마치 어린이들이 모래와 물로 파이를 만들 때 어른들이 '조심해, 완전히 젖을 수도 있으니까' 하고 말하는 것 같았지요. 사실 나는 완전히 젖었지만, 날씨가 더웠고 즐겁기도 했어요. 그 일에 거의 이틀이 걸렸어요. 더 작은 기둥관들도 고리들로 채워야 했는데, 그 관들이 어디에 사용되는지 모르지만 두세 시간 걸리는 작업이었지요. 그리고 나는 인사를 했고, 계산대에서 돈을 받았고, 연기되었던 일주일간의 휴가가 있어서 란초 계곡*으로 송어 낚시를 하러 갔지요.

나는 휴가를 갈 때 절대 주소를 남기지 않아요. 무슨 일이 일어날지 잘 알기 때문이지요. 실제로 돌아왔을 때 아주머니들이 모두 고용주의 전보를 손에 들고 깜짝 놀라 있는 것을 발견했어요. 불쌍한 아주머니들은 '파우소네 씨 즉각 우리와 접촉해주기 바랍니다' 하는 전보만으로도 엄청나게 놀랐기 때문이지요. 어떻게 할 수 있겠어요? 나는 그와 접촉했지요. 접촉이란 고상한 말이고, 말하자면 그에게 전화를 했지요. 그리고 그의 목소리에서 곧바로 무엇인가 잘못되었다는 것을 깨달았어요. 그의 목소리는 구급차를 부르기 위해 전화를 했지만, 자기 스타일을 유지하려고 감정을 드러내지 않으려는 사람 같았어요. 중요한 회의가 있으니까 내가 모든 것을 놔두고 곧바로 와주기를 원

---

*   란초Lanzo 계곡은 토리노 북서쪽 알프스 산맥 자락에 있는 계곡이다.

하더군요. 나는 도대체 무슨 회의인지, 내가 무슨 상관이 있는지 알려고 노력했지만 알 수 없었어요. 그는 내가 바로 와주기를 고집했고, 마치 울려고 하는 사람 같았어요.

나는 바로 일어나 현장에 갔고, 난리가 난 것을 보았어요. 고용주의 얼굴은 미친 듯이 밤을 지새운 사람 같았어요. 실제로 그는 이상하게 돌아가는 설비 옆에서 밤을 지새웠지요. 전날 저녁 그는 마치 집에 환자가 있지만 어떤 병인지 모르고, 그래서 유능한 의사 한 명만 부르면 되는데도 정신없이 예닐곱 명의 의사에게 전화하는 사람처럼 두려움에 사로잡혔다는 것을 알 수 있었어요. 그가 부른 사람은 설계자, 기둥관들의 제작자, 개와 고양이처럼 서로를 바라보는 전기기사 두 사람, 역시 휴가를 갔지만 주소를 남겨야 했던 화학자, 배가 나오고 붉은 수염에 정치가처럼 말하는 사람이었어요. 그 사람은 도대체 무슨 상관이 있는지 알 수 없었는데, 나중에 알고 보니 고용주의 친구 변호사였지만 변호사 일보다 자신에게 용기를 주도록 부른 것 같았어요. 그 사람들이 모두 기둥관의 발치에 서서 위를 올려다보았고, 서로의 발을 밟으면서 왔다 갔다 했고, 고용주를 진정시키려고 노력했고, 의미 없는 말들을 하고 있었어요. 사실은 그 기둥관도 자기 말을 하고 있었는데, 모인 사람들은 마치 아프고 열이 나는 사람이 헛소리를 하는데도 죽기 직전에 그러하듯이 진지하게 듣고 있는 것 같았지요.

그래요. 기둥관은 분명히 병들어 있었고, 누구라도 그걸 알아챘을 거예요. 사실 그 분야 전문가가 아닌 나도 알아차렸어요. 고용주가 나를 부른 것은 단지 바로 내가 그 안에다 고리들을 넣은 사람이었기 때문이에요. 5분마다 발작 같은 것이 있었어요. 가볍고 평온한 붕붕거림 같은 소리가 들리다가, 차츰차츰 더 커지고 불규칙적인 소리가 되었지요. 숨이 가쁜 커다란 짐승 같았어요. 기둥관은 떨리기 시작했고, 잠시 후에는 뼈대 전체도 공명했고, 지진이 다가오는 것 같았고, 그러면 모두 아무것도 아닌 척했어요. 누구는 신발 끈을 맸고, 누구는 담배에 불을 붙였지만 조금 더 멀리 물러났어요. 그런 다음 한바탕 굉음 같은 것이 들렸는데 땅 밑에서 나오는 것처럼 둔중했고, 물러나는 소음, 그러니까 자갈 더미가 무너지는 소음 같았어요. 그런 다음 아무 일도 없었어요. 단지 처음의 붕붕거리는 소리만 들렸지요. 그 모든 것이 5분마다 시계처럼 규칙적으로 일어났어요. 당신에게 이렇게 말할 수 있는 것은 실제로 나는 별로 상관이 없었기 때문입니다. 모든 사람들 중에서 단지 설계자와 나만이 약간의 평온함을 갖고 침착하게 모든 것을 볼 수 있었어요. 나는 거기에 있으면 있을수록 병든 아이를 손에 안고 있다는 느낌이 더욱 강해졌어요. 내가 자라는 것을 보았고 또 용접하러 안에까지 들어갔기 때문일 수도 있고, 아직 말을 할 줄 모르는데 아픈 사람처럼 그렇게 의미 없이 신음하기 때문일 수도 있지요. 아니면 마치 의사가 아픈 사람 앞에서 맨 먼저 그의 등에 귀를 대보고 또 사방을 두드려보고 체온을 재는 것처럼, 나와 설계자가 그렇게 했기 때문일 수도 있습니다.

위기가 진행될 때 강판에 귀를 대보니 정말 인상적이었어요. 불안정한 내장들의 엄청난 작업 소리가 들렸어요. 나의 내장도 거의 마찬가지로 움직이기 시작할 정도였지만, 체면을 위해 억제했어요. 온도계로 말하자면 물론 사람 입안에 찔러 넣고 열을 재는 그런 온도계가 아니었지요. 아주 복잡한 온도계로, 설비의 모든 중요한 지점들에 수많은 바이메탈이 붙어 있고, 계기반에는 온도를 알고 싶은 지점을 선택하는 스위치가 대략 30개쯤 있었어요. 간단히 말해 아주 대단한 장치였지만, 큰 기둥관, 그러니까 병든 기둥관의 중심부가 바로 모든 설비의 핵심이었기 때문에, 그 지점에는 특별한 열전대熱電對 센서도 있었고, 그것이 온도 기록계를 작동시켰지요. 당신도 잘 알겠지만, 펜촉이 밀리미터 단위로 구분된 원통 기록지에다 온도 곡선을 표시했어요. 그러니까 그것이 더욱 놀라게 했는데, 설비를 가동시킨 날 저녁부터 모든 임상 기록을 거기에서 볼 수 있었기 때문이지요.

가동 기록이 보였지요. 말하자면 20도에서 출발하여 두세 시간 동안에 80도까지 올라간 흔적이 보였고, 그런 다음 약 20시간 동안 평온하고 아주 평평한 구간이 있었어요. 그런 다음 가까스로 보일 정도로 아주 미세한 전율 같은 것이 있었는데, 그것이 바로 5분 동안 지속되었어요. 그리고 그 다음부터 온통 일련의 전율들이 있었는데, 점점 더 강해졌고, 모두 정확하게 5분 동안이었어요. 아니, 마지막 전율들, 그러니까 지난밤의 전율들은 전율이라기보다 10도 또는 20도의 편차가 있는 파도들이었고, 가파르게 상승했다가 급격히 떨어졌어요. 그리고 설계자와 내가 파도 하나를 포착했는데, 내부에서 그 모든 혼합물이

상승하는 동안 상승했다가, 그 북소리와 무너지는 소음이 들리자마자 갑자기 떨어진 흔적이 보였어요. 설계자는 젊지만 자신의 일을 아는 사람이었는데 나에게 말하더군요. 전날 저녁부터 다른 사람이 밀라노에 있던 자신에게 전화해서 모든 것을 꺼버릴 수 있게 허락을 요구했다고 말입니다. 하지만 그는 신뢰하지 않았고 직접 자동차를 타고 와 보려고 했어요. 왜냐하면 꺼버리는 작업은 그렇게 단순한 것이 아니었고, 고용주가 곤란한 일을 저지를까 걱정되었던 겁니다. 하지만 이제 달리 방도가 없었어요. 그래서 끄는 작업을 그가 했지요. 반시간 안에 모든 것이 정지되었고, 거대한 정적뿐이었고, 곡선은 착륙하는 비행기처럼 내려갔어요. 나에게는 모든 설비가 안도의 한숨을 내쉬는 것 같았지요. 마치 아픈 사람에게 모르핀을 놔주자 잠이 들고 잠시 동안 괴로워하지 않는 것처럼 말이에요.

당신에게 계속 말했듯이 나는 아무런 상관이 없었어요. 하지만 고용주는 우리 모두 탁자 주위에 앉아 각자 자기 의견을 말할 수 있게 했어요. 사실 나는 처음에 내 의견을 감히 말할 수 없었지만, 한 가지 말할 것은 분명히 있었어요. 내가 바로 고리들을 아래로 떨어뜨렸고, 상당히 섬세한 내 귀로 들어보니 그 혼란스런 내장의 소음이 바로 고리들을 양동이에서 기둥관 아래로 떨어뜨릴 때와 똑같은 소음이었기 때문입니다. 마치 덤프트럭이 와서 자갈들을 하역할 때 붕붕거리며 위로 계속 올라가고, 그러다 갑자기 자갈들이 미끄러지기 시작해서 산사태처럼 아래로 내려갈 때와 같은 소음이지요. 그런 내 생각을 결국 나중에 옆에 앉아 있던 설계자에게 낮은 목소리로 말했지요. 그러자 그는 일어서서 그것이 마치 자기 생각이었던 것처럼 멋진 말로 반복해서 말했고, 자기 견해로는 기둥관의 병病이 플러딩*의 경우라고 말했어요. 당신도 알다시피 사람은 자신이 중요하다고 생각하는 경향이 있으면 모든 기회를 잡기 때문이지요. 기둥관에 플러딩이 발생하고 있고, 따라서 관을 열어 비우고 그 안을 들여다보아야 한다고 했어요.

그가 말한 대로 했고, 모든 사람이 플러딩에 대해 말하기 시작했어요. 단지 변호사만 멍청이처럼 혼자 웃었고, 고용주에게 몰래 무엇인가 말했지요. 아마 벌써 소송할 생각을 하는 것 같았어요. 그리고 모두들 나를 바라보았어요. 마치 그런 상황을 구해야 하는 사람은 바로 나라고 벌써 동의한 것처럼 말입니다. 고백하자면 나에게도 싫지는 않았어요. 약간은 호기심 때문이었고, 또 약간은 꼭대기에 별들의 먼지를 모으는 그 기둥관이 신음하고 배설물을 방출하고 있었기 때문이었어요. 그래요. 당신에게 말하지 않았는데 분명히 압력이 높아지고 있었어요. 왜냐하면 열의 파도가 가장 높을 때 사람 발걸음 높이의 아래쪽 개스킷에서 갈색 물질이 새어 나와 아래 토대에서 엉겨 붙었으니까요. 그래요. 간단히 말해 고통스러운데 말할 수 없는 사람 같았지요. 나에게도 괴로웠어요. 환자가 주는 괴로움과 짜증이었지요. 환

---

* 원문에는 flading으로 되어 있는데 그 연원이나 어원은 파악하지 못하였다. 윌리엄 위버William Weaver의 영어 번역본(*The Monkey's Wrench*, Penguin, 1987)은 flooding으로 옮겼다.

자를 좋아하지 않는 사람도 결국에는 그가 낫도록, 최소한 더 이상 신음하지 않도록 도움을 주게 되지요.

안을 들여다보려면 얼마나 복잡한지 말하지 않겠습니다. 그 안에 들어 있던 2톤 분량의 산을 밖으로 빼냈는데, 비용도 많이 들었고 어떤 방식으로든 하수구에 버릴 수도 없었어요. 구역 전체를 오염시킬 것이기 때문이지요. 그리고 산이었기 때문에 일반 저장 탱크에 넣어둘 수 없고 스테인리스 강철 탱크가 필요했고, 또 펌프도 산에 견딜 수 있는 펌프가 필요했지요. 그 물질은 중력의 힘으로 밑으로 배출할 수 없고 위에서 배출해야 했기 때문입니다. 하지만 우리 모두 힘을 합쳐 어려움에서 벗어났으니, 산을 배출했고, 악취가 많이 나지 않도록 증기로 기둥관을 청소한 다음 냉각되게 놔두었어요.

이 시점에서 나는 무대에서 별로 할 일이 없었어요. 맨홀은 세 개 있었어요. 하나는 기둥관 꼭대기에, 하나는 중간에, 또 하나는 발치에 있었지요. 잘 알다시피 사람이 지나갈 수 있는 둥근 구멍이기 때문에 그렇게 부르지요. 증기 기관차의 보일러에도 있어요. 사람이 아주 편안하게 통과하는 것은 아니에요. 직경이 단지 50센티미터이기 때문이지요. 내가 아는 몇 사람은 배가 약간 나와서 통과하지 못하거나 중간에 걸리기도 했어요. 하지만 나는 당신이 보다시피 그런 관점에서는 아무런 문제가 없었어요. 나는 설계자의 지시를 따라 했고, 위쪽 맨홀의 볼트들을 천천히 풀기 시작했어요. 혹시라도 고리들이 밖으로 나오지 않도록 천천히 풀었어요. 나는 뚜껑을 옮기고 손가락으로, 그 다음에 손으로 더듬어보았지만 아무것도 없었어요. 논리적으로 고리들이 약간 더 아래에 자리 잡았을 수 있지요. 나는 뚜껑을 완전히 떼어냈는데 어둠뿐이었어요. 나에게 전등을 건네주었고, 나는 머리를 안으로 집어넣었지만, 여전히 어둠만 보였고, 고리는 전혀 없었어요. 내가 그 안에 고리들을 넣은 것이 단지 꿈이었던 것처럼 말이에요. 바닥이 없는 것 같은 우물만 보였어요. 그러다 어둠에 내 눈이 적응되었을 때에야 저 아래에서 희끄무레한 것을 보았는데 가까스로 보였을 뿐이에요. 우리는 끈에다 추를 매달아 아래로 내려 보냈는데 23미터에서 닿았어요. 우리가 쌓은 30미터 높이의 고리들이 7미터로 줄어든 것입니다.

여러 가지 이야기와 토론이 있었고, 마침내 그 가루의 원인을 이해했지요. 이번에는 비유적인 말이 아니라 그야말로 가루였어요. 고리들이 가루로 부서졌기 때문입니다. 어떤 일인지 생각해보세요. 내가 말했듯이 도자기 고리들이었고 충격 완화를 위해 물과 함께 아래로 내려 보낼 정도로 약했어요. 그래서 분명히 일부가 부서지기 시작했고, 그 조각들이 기둥관 바닥에 층으로 쌓였겠지요. 그러자 증기가 강하게 발생하면서 갑자기 조각들을 휘저었고, 그 충격으로 다른 고리들이 부서지고 그런 식으로 계속된 것입니다. 설계자가 고리들의 양을 토대로 계산한 바에 의하면 온전하게 남은 고리는 얼마 되지 않았어요. 그리고 실제로 나는 중간의 맨홀을 열었는데 텅 빈 것을 발견했고, 바닥의 맨홀을 열자 모래 반죽과 회색 부스러기들이 보였어요.

그 모든 고리들 가운데 남은 것은 그것뿐이었어요. 얼마나 단단하게 뭉친 반죽이었는지 내가 뚜껑을 열었을 때 움직이지도 않았어요.

　　장례식을 치르는 수밖에 없었어요. 나는 그런 장례식을 이미 여러 번 보았지요. 실수한 것을 사라지게 만들고, 거기에서 빠져나와야 할 때 말입니다. 실수한 것은 시체처럼 악취를 풍기고, 만약 그대로 썩어가게 놔둔다면, 그건 거기에 관련된 모든 사람들에게 끝나지 않는 설교, 아니 법원의 판결, 비망록 같은 것이 되지요. '잊지 마시오. 이 멍청한 것은 바로 당신이 만들었소.' 바로 더 많은 책임을 느끼는 사람들이 더 서둘러 장례식을 치르려는 것은 우연이 아니에요. 그리고 이번에는 설계자가 그랬는데 그는 아무렇지도 않다는 태도로 나에게 와서 물로 깨끗이 씻어내기만 하면 충분하다고 말하더군요. 그러면 그 모든 가루들이 순식간에 사라져버릴 것이고, 그런 다음 새로운 스테인리스 강철 고리들을 안에 넣으면 된다고요. 그것은 물론 자기 비용으로 할 것이라고 했어요. 고용주는 세척과 장례식에 대해서는 동의했지만, 다른 고리들에 대해 말하는 것을 듣고는 엄청나게 화를 냈지요. 만약 자기가 손해에 대한 소송을 하지 않는다면, 설계자는 성모마리아에게 감사를 드려야 할 것이지만, 고리들은 더 이상 안 된다고, 더 나은 다른 방법을 빨리 연구하라고 했어요. 왜냐하면 그는 벌써 일주일 동안 생산을 하지 못했으니까요.

　　나는 잘못이 없었지만 주위에 기분이 언짢은 사람들이 많이 있는 것을 보고 울적해졌어요. 게다가 날씨도 나빠졌고 가을이 아니라 겨울 같았지요. 그리고 그렇게 손쉬운 일이 아니라는 것이 곧바로 드러났어요. 그 재료, 말하자면 부서진 고리들은 거친 조각들이었고 서로서로 뒤엉켜 있는 것이 분명했어요. 왜냐하면 우리가 위에서 호스로 부은 물이 아래에서 그대로 아주 깨끗한 상태로 흘러나왔고, 그 모든 침전물은 움직이지도 않았으니까요. 고용주는 아마 누군가가 삽을 들고 안으로 내려가야 할 것이라고 말하기 시작했어요. 하지만 누구의 눈도 바라보지 않고 허공에 대고 말하는 것처럼 얘기했고, 목소리가 희미해서 자신도 그걸 믿지 않는 것 같았지요. 우리는 여러 가지 방법으로 시도해보았고 결국 가장 좋은 방법은 아래에서 물을 넣는 것이었어요. 사람이 변비에 걸렸을 때 그러는 것처럼 말입니다. 우리는 호스를 기둥관의 배출구에다 조이고 최대한의 압력으로 물을 보냈지요. 잠시 동안 아무 소리도 들리지 않다가 커다란 신음 소리 같은 것이 들렸고, 침전물이 움직이기 시작하더니 맨홀에서 진흙처럼 흘러나왔어요. 나는 의사, 아니, 수의사 같았어요. 왜냐하면 그 순간 병든 기둥관은 어린아이가 아니라 아주 옛날에 살았던 짐승들, 집처럼 컸고 나중에 왜 그랬는지 모르지만 모두 죽어버린 짐승들 중 하나처럼 보이기 시작했기 때문입니다. 혹시 변비 때문에 죽었는지도 모르지요.

하지만 내 기억이 틀리지 않다면, 다른 방향에서 이 이야기를 시작했는데 이렇게 벗어났군요. 나는 감옥에 대해, 감옥보다 더 힘든 그 일에 대해 말하면서 시작했지요. 당연히 만약 나에게 어떤 결과를 가져올지 미리 알았다면 그런 일을 절대 수락하지 않았을 겁니다. 하지만 잘 알다시피, 사람이란 어떤 일에 아니라고 말하는 것을 뒤늦게 배우는 법이지요. 그리고 솔직히 말하자면 나는 지금도 배우지 못했어요. 그러니 생각해보세요. 당시에 나는 더 젊었고, 그 일은 내가 아가씨와 함께 두 달 동안 휴가를 갈 생각을 할 정도의 금액을 제공했어요. 그리고 모두들 뒤로 물러날 때 나는 앞장서는 것을 언제나 좋아했고 지금도 좋아한다는 것을 알아야 해요. 그들은 내가 어떤 유형인지 곧바로 이해했던 것입니다. 나에게 아첨했지요. 나 같은 특별한 조립공을 찾아내지 못했고, 나를 신뢰하고 있으며, 그것은 책임을 요구하는 작업이라고 말했어요. 간단히 말해 나는 좋다고 대답했지만, 미처 깨닫지 못했기 때문에 그랬지요.

사실 그 설계자는 유능했지만 엄청나게 커다란 실수를 했던 겁니다. 나는 주위에서 들리는 이야기들과 그의 얼굴에서 이해했어요. 그런 기둥관에는, 도자기든 다른 어떤 재료든, 고리들은 증기를 방해하기 때문에 적합하지 않은 것 같아요. 유일한 방법은 거기에다 스테인리스 강철로 만든 판들, 그러니까 구멍이 뚫린 판들을 50센티미터 높이마다 하나씩, 즉 대략 모두 50개를 설치하는 것이었어요……. 판들을 고정한 그런 기둥관을 당신은 알아요? 그래요? 하지만 장담하건대, 어떻게 조립하는지 모를 겁니다. 아니면 혹시 알고 있더라도, 그걸 조립하면 어떤 효과가 있는지 모를 겁니다. 하지만 그게 정상이에요. 사람들은 자동차를 타고 다니지만 그 안에서 일어나는 모든 일에 대해 생각도 하지 않아요. 아니면 호주머니 안에 있는 계산기처럼 생각해요. 처음에는 놀라지만 나중에는 익숙해지고 자연스럽게 보게 되지요. 그리고 내가 이 손을 들려고 결정하면 바로 이 팔이 올라가는 것이 자연스럽게 보이지만, 그건 바로 습관일 뿐이에요. 그렇기 때문에 나는 내 조립 작업들을 이야기하는 게 좋아요. 많은 사람들이 잘 모르기 때문이지요. 하지만 판들로 돌아갑시다.

각각의 판은 두 부분으로 나뉘어 있지요. 반달 두 개를 서로 끼워 넣는 것처럼 말이에요. 만약 완전한 상태로 되어 있으면 조립이 너무 어렵거나 또는 불가능할 수 있기 때문에 그렇게 나누어서 만든 겁니다. 각 판은 기둥관의 벽면에 용접된 여덟 개의 까치발 위에 올려놓게 되는데, 내 일이 바로 그 까치발을 아래에서부터 용접하는 것이었어요. 완전히 한 바퀴 용접하고, 위로 어깨 높이까지 올라가지요. 당신도 알다시피 더 높으면 힘들기 때문에 안 돼요. 그러면 첫 번째 둘레의 까치발들 위로 첫 번째 판을 조립하고, 그 위로 고무 신발을 신고 올라가고, 50센티미터 더 높아졌으니까 다시 한 바퀴 까치발을 용접하지요. 조수는 위에서 다른 판 두 조각을 내려주고, 그러면 한 번에 한 조각씩 발아래에 조립해요. 까치발 한 바퀴에 판 하나, 또 한 바퀴에 판 하나, 그런 식으로 꼭대기까지 말입니다. 하지만 꼭대기는 30미터 높이에 있어요.

좋아요. 나는 별 어려움 없이 용접 지점을 표시했어요. 하지만 땅에서 2~3미터 높이에 있게 된 이후부터 이상한 느낌이 들기 시작했어요. 처음에는 환기가 잘 되었어도 용접봉에서 나오는 연기 때문이라고, 아니면 혹시 마스크 때문이라고 생각했어요. 여러 시간 계속해서 용접할 경우 마스크는 얼굴 전체를 덮어야 하고, 만약 그러지 않으면 뜨거워서 피부가 모두 벗겨지지요. 하지만 다음에 더욱 나빠졌어요. 여기 위장 입구에 무거운 것이 걸려 있는 느낌이었고, 어린아이가 울고 싶을 때처럼 목이 꽉 막힌 느낌이었지요. 무엇보다도 머리가 빙빙 도는 느낌이었어요. 얼마 전부터 잊고 있던 많은 것들이 머릿속에 떠올랐지요. 할머니의 자매 한 분이 봉쇄 수녀가 되었는데, '이 문을 지나가는 사람은 살아서든 죽어서든 더 이상 밖으로 나오지 못한다.'고 했던 이야기, 그리고 고향에서 어떤 사람을 관에 넣어 땅속에 묻었는데 죽지 않았고, 그래서 무덤에서 나오기 위해 주먹으로 두드렸다는 이야기였어요. 그 관이 점점 더 좁아지는 것 같았고, 마치 뱀의 뱃속에 든 생쥐처럼 나를 질식시키는 것 같기도 했어요. 그리고 위를 올려다보면 한 번에 50센티미터의 짧은 걸음으로 도달해야 하는 꼭대기가 아주 멀리 있었고, 그래서 밖으로 나가고 싶은 커다란 욕망을 느꼈지요. 하지만 나는 저항했어요. 나에게 수많은 찬사를 보냈는데 바보 같은 모습을 보이고 싶지 않았기 때문이지요.

간단히 말해 이틀이 걸렸는데, 나는 뒤로 물러서지 않았고 꼭대기에 도착했어요. 하지만 그때 이후로 이따금 덫에 걸린 생쥐의 느낌이 갑작스럽게 되살아나요. 특히 엘리베이터 안에 있을 때 그래요. 일할 때에는 별로 그렇지 않아요. 그때 이후로 폐쇄된 곳의 작업은 다른 사람들에게 맡기니까요. 그리고 나는 행복하다고 생각해요. 내 일은 대부분 사방에서 바람이 부는 곳에서 하고, 혹시 더위나 추위, 비, 현기증을 견뎌야 하지만 봉쇄 문제는 없기 때문이지요. 나는 그 기둥관을 멀리서라도 다시 보러 가지 않았고, 모든 기둥관, 배관, 터널에서 멀리 떨어져 빙 돌아가고, 신문에 납치 이야기가 있을 때에는 아예 읽지도 않아요. 그래요, 멍청이 같지요. 멍청이 같다는 것을 나도 알아요. 하지만 이제 더 이상 예전으로 돌아갈 수 없어요. 학교에서 볼록과 오목에 대해 가르쳤지요. 그래요. 나는 볼록 조립공이 되었고, 오목 작업은 나에게 어울리지 않아요. 하지만 그런 말을 하지 않는 것이 더 낫지요."

조수

　　　　　　　　　　　"……오, 제발! 비교하고 싶어
요? 나는 아니에요. 나는 내 운명에 대해 절대 불평하지 않았어요. 그
리고 불평한다면 짐승일 겁니다. 내가 선택했기 때문이지요. 나는 여
러 나라를 보고 싶었고, 즐겁게 일하고 싶었고, 내가 버는 돈을 부끄
러워하지 않고 싶었고, 내가 원하는 것을 얻었어요. 물론 장점도 있고
단점도 있지요. 가족이 있는 당신은 잘 알 겁니다. 바로 이런 일에는
가족을 이룰 수 없어요. 친구들도요. 혹시 친구를 만들어도 단지 작업
장이 지속되는 만큼만 지속되지요. 세 달, 네 달, 기껏해야 여섯 달이
고, 그런 다음 다시 비행기를 타러 가지요……. 그런데 여기에서는 비
행기를 '사물리오트'*라고 불러요. 알고 있었어요? 나에게는 언제나
멋진 이름 같아요. 우리 고장의 양파가 생각나게 해요. 그래요, '시울
로트'**, '쉼미오티'***가 생각나게 해요. 당신에게 말했지요. 비행기

---

* 　원문에는 samuliòt로 되어 있고, 위버는 samolyiot로 표기했는데, 러시아어로 '비행기'를 뜻한다.

를 타러 가는데 그저 그렇다고 말이에요. 만약 아무렇지도 않다면 진정한 친구가 아니었다는 뜻이지요. 반대로 만약 진정한 친구라면 마음이 아프지요. 아가씨들도 마찬가지예요. 아니, 더 나쁘지요. 아가씨 없이 살 수 없고, 그러다 언젠가 곤경에 처할 테니까 말입니다."

파우소네는 자기 방에서 차 한 잔 마시자고 나를 초대했다. 수도원의 방 같았고, 세부적인 것들까지 내 방과 완전히 똑같았다. 전등갓, 침대보, 벽지, 세면대(바로 내 방의 세면대와 똑같이 물방울이 떨어지고 있었다), 선반 위에 채널도 없는 작은 라디오, 장화 벗는 기구, 심지어 문 모퉁이 위의 거미줄까지 똑같았다. 다만 나는 며칠 전부터 그 방을 썼고, 그는 세 달 전부터 쓰고 있었다. 벽의 옷장에다 조그만 부엌도 만들어 놓았고, 천장에는 살라미와 마늘 두 타래를 걸어두었고, 벽에는 비행기에서 찍은 토리노의 전경 사진과, 서명들로 가득한 토리노 축구팀의 사진이 걸려 있었다. 페나테스****처럼 그리 많지는 않았지만, 나는 그것마저 없었고, 내 방보다 그의 방에서 더 편안한 느낌이었다. 차가 준비되었을 때 나에게 친절하게 제공했지만 쟁반도 없었다. 차에다 보드카를 최소한 절반 대 절반으로 섞으라고 나에게 권했다. 아니, 처방을 내렸다. "그러면 더 편안히 잠을 자게 돼요." 하지만 그 황량한 삼림 지역에서는 어쨌든 잠을 잘 잤다. 밤에는 완전하고 원초적

**   siulòt. 피에몬테 지방의 사투리로 '작은 양파들'을 가리킨다.
***   scimmitti, '원숭이'를 뜻하는 scimmia의 축소형 명사 복수형이다.
****   Penates. 고대 로마의 신으로 가족과 집의 수호신이다.

인 정적을 맛보았다. 오로지 바람의 숨결이나 알 수 없는 야행성 새가 우는 소리에 정적이 깨질 뿐이었다.

"그래요. 헤어질 때 가장 슬펐던 친구가 누구였는지 내가 말하면, 당신은 아마 이렇게 펄쩍 뛸 겁니다. 왜냐하면 첫째, 나를 적잖이 곤란하게 만들었고, 그리고 둘째, 사람도 아니었기 때문이지요. 그러니까 바로 원숭이였어요."

나는 펄쩍 뛰지 않았다. 두 번째 반응이 첫 번째 반응보다 앞서게 할 정도의 자제력에 오래전부터 익숙해졌기 때문이다. 그뿐 아니라 파우소네의 서론이 놀라움의 예리함을 무디게 만들었기 때문이기도 하다. 앞에서 분명히 말했을 테지만, 그는 대단한 이야기꾼이 아니었고 다른 분야에서 더 잘했다. 게다가 그다지 놀랄 일도 아니다. 동물들의 가장 좋은 친구, 잘 이해하고 또 잘 이해되는 가장 훌륭한 친구는 바로 외로운 사람들이라는 것을 누가 모르겠는가?

"단 한 번 기중기 작업이 아니었지요. 기중기 조립 이야기는 아직 엄청나게 많아요. 하지만 결국에는 지루해지게 돼요. 그때에는 데릭이었어요. 당신은 데릭이 무엇인지 알아요?"

나는 책에 나오는 개념만 갖고 있었다. 탑 모양의 철제 뼈대이며 원유 유정油井에 구멍을 뚫거나 또는 원유 자체를 채굴하는 데에도 사용되는 것으로 알고 있었다. 만약 관심이 있다면 그 이름의 기원에 대한 정확한 정보를 제공할 수도 있었다. 데릭*이라는 경건하고 양심적인 전문가가 16세기 말 런던에서 살았는데, 그는 오랫동안 영국 국왕의 사형 집행인으로 일했으며, 너무나도 양심적이고 너무나도 자기 직업을 사랑했기에 끊임없이 도구들을 완성시키려고 연구했다. 그리하여 자기 경력의 막바지에 새로운 모델의 교수대를 개발했다. 매달린 사람이 멀리서도 '높고 분명하게' 보일 수 있도록 높다랗고 날렵한 뼈대로 만들어진 것이었다. 그것이 바로 '데릭 교수대'로 일컬어졌고 나중에 더 간략하게 소문자로 '데릭'이라 부르게 되었다. 뒤이어서 유사함으로 인해 그 이름은 다른 구조들, 모호한 용도로 사용되는 모든 뼈대 구조들로 확산되었다. 그리하여 데릭이라는 사람은 자기 성姓의 첫 대문자를 상실하는 그 특별하고 아주 드문 형태의 불멸성을 얻게 되었다. 그런 명예는 모든 시대의 탁월한 인물들 십여 명만이 누리는 것이다. 어쨌든 그의 이야기를 계속하도록 놔두자.

파우소네는 나의 사소한 개입을 눈 하나 깜박하지 않고 받아들였다. 하지만 거리감을 두는 태도를 취했는데, 아마 역사에 대해 질문받았을 때 그러하듯이 내가 원과거遠過去**를 사용한 것에 불편했던 모양이다. 그런 다음 그는 계속했다.

"그럴 수도 있지요. 하지만 나는 사람들을 그냥 아무렇게나 목매달았다고 생각했어요. 어쨌든 그 데릭은 전혀 특별한 것이 아니었어요. 대략 20미터 높이에 구멍 뚫는 데릭으로, 만약 아무것도 발견하지

---

* 원문에는 Derryck으로 되어 있는데, 영국 사형 집행자의 이름은 Thomas Derrick이다.
** 이탈리아어 과거시제들 중의 하나.

못하면 해체하여 다른 장소로 옮기는 그런 것이었어요. 내 이야기에서는 대부분 날씨가 언제나 너무 덥거나, 아니면 너무 추웠지요. 그렇지만 이번에는 숲 한가운데 빈터에 있었고, 춥지도 않고 덥지도 않았지만 대신 계속해서 비가 내렸어요. 미지근한 비였고, 불쾌하다고 말할 수도 없었어요. 왜냐하면 주변에는 샤워 시설이 없었기 때문이지요. 그곳 사람들이 그러하듯이 팬티만 입은 채 그냥 옷을 벗기만 하면 되었고, 비가 오면 오게 내버려두는 것이지요.

조립은 우스꽝스러운 것이었어요. 정규 자격증을 갖춘 조립공도 필요 없고, 단지 높은 곳을 두려워하지 않는 노동자로 충분했을 겁니다. 나는 노동자 세 명을 데리고 있었는데, 하느님 맙소사! 정말 쓸모없는 놈들이었어요. 영양실조에 걸린 것이 분명했어요. 하지만 아침부터 저녁까지 단지 빈둥거렸을 뿐이에요. 말을 하면 대답도 하지 않았고 잠자고 있는 것 같았어요. 사실 내가 거의 모든 것을 생각해야 했어요. 발전기, 전선들의 연결, 심지어 막사에서 저녁에 요리를 하는 것까지 말이에요. 하지만 무엇보다 나를 골치 아프게 만든 것은 기계 장비라고 부르는 것이었는데, 그렇게 복잡한 것인지 생각지도 못했어요. 잘 알겠지만, 수많은 벨트와 무한 나사가 복잡하게 뒤엉킨 장치로 드릴을 내려가게 하는 장비였어요. 그 조립은 내가 할 수 있는 작업이 아니었어요. 아무것도 아닌 것처럼 보이지만, 내부에는 작동을 위한 모든 장치, 스스로 조절되는 전자 장치와 진흙 펌프들의 조절 장치가 있어요. 또 아래 부분에다 유정 안으로 하나씩 들어가는 강철관들을 조이지요. 간단히 말해 모든 것이 대부분 사람들이 보는 영화 같았어요…… 그래요, 바로 영화, 텍사스 영화 같았어요. 단지 말만 그런 것이 아닌데, 그것도 멋진 작업이에요. 나는 깨닫지 못했지만 때로는 5킬로미터 밑으로 내려가도 석유가 있다고 장담할 수 없어요."

보드카를 섞은 차를 마신 다음에도 파우소네의 이야기는 이륙할 기미를 보이지 않았기 때문에, 나는 내 방에 있던 발효된 치즈와 조그마한 헝가리 치즈에 대해 조심스럽게 말을 꺼냈다. 그는 칭찬을 하지 않았다(그는 절대 칭찬을 하지 않는다. 그건 자기 스타일이 아니라고 말한다). 그리하여 차 한 잔이 저녁을 겸한 간식으로 바뀌었다. 그러는 동안 오렌지색 석양빛은 북반구 밤의 빛나는 보랏빛으로 바뀌었다. 서쪽 하늘을 배경으로 땅의 기다란 물결이 뚜렷이 보였고, 그 위로 희미하고 검은 구름이 나지막하게 평행으로 펼쳐져 있었다. 마치 화가가 자신의 붓질을 후회하고 조금 위에다 다시 반복해서 그린 것 같았다. 그건 이상한 구름이었다. 우리는 거기에 대해 토론했고, 결국 파우소네가 나를 설득시켰는데, 멀리 떨어진 동물들 무리가 바람 없는 허공으로 일으킨 흙먼지라는 것이다.

"왜 우리는 언제나 이상한 곳에서 일을 해야 하는지 말하기 어렵군요. 덥거나, 춥거나, 건조하거나, 바로 지금 내가 이야기하고 있는 곳처럼 언제나 비가 오는 곳이지요. 아마 우리가, 문명화된 나라의 우리가 잘못 습관이 들었고, 그래서 만약 조금만 다른 장소에 있게 되면 곧바로 세상이 끝난 것처럼 보기 때문일 겁니다. 하지만 자기 고향에서 잘 살아가고 문명 세계의 우리와 바꾸지 않을 사람들이 사방에 있지요. 습관의 문제예요.

그런데 당신에게 말한 그 나라에서는 사람들과 친구가 되기가 쉽지 않아요. 나는 무어인들에 반대하여 말할 이유가 전혀 없고, 다른 많은 곳에서 우리보다 더 유능한 사람들을 발견했다는 것을 알아야 해요. 하지만 그곳에서 경험한 종족은 전혀 달랐어요. 그들은 게으름뱅이에다 거짓말쟁이예요. 영어를 하는 사람은 거의 없고, 나는 그 사람들의 언어를 몰라요. 포도주는 전혀 없고 무엇인지도 몰라요. 그들은 자기 여자에 대해 질투심이 강한데, 분명히 말하지만 잘못이에요. 그 여자들은 짧은 다리에 조그맣고 가슴이 여기까지 닿기 때문이지요. 그들이 먹는 것들은 속이 뒤틀리게 만드는데, 지금 우리는 저녁을 먹는 중이니까 더 이야기하지 않겠어요. 간단히 말해 거기에서 내가 만들 수 있었던 유일한 친구가 원숭이였다고 하더라도 다른 대안이 전혀 없었다는 것을 믿어야 해요. 그 녀석은 원숭이로서 멋지게 생긴 것도 아니었고, 머리 주위에 털이 있고 개와 비슷한 얼굴을 가진 원숭이들 중 하나였지요.

그 원숭이는 호기심이 많았고, 내가 일하는 것을 보러 왔고, 곧바로 나에게 한 가지를 보여주었지요. 내가 말했듯이 계속 비가 왔어요. 그런데 그 녀석은 특별한 자세로 앉아서 비를 맞았어요. 무릎을 세우고, 머리를 무릎 위에 대고, 두 손으로 머리를 덮은 자세였지요. 내가 관찰해보니 그런 자세에서 털은 모두 아래쪽으로 가지런히 늘어섰고,

그래서 거의 젖지 않았어요. 빗물은 팔꿈치와 등 뒤로 흘러내렸고, 배와 얼굴은 마른 상태로 남아 있었어요. 볼트들을 조이는 사이에 잠시 쉬기 위해 나도 시도해보았는데, 솔직히 말해 비를 막을 것이 없을 때 가장 좋은 자세예요."

나는 그가 농담한다고 생각했고, 그래서 만약 나도 벌거벗고 열대의 비를 맞게 된다면 원숭이 자세를 취하겠다고 말했다. 하지만 곧바로 그의 경멸적인 시선을 발견했다. 파우소네는 절대 농담을 하지 않으며, 농담을 해도 거북이처럼 무겁게 하고, 다른 사람의 농담을 받아들이지 않는다.

"지루했던 겁니다. 그런 계절에 암컷들은 모두 함께 모여 무리를 이루고, 아주 튼튼한 늙은 수컷 한 마리가 이끌면서 그 모든 암컷과 사랑을 하고, 젊은 수컷 원숭이가 가까이 오는 것을 보면 난리를 피우고 달려들어 할퀴지요. 나는 그 녀석의 상황을 잘 이해했어요. 내 상황과 약간 비슷했으니까요. 물론 나는 다른 이유로 암컷들 없이 지내지만 말입니다. 그렇게 외로운 둘이 똑같은 울적함에 젖어 있을 때 곧바로 친구가 된다는 것을 당신도 이해할 겁니다."

생각 하나가 내 마음속을 가로질러 갔다. 또 다시 우리 둘은 외롭고, 똑같은 울적함에 젖어 있었다. 나는 원숭이의 입장이 되었고, 멀리 있는 나와 똑같은 운명의 그 녀석에 대해 갑자기 애정의 물결이 이는 것을 느꼈다. 하지만 나는 파우소네의 이야기를 끊지 않았다.

"……다만 그 녀석은 조립해야 할 데릭이 없었지요. 첫날에는 단지 바라보기만 했고, 하품을 하거나 아주 부드러운 손가락으로 이렇게 머리와 배를 긁었고, 나에게 이빨을 드러내 보였어요. 개들과 같지 않아요. 원숭이들에게 이빨을 드러내 보이는 것은 친구가 되고 싶다는 표시지요. 하지만 나는 며칠이 지나서야 그걸 깨달았어요. 둘째 날에는 볼트 상자 주위를 맴돌았고, 내가 쫓아버리지 않으니까 이따금 볼트 하나를 손에 들었고, 먹을 수 있는 것인지 보려고 이빨로 깨물었어요. 셋째 날에는 각각의 볼트가 자신의 너트와 어울린다는 것을 깨달았고, 거의 틀리지 않았어요. 2분의 1인치 볼트는 2분의 1인치 너트와, 8분의 3인치 볼트는 8분의 3인치 너트와 맞추었어요. 하지만 모든 나사의 방향이 오른쪽이라는 것은 전혀 깨닫지 못했어요. 나중에도 깨닫지 못했어요. 단지 닥치는 대로 시도해보았고, 잘 맞아서 너트가 고정되면, 위로 아래로 뛰었고, 손으로 바닥을 두드렸고, 소리를 질렀고, 행복해 보였어요. 우리 조립공들도 원숭이처럼 손 네 개와 혹시 꼬리까지 갖고 있지 못한 것이 정말로 유감이라는 것을 알아요? 나는 엄청나게 부러웠어요. 약간 신뢰감을 얻었을 때 녀석은 번개처럼 구조물 위로 올라왔고, 발로 빔을 붙잡은 채 머리를 아래로 매달렸고, 그런 자세로 볼트들을 돌렸고, 나에게 다양한 표정을 지어 보였어요.

그래요. 나는 하루 종일 그 녀석만 바라보고 있었을 겁니다. 하지만 작업 만기일이 있었고 그건 지켜야 했지요. 나는 비가 내리는 사이사이에 아무 쓸모없는 세 명 노동자의 도움과 함께 어떻게든 작업을 진행시켰어요. 그 녀석도 나를 도와줄 수 있었겠지만 어린애 같았고,

그걸 놀이로, 장난으로 받아들였지요. 다른 방도가 없었어요. 며칠 뒤 나는 필요한 빔을 위로 가져오라고 신호를 했어요. 녀석은 나는 듯이 내려갔다가 올라왔는데, 언제나 비행기 때문에 빨간색이 칠해진 꼭대기의 빔만 가져왔어요. 제일 가벼운 빔이지요. 녀석은 분명히 인지 능력을 갖고 있었고, 너무 힘들이지 않게 놀고 싶어 했지요. 하지만 그렇다고 세 명의 무어인 노동자가 훨씬 더 잘했다고 믿지 마세요. 최소한 그 녀석은 떨어질까 두려워하지 않았으니까요.

오늘 조금, 내일 조금 하는 사이에 나는 굴착 장치를 설치하게 되었고, 모터 두 대를 시험했을 때 그 녀석은 처음에는 소음과 혼자서 움직이는 그 모든 바퀴들 때문에 약간 놀랐지요. 그 무렵 나는 녀석에게 이름을 붙여주었고, 부르면 녀석이 왔어요. 이따금 바나나를 주었기 때문이기도 한데 어쨌든 부르면 왔어요. 그런 다음 나는 제어반을 설치했고, 녀석은 마법에 홀린 듯이 바라보고 있었어요. 그 빨간색과 초록색 불빛들이 켜졌을 때에는 마치 왜 그런지 이유를 묻는 것처럼 나를 바라보더군요. 그리고 내가 관심을 보이지 않으면 어린애처럼 울었어요. 그래요. 여기에서는 별로 이야기할 것이 없어요. 잘못한 것은 나예요. 그 버튼 장치를 녀석이 약간 지나칠 정도로 좋아한다는 것을 보았는데도 말이에요. 무슨 말이냐고요? 바로 마지막 날 저녁에 나는 퓨즈들을 빼놓는 것이 좋겠다고 생각하지 못할 정도로 멍청했어요."

재난이 다가오고 있었다. 나는 파우소네에게 어떻게 그런 심각한 실수를 저지를 수 있었는지 질문하려고 하다가 그의 이야기를 망치지 않으려고 자제했다. 사실 수많은 시도들과 오류들을 통해 확고하게 코드화된 이야기하기의 기술이 있는 것처럼, 그만큼 오래되고 고귀한 경청하기의 기술도 있는데, 내가 아는 한 거기에 대해서는 어떤 기준도 제시되지 않았다. 그렇지만 모든 이야기꾼은 모든 이야기에서 듣는 사람이 결정적인 기여를 한다는 것을 경험상 알고 있다. 산만하거나 냉담한 청중은 모든 강연이나 강의를 힘 빠지게 만들고, 우호적인 청중은 격려해준다. 그뿐만 아니라 듣는 사람 개개인은 이야기라는 예술 작업에 대해 일정한 책임을 갖고 있다. 전화기에 대고 이야기하는 사람도 듣는 사람이 두드러진 반응이 없을 때 그걸 곧바로 알아차리고 얼어붙게 된다. 그럴 경우 듣는 사람은 간헐적인 단음절이나 투덜거리는 소리로 자신의 우발적인 관심을 드러낼 뿐이다. 작가들, 말하자면 무형의 청중에게 이야기하는 사람들의 숫자가 적은 것은 바로 그런 중요한 이유 때문이기도 하다.

"……아니에요. 완전히 망가뜨리지는 못했어요. 하지만 하마터면 그럴 뻔했지요. 나는 거기에서 전기 연결 문제로 고생하고 있었는데, 알다시피 나는 전기 기사가 아니지만 조립공은 사방에서 문제를 해결해야 하기 때문입니다. 특히 나중에 내가 제어 장치를 시험할 때 그 녀석은 움직임을 하나도 놓치지 않았어요. 그리고 다음 날은 일요일이었는데, 작업이 끝났고, 하루 휴식이 필요했지요. 간단히 말해 월요일이 되어 현장에 돌아왔을 때 구조물은 마치 누군가가 한 대 후려친 것 같았어요. 아직 서 있었지만 완전히 비틀려 있었고, 갈고리는 마치 배의 닻처럼 토대에 닿아 있었지요. 그리고 그 녀석은 거기 앉아서 나를 기다리고 있었어요. 내가 오토바이를 타고 오는 소리를 들었던 겁니다. 도대체 무슨 일을 했다고 생각하는지 모르겠지만 완전히 자랑스러운 표정이었어요. 나는 분명히 기계 장치를 위로 끌어올려 놓았는데, 그 녀석이 밑으로 내려놓은 것이 분명해요. 버튼 하나만 누르면 되었어요. 토요일에 내가 여러 번 그렇게 하는 것을 보았으니까요. 그리고 무게가 몇백 킬로그램이었지만 틀림없이 위에서 그네를 탔을 것이고, 그렇게 그네를 타는 동안 갈고리가 가로대 하나에 걸려 잠가지게 했을 겁니다. 그건 바로 걸쇠와 스프링 장치가 있어서 잠가지면 열리지 않는 안전 갈고리였어요. 안전장치가 때로는 어디에 사용되는지 한 번 보세요. 결국 그 녀석은 아마 자기가 사고를 치고 있다는 것을 깨달았는지 다시 올라가게 하는 버튼을 누른 모양입니다. 아니면 혹시 우연히 그랬을 수도 있지요. 모든 구조물이 팽팽히 당겨졌을 것이고, 그걸 생각하면 지금도 식은땀이 나요. 빔 서너 개가 무너졌고, 설비 전체가 기울어졌지만, 다행히 자동 스위치가 작동했지요. 그렇지 않았다면 런던의 교수대는 안녕을 고했을 겁니다."

"그렇다면 그렇게 심각한 문제가 아니었어요?" 그런 질문을 하면서 나는 내 걱정스러운 목소리에서 그 모험적인 원숭이, 아마 자신의 말 없는 인간 친구가 보여주는 경이로움을 모방하려고 했던 원숭이를 편들고 있다는 것을 깨달았다.

"보기에 따라 다르지요. 나는 수리하기 위해 나흘 동안 작업했고, 벌금으로 상당한 돈을 내야 했지요. 하지만 내가 모든 것을 바로잡으려고 고생하고 있는 동안 그 녀석은 얼굴 표정을 바꾸었어요. 아주 울적했고, 머리를 어깨 사이로 집어넣었고, 완전히 한쪽 구석에서 바라보았고, 내가 가까이 다가가면 달아났지요. 아마 내가 암컷들의 주인인 늙은 수컷처럼 할퀼까 두려워하는 것 같았어요……. 그런데, 더 무엇을 기다려요? 데릭 이야기는 끝났어요. 나는 똑바로 세웠고, 모든 것을 테스트했고, 짐을 싸서 떠났지요. 그런 사고를 쳤지만 나는 원숭이를 데려오고 싶었어요. 하지만 나중에 여기에서는 병에 걸릴 수 있다고 생각했지요. 하숙집에는 데리고 있을 수 없고, 내 아주머니들에게는 멋진 선물이 될 수 있었을 겁니다. 하지만 만약 다시 나타난다면 뻔뻔스러운 놈이겠지요."

대담한 아가씨

"천만에, 아니에요. 나는 그들
이 보내는 곳으로 가지요. 물론 이탈리아에도 가지요. 하지만 이탈리
아로는 나를 거의 보내지 않아요. 내가 일을 너무 잘하기 때문이지요.
나쁘게 생각하지 마세요. 단지 내가 모든 상황에서 그럭저럭 문제를
해결할 줄 안다고 말하려는 것뿐이에요. 그래서 나를 외국으로 보내
고, 이탈리아에는 젊은 사람이나 나이 든 사람, 심장마비가 오지 않을
까 걱정하는 사람, 게으름뱅이를 보내려고 해요. 그리고 나도 그걸 좋
아해요. 세상을 구경하고 언제나 새로운 것을 배우고, 또 내 상관에게
서 멀리 떨어져 있기 위해서 말입니다."

일요일이었다. 대기는 신선했고 송진 향이 났으며, 태양은 전혀
기울지 않는 것 같았고, 우리 둘은 어두워지기 전에 강에 도달하려는
생각으로 숲을 가로질러 걷고 있었다. 낙엽들 사이로 바람이 바스락
거리는 소리가 멈추면, 지평선의 모든 지점에서 오는 것 같은 무겁고
평온한 목소리가 들렸다. 또 간헐적으로 때로는 가깝고 때로는 멀리

에서 희미하지만 광분한 망치 소리, 마치 누군가가 조그마한 압축 공기 망치로 나무 둥치에 조그만 못을 박고 있는 것 같은 소리가 들려왔다. 파우소네는 이탈리아에도 있지만 사냥이 금지된 녹색 딱따구리라고 설명했다. 나는 그의 상관이 더 이상 보지 않으려고 수천 킬로미터 밖으로 달아나게 만들 정도로 정말 견딜 수 없는 사람인지 물었고, 그는 아니라고, 오히려 상당히 훌륭하다고 대답했다. 그의 말에서 훌륭하다는 용어는 방대한 의미를 갖고 있었고 단계적으로 온순하다, 친절하다, 전문가이다, 영리하다, 용기 있다 등을 의미했다.

"……하지만 고양이한테 기어오르는 법을 가르치려는 그런 사람이에요. 내 말을 이해하는지 모르겠네요. 간단히 말해 억압적이고 자유롭게 놔두지 않는 사람이지요. 그런데 만약 일에서 자유로움을 느끼지 못한다면, 조국이여 안녕! 아무런 만족감도 없고, 차라리 피아트* 공장으로 가는 것이 더 나을 거예요. 최소한 집에 돌아오면 슬리퍼를 신고 아내와 침대로 갈 수 있겠지요. 알다시피 그건 유혹이에요. 위험이기도 하지요. 특히 특정한 나라로 보낸다면 말입니다. 아니, 그게 아니에요. 여기에는 장미와 꽃들이 있어요. 당신에게 말했지요. 모든 것을 버리고 결혼하고, 집시 생활을 끝내는 것은 유혹이라고 말했지요. 에, 그래요, 정말 유혹이지요." 그는 생각에 잠겨 반복해서 말했다.

분명 이론적 진술에는 실제적인 예가 뒤따를 것이다. 실제로 몇

---

* 1899년에 설립된 이탈리아의 최대 자동차 회사.

분 뒤에 그는 다시 이야기를 시작했다.

"그래요. 당신에게 말했듯이, 그때는 내 상관이 나를 이탈리아에, 더구나 남부 이탈리아에 보냈어요. 거기에 어려움이 있다는 것을 알았기 때문이지요. 이상한 조립 이야기를 듣고 싶다면(다른 사람의 불행 이야기를 듣는 것을 좋아하는 사람이 있다는 것은 나도 알아요) 이 이야기를 들어보세요. 그런 조립은 더 이상 일어나지 않았고, 어떤 조립공에게도 일어나지 않기를 바라기 때문이지요. 무엇보다도 고용주 때문이었어요. 그도 훌륭한 사람이었어요. 나에게 정말 대단한 식사에다 심지어 위에 천개天蓋가 달린 침대까지 제공했는데, 어떻게 해서든지 내가 자기 집에서 자기를 원했기 때문이에요. 하지만 일에 대해서는 전혀 이해하지 못했고, 당신도 알다시피 그보다 더 나쁜 것은 없지요. 그는 살라미 사업을 했고 돈을 많이 벌었어요. 아니면 혹시 남부의 정부기관에서 주었는지 나로서는 말할 수 없어요. 사실 그는 금속 가구를 만들겠다는 생각을 머릿속에 갖고 있었지요. 단지 얼간이들이나 자기가 하고 싶은 대로 할 수 있기 때문에 멍청한 고용주가 더 낫다고 믿지만, 정반대로 멍청한 고용주는 골치 아픈 일만 만들 뿐이에요. 장비도 갖추지 않고, 예비 부품도 없고, 뭔가 잘 안 되면 신경질을 부리고, 계약서 내용을 따지려 하고, 반대로 일이 잘 진행되면 오랫동안 붙잡고 이야기하고 시간을 낭비하게 만들지요. 그 사람이 바로 그랬고, 나는 마치 망치와 모루 사이에 있는 것 같았어요. 왜냐하면 텔렉스의 다른 한쪽에서는 내 상관이 숨을 막히게 만들었기 때문이지요. 두 시간마다 나에게 텔렉스를 보내 작업 진행 상황을 물었어요. 상관들은 일정한 나이가 지나면 각자 열광하는 것을 최소한 하나쯤 갖고 있다는 것을 알아야 해요. 내 상관은 여러 개 갖고 있었어요. 당신에게 이미 말했지만, 첫 번째이며 가장 큰 열광은 자기가 모든 것을 하려는 것이에요. 마치 책상 뒤에 앉아서, 아니면 전화기나 텔렉스를 붙잡고 조립을 할 수 있는 것처럼 말이에요. 한 번 상상해보세요! 조립이란 자신이 직접 자기 머리로, 더 좋은 것은 자기 손으로 연구해야 하는 작업이에요. 잘 알겠지만 안락의자에서 보는 것과 40미터 높이의 구조물 위에서 보는 것은 다르기 때문이지요. 게다가 또 다른 열광들을 갖고 있었어요. 예를 들면 베어링이 그래요. 그는 오로지 스웨덴 베어링만 원했고, 누군가가 작업에서 다른 베어링을 설치한 것을 알면 붉으락푸르락해지고 이렇게 펄펄 뛰었어요. 그런데 평소에는 평온한 사람이었어요. 웃기는 이야기예요. 지금 당신에게 이야기하는 작업은 길지만 느리고 가벼운 컨베이어 벨트 작업이었고, 분명히 모든 베어링이 괜찮았을 테니까요. 아니, 심지어 내 대부代父가 가소메트로 거리(그분은 그렇게 불렀지만, 지금은 카메라나 거리*라고 부르지요)에 있는 작업장에서 디아토와 프리네티** 자동차에 많은 그리스와 함께 하나씩 사용했던 청동

---

*   Via Camerana. 토리노 시내에서 약간 서쪽에 있는 거리이다.
**   디아토Diatto는 디아토 형제가 1905년 토리노에 설립한 자동차 회사로 주로 스포츠카와 고급차를 생산하다가 1932년에 문을 닫았다. 프리네티Prinetti(원래 이름은 Prinetti Stucchi & C.)는 1874년 밀라노에 창립된 회사로 1926년까지 자전거, 재봉틀, 자동차를 생산했다.

부싱도 괜찮았을 겁니다.

　게다가 엔지니어였기 때문에 피로 파괴疲勞破壞에 대한 열광도 있어서 온 사방에서 피로 파괴를 보았고, 아마 밤에 꿈도 꾸었을 겁니다. 당신은 이 분야가 아니니까 그게 무엇인지 아마 모를 수도 있습니다. 어쨌든 아주 드문 것이고, 내 모든 경력에서 확실한 피로 파괴는 한 번도 본 적이 없어요. 하지만 부품 하나가 깨지면, 고용주, 책임자, 설계자, 작업반장은 언제나 모두 한마음이 되는데, 자신들은 아무것도 할 수 없으면서, 잘못은 멀리 떨어져 있어 자신을 방어할 수도 없는 조립공 때문이거나, 아니면 표류漂流 전류 때문이거나, 아니면 피로 때문으로 돌리고, 자신들은 손을 씻거나 최소한 그러려고 시도하지요. 하지만 멀리 벗어나지 맙시다. 그 상관의 열광 중에서 가장 이상한 것은 책의 페이지를 넘겨야 할 때 먼저 손가락에 침을 묻히는 겁니다. 내 기억으로 초등학교 때 담임 선생님은 학교에 간 첫날 우리에게 세균 때문에 그렇게 하지 말라고 가르쳤어요. 분명히 그 사람의 선생님은 그걸 가르치지 않은 것 같아요. 언제나 침을 묻혔으니까요. 그래요. 책상 서랍이나 창문, 금고의 문, 무엇이든지 여는 동작을 할 때마다 손가락에 침을 묻혔어요. 한번은 풀비아*** 자동차 보닛을 열기 전에 손가락에 침을 묻히는 것도 보았어요."

　이 시점에서 파우소네가 아니라 내가 훌륭한 고용주와 미숙한 고

***　Fulvia. 토리노의 란차에서 1963년부터 1976년까지 생산한 자동차이다.

용주, 훌륭한 상관과 광적인 상관 사이에서 이야기의 맥락을 잃고 있다는 것을 깨달았다. 나는 그에게 조금 더 분명하고 간략하게 말해달라고 부탁했다. 하지만 그러는 동안 우리는 강가에 도착했고 잠시 동안 말없이 있었다. 그건 강이 아니라 바다의 한 자락 같았다. 강은 우리 쪽 기슭에 무르고 불그스레한 흙으로 높이 쌓은 제방을 엄숙하게 스치는 소리와 함께 흘러가고 있었으며, 맞은편 기슭은 가까스로 보일 정도였다. 투명하고 깨끗하며 잔잔한 파도가 기슭에 부딪쳐 부서졌다.

"아마 내가 세부적인 것에서 약간 길을 잃은 것 같군요. 하지만 이상한 작업이었다는 것은 내가 장담해요. 말하고 싶지 않지만, 무엇보다 그곳 노동자들은 모두 얼간이였어요. 아마 괭이나 휘두르는 데 적합하겠지만, 맹세하고 싶지 않아요. 내가 보기에는 오히려 게으름뱅이 같았고 틈만 나면 보건실에 갔어요. 하지만 가장 열악한 것은 자재였어요. 거기 있는 볼트들은, 첫째, 갖춰진 것이 거의 없었고, 둘째, 개들도 역겨워할 것들이었어요. 아무리 엉망이라지만 농담이 아니라 그런 물건은 전혀 본 적이 없어요. 이탈리아뿐만 아니라, 당신에게 이야기한 아프리카에 있었을 때도 말입니다. 기초공사도 마찬가지였어요. 측량을 팔로 한 것 같았고, 날마다 망치, 끌, 곡괭이로 모든 것을 부수고, 속성 경화 시멘트를 붓는 똑같은 음악이 들렸지요. 전화도 제멋대로 원할 때만 작동했기 때문에 나는 텔렉스에 매달렸는데, 10분 후에는 텔렉스가 으레 그렇듯이 언제나 서두르는 것처럼 아주 빽빽하게 글자들을 두드리기 시작했지요. 쓸모없는 것들을 쓸 때에도 그랬는데, 종이에는 이렇게 적혀 있었어요. '우리의 추천에도 불구하고 당신들은 분명히 출처가 의심스러운 자재를 썼군요.' 아니면 그와 비슷하게 아무 상관이 없는 다른 멍청한 것이 적혀 있었고, 나는 팔꿈치까지 우유가 나오는 것 같은 느낌이었어요.* 단지 말만 그런 것이 아니에요. 정말로 팔꿈치와 무릎까지 축축하게 젖는 것 같고, 손은 젖소의 젖처럼 매달려 대롱거리는 느낌이 들고, 그러면 직업을 바꾸고 싶은 생각이 들지요. 여러 번 그런 일이 있었지만 그때 거기에서는 더욱 심했고 드문 일이었어요. 당신에게도 혹시 그런 일이 있었어요?"

아니, 왜 없었겠는가! 나는 파우소네에게 설명했다. 최소한 평화로운 시기에 그것은 삶의 기본적인 경험들 중 하나이며, 단지 일에서만 그런 것이 아니라고 설명했다. 물론 다른 언어에서는 호모 파베르 Homo faber**를 무력화하고 가로막는 데 개입하는 그 우유의 범람이 더욱 시적인 이미지로 묘사될 수 있을 테지만, 내가 아는 언어에서는 그만큼 효과적인 것이 없다. 그걸 증명하기 위해 지겨운 상관을 둘 필요는 없다고 나는 지적했다.

"그래요. 하지만 그 사람은 성인聖人도 인내심을 잃게 만들었을

---

* '팔꿈치(또는 무릎)까지 우유가 나오게 하다'는 표현은 너무 지겨운 상황이나 지루한 사람·물건을 가리키는 데 사용된다. 손으로 우유를 짤 때, 양동이에 팔꿈치 또는 무릎 높이까지 우유가 찰 때까지 계속 짜야 하는 것을 빗댄 표현이다.
** 원문에는 이탈리아어 uomo fabbro로 되어 있다.

겁니다. 내 말을 믿으세요. 그 사람을 비난하고 싶지 않아요. 내가 말했듯이 나쁜 사람은 아니었으니까요. 다만 바로 내 약점, 일의 즐거움을 건드렸어요. 마치 우연인 것처럼 던지지만 나중에 곰곰이 생각해 보면 산채로 껍질을 벗긴다는 것을 깨닫게 만드는 그런 몇 마디보다, 차라리 벌금을 물리거나, 아니면 혹시 정직을 시켰다면, 나는 더 좋았을 겁니다. 간단히 말해 그 작업과 다른 작업의 모든 장애가 내 잘못인 것 같았지요. 스웨덴 베어링을 넣지 않았기 때문에 말이에요. 하지만 나는 스웨덴 베어링을 넣었어요. 내 돈도 아니니까요. 하지만 그 사람은 믿지 않았어요. 아니면 믿지 않는 것처럼 보였어요. 그래요. 전화를 할 때마다 나는 죄인이 된 것 같은 느낌이었고, 그래서 그 일에 영혼을 쏟아부었어요. 하지만 당신도 알다시피 우리는 자신의 영혼을 모든 작업에, 아주 이상한 작업에도 쏟아붓지요. 아니, 이상한 작업일수록 더 많은 영혼을 쏟아부어요. 나에게는 내가 하는 모든 작업이 첫사랑 같아요."

석양의 부드러운 빛살 속에 우리는 빽빽한 숲 속에 가까스로 보이는 오솔길을 따라 돌아오는 길로 들어섰다. 평소 습관과는 달리 파우소네는 이야기를 중단했고, 손은 뒷짐을 지고 눈은 땅에 고정한 채 내 옆에서 말없이 걸었다. 두세 번 숨을 들이쉬었다가 다시 말을 시작하려는 듯이 입을 여는 것을 보았지만 결정을 내리지 못한 것 같았다. 숙소가 보이는 곳에 이르렀을 때에야 다시 이야기를 시작했다.

"이야기 하나 해줄까요? 단 한 번 그 상관이 옳았어요. 거의 옳았지요. 사실 그 작업에는 어려움이 있었어요. 자재도 없었고, 살라미 사업을 하는 그 고용주는 나를 도와주기는커녕 시간만 빼앗았어요. 또 두어 푼 가치가 있는 노동자가 한 명도 없었어요. 하지만 그 모든 지연과 함께 작업이 잘 진행되지 않았다면, 내 잘못도 조금 있지요. 아니, 어느 아가씨 잘못이었어요."

사실 그는 사투리로 '나 피야'na fija라고 말했는데, 실제로 그의 입에서 '아가씨'라는 말은 어색하게 들렸을 것이다. 하지만 문자 그대로 번역한 '딸'이라는 말도 마찬가지로 어색하고 이상하게 들렸을 것이다. 어쨌든 그 소식은 놀라웠다. 자신의 모든 이야기에서 파우소네는 자랑 삼아 자신의 모습을 정서적 관심이 적은 사람, 완고한 사람, 바로 '아가씨들을 뒤쫓지 않고' 반대로 아가씨들이 뒤쫓지만 자기는 신경 쓰지 않고, 이 아가씨든 저 아가씨든 상관없이 작업이 지속될 때까지 데리고 있다가 나중에 헤어지고 떠나는 사람으로 제시했다. 나는 관심을 기울였고 긴장했다.

"그곳 아가씨들에 대해서는 많은 이야기가 있지요. 조그맣고, 뚱뚱하고, 질투심 많고, 단지 아이 낳는 데에나 적합하다는 거지요. 그런데 당신에게 말한 아가씨는 나처럼 키가 컸고, 밤색 머리칼은 거의 붉은색이었고, 장대처럼 똑바르고, 내가 별로 보지 못했을 정도로 대담했어요. 그녀는 지게차를 몰았어요. 아니, 바로 그 때문에 우리가 만났지요. 내가 조립하는 컨베이어 벨트 옆에 지게차를 위한 통로가 있었고 두 대가 겨우 지나갔어요. 나는 한 아가씨가 운전하는 지게차가 오는 것을 보았는데, 약간 밖으로 삐져나온 금속 자재를 싣고 있었어요. 그리고 저쪽에서 역시 아가씨가 운전하는 다른 빈 지게차가 왔어요. 당연히 지나갈 수 없었고, 둘 중 하나가 넓은 곳까지 뒤로 후진하거나, 아니면 금속 자재를 운반하는 아가씨가 짐을 내려놓고 잘 정돈해서 실어야 했어요. 그런데 전혀 그러지 않았어요. 둘 다 거기 멈추었고 서로에게 온갖 욕을 퍼붓기 시작했어요. 나는 둘 사이에 분명히 오래된 앙금이 있다는 것을 곧바로 깨달았고, 그 자리에서 인내심 있게 싸움이 끝나기를 기다리기로 했지요. 왜냐하면 나도 지나가야 했으니까요. 나는 키로 운전하는 카트를 몰고 있었고, 그 유명한 베어링을 싣고 있었어요. 오, 하느님, 그 말이 새어 나가 내 상관이 알지 못하게 해주소서.

그래요. 나는 5분을 기다렸고 또 10분을 기다렸는데, 헛일이었어요. 아가씨들은 마치 광장에 있는 것처럼 계속 싸웠어요. 자기네들 사투리로 싸웠지만 나는 거의 모두 이해했어요. 어느 순간 내가 끼어들었고 미안하지만 지나가게 해달라고 부탁했지요. 그러자 큰 아가씨, 조금 전에 말했던 아가씨가 몸을 돌리더니 완전히 평온한 태도로 말하더군요. '잠시 기다리세요. 우린 아직 끝나지 않았어요.' 그러고는 다른 아가씨를 향해 돌아섰고, 아주 냉정한 태도로 내가 감히 다시 반복할 수 없지만, 맹세하건대 내 머리칼이 곤두서게 만든 말을 그녀에게 던졌어요. 그리고 나에게 말했지요. '자, 이제 지나가세요.' 그 말을 하면서 전속력으로 후진하여 갔고, 내가 오싹해질 정도로 기둥들과 내가 조립하던 벨트 받침대까지 스치면서 갔어요. 통로 끝에 도착해서는 여전히 후진으로 니키 라우다*도 하지 못할 정도로 커브를 돌았는데, 뒤를 바라보지 않고 나를 바라보고 있었지요. '세상에, 이건 고삐 풀린 악마로군.' 나는 속으로 생각했어요. 하지만 그 모든 연극이 나 때문이라는 것을 곧바로 알아차렸고, 얼마 뒤에 아주 거칠게 보이려고 일부러 그랬다는 것도 알아차렸어요. 벌써 며칠 전부터 나를 지켜보고 있었으니까요. 내가 까치발을 공기 방울에 대고 있는 동안에 말이에요……."

그 표현이 이상하게 들려서 나는 설명해달라고 했다. 파우소네는 짜증 난 표정으로 몇 마디 압축적인 말로 설명했다. 공기 방울이란 바로 공기 방울과 함께 액체가 안에 담겨 있는 수평기水平器라고 했다. 그 공기 방울이 기준 범위 안에 있을 때 수평기는 완전히 수평이고, 수평기를 올려놓은 면도 그렇다.

"우리는 예를 들어 '그 받침대를 공기 방울에 대봐' 하고 말하면 우리끼리 이해하지요. 하지만 계속하게 놔두세요. 아가씨 이야기가 더 중요하니까요. 간단히 말해 그 아가씨는 나를 이해했지요. 말하자면 내가 단호하고 자기 일을 할 줄 아는 사람을 좋아한다는 것을 깨달았어요. 그리고 나는 그녀가 자기 방식대로 내 뒤에서 말을 걸려고 노력했다는 것을 깨달았지요. 그래서 우리는 말을 걸었고, 아무 어려움

---

* Niki Lauda(1949~), 오스트리아 출신의 자동차 경주 선수로 포뮬러 원 경주 챔피언이었다.

이 없었어요. 말하자면 우리는 함께 침대에 갔고, 모든 것이 자연스러웠고, 특별한 것이 전혀 없었어요. 그런데 한 가지 당신에게 말하고 싶어요. 가장 멋진 순간, '이것은 내가 늙을 때까지, 죽을 때까지 절대 잊지 않을 거야' 하고 말하는 그런 순간, 그리고 마치 모터가 꼼짝도 하지 않는 것처럼 시간이 그 자리에 멈추기를 원할 그런 순간은, 우리가 함께 침대로 갔을 때가 아니라 그 이전이었어요. 바로 고용주 공장의 구내식당에서였지요. 우리는 나란히 옆에 앉았고, 식사를 다 끝내고 이런저런 이야기를 했어요. 내가 내 상관에 대해, 그가 문을 여는 방식에 대해 이야기했던 것까지 기억나요. 그리고 나는 내 오른쪽 의자를 더듬었고, 거기에 그녀의 손이 있었지요. 내 손이 그녀의 손을 건드렸는데 그녀의 손은 움직이지 않았고, 고양이처럼 쓰다듬도록 놔두었어요. 물론 그 다음에 일어난 모든 것도 충분히 멋지지만 덜 중요해요."

"그런 지금은요?"

"아니, 당신은 정말로 모든 것을 알고 싶어 하는군요." 마치 내가 그 지게차 아가씨의 이야기를 해달라고 부탁한 것처럼 파우소네는 대답했다. "무슨 말을 해주기를 원해요? 밀고 당기기지요. 결혼이라면, 나는 그녀와 결혼하지 않을 거예요. 첫째, 내 직업 때문이고, 둘째, 왜냐하면…… 그래요, 간단히 말해 결혼하기 전에, 특히 그녀처럼 두말할 필요 없이 대단하지만 마녀처럼 교활한 아가씨와 결혼하기 전에 최소한 서너 번은 생각해볼 필요가 있어요. 그래요. 내가 잘 설명했는지 모르겠네요. 이따금 나는 책임자에게 가서 정비를 구실로 그 고장에 보내달라고 부탁해요. 한번은 그녀가 여기 토리노에 들이닥친 적이 있어요. 그녀는 휴가 중이었고, 무릎 위에 완전히 색이 바랜 청바지를 입고 눈가에까지 수염이 난 어느 젊은이와 함께 있었어요. 그리고 아무렇지도 않은 것처럼 그를 나에게 소개했어요. 나도 아무렇지도 않은 척했지요. 여기 가슴 위에 일종의 통증 같은 것을 느꼈지만, 그녀에게 아무 말도 하지 않았어요. 그러기로 했으니까요. 그런데 당신은 내가 이런 이야기를 하게 만든 멋진 사람이라는 것을 알아요? 당신 외에는 아무에게도 이야기하지 않았어요."

테이레시아스

대개는 이렇지 않았다. 대개 그가 느닷없이 쳐들어왔고, 그가 이야기할 모험이나 사건을 갖고 있었고, 이제는 내가 익숙해진 그 무관심한 태도로, 짤막한 설명의 요구 외에는 절대 중단하지 않고 단숨에 모든 것을 이야기했다. 그래서 대화보다 오히려 독백에 가까운 것이 되기도 했고, 게다가 독백마저 그의 반복적인 틱과 잿빛을 띠는 언어 때문에 무거워지곤 했다. 혹시 그것은 우리 고향 안개의 잿빛이거나, 아니면 그의 이야기에서 실질적 영웅들인 금속들과 강판들의 잿빛이었는지도 모른다.

그런데 그날 저녁 상황이 달라진 것 같았다. 그는 상당히 많이 마셨고, 탁하고 끈적끈적하고 시큼하고 역겨운 포도주는 그를 약간 바꾸어놓았다. 그렇다고 그의 정신을 흐리게 할 정도는 아니었다. 그의 말에 의하면, 자기 일을 할 줄 아는 사람은 절대로 놀라움에 사로잡히지 않아야 하고, 영화에 나오는 비밀 첩보원처럼 언제나 긴장하고 있어야 했다. 어쨌든 술은 그의 명료함을 뒤덮지는 못했지만, 그의 옷을 벗겨버린 것 같았고, 보강 갑옷을 깨뜨려버린 것 같았다. 그렇게 과묵한 모습을 전혀 본 적이 없었지만, 이상하게도 그의 침묵은 거리감을 주기보다 오히려 가깝게 끌어당겼다.

그는 다시 한 잔을 비웠는데, 탐욕도 없고 입맛도 없이, 약을 삼키는 사람처럼 쓰라린 완고함과 함께 비웠다. "……그런데 이렇게 내가 하는 이야기들을 당신은 나중에 쓸 거지요?" 나는 아마 그럴 것이라고 대답했다. 나는 글쓰기에 싫증이 나지 않으며, 글쓰기는 나의 두 번째 직업이고, 바로 그 무렵 글쓰기를 첫 번째 또는 유일한 직업으로 만드는 것이 낫지 않을까 생각하고 있다고 대답했다. 내가 자기 이야기를 쓰는 것에 동의하지 않은 것일까? 다른 때에는 만족해하고 심지어 자부심까지 보였었다.

"그래요. 신경 쓰지 마세요. 알잖아요. 모든 날들이 언제나 똑같지 않고, 오늘은 뒤집어진 날, 아무것도 똑바로 되지 않는 그런 날이에요. 때로는 일하고 싶은 욕망도 사라질 때가 있어요." 그는 오랫동안 침묵했다. 그러고 나서 다시 말했다.

"에, 그래요. 모든 게 잘못되는 날들이 있어요. 분명히 내 잘못이 없다고 말할 수 있는데, 설계도는 혼란스럽고, 피곤하고, 게다가 악마 같은 바람이 부는 날이 있어요. 모두 진실이에요. 하지만 여기에서 느끼는 불쾌한 덩어리를 아무도 없애주지 않아요. 그렇게 되면 스스로에게 아마 아무런 의미도 없는 질문들을 하게 돼요. 예를 들면 우리는 이 세상에서 무엇을 하고 있는가 같은 것이지요. 곰곰이 생각해보면 우리는 구조물을 조립하기 위해 이 세상에 태어났다고 대답할 수 없어요. 그렇지 않아요? 간단히 말해 당신이 열이틀 동안 고민하고, 당신의 모든 감정과 계략을 쏟아붓고, 땀을 흘리고, 얼어붙고, 욕을 퍼붓고, 그러고 나면 의혹이 들고, 그 의혹이 당신을 갉아먹고, 당신은 다시 확인하고, 그래도 작업은 어긋나 있고, 거의 믿지 못해요. 왜냐하면 믿고 싶지 않으니까요. 하지만 나중에 다시 확인하고, 더 이상 할 것이 없는데, 모든 크기가 어긋나 있으면, 그러면 당신은 어떻게 하겠어요? 그러면 계속해서 사고방식을 바꾸어보고, 고생할 가치가 있는 것은 전혀 없다고 생각하기 시작하고, 다른 일을 하는 것이 더 좋을 것 같고, 동시에 모든 일이 똑같다고 생각하게 되고, 비록 지금 달에까지 가지만 세상도 어긋나 있고, 과거에도 언제나 어긋나 있었고, 아무도 바로잡지 않는다고 생각하게 되고, 어느 조립공이 바로잡는 것을 상상하기도 해요. 그래요, 그렇게 생각하게 돼요…… 하지만 한번 말해보세요. 당신들에게도 그런 일이 일어나나요?”

언제나 옆 사람의 고통은 덜 쓰라려 보이고, 옆 사람의 직업은 더 사랑스럽게 보이게 만드는 시각적 착각은 얼마나 집요한가! 나는 비교하기 어렵다고 대답했다. 그리고 어쨌든 나도 그와 비슷한 일을 해보았기 때문에 따뜻한 곳에 앉아 바닥에서 일하는 것은 큰 장점이라는 것을 인정해야 했다. 하지만 그 이외에 만약 내가 고유한 의미에서 작가들의 이름으로 말하는 것이 합당하다고 가정한다면, 이상한 날들은 우리에게도 일어난다. 아니, 더 자주 일어난다. 왜냐하면 글로 쓴

페이지보다 금속 구조물이 '공기 방울' 안에 있는지 확인하기가 더 쉽기 때문이다. 따라서 열광적으로 한 페이지 또는 책 한 권을 통째로 썼는데, 나중에 좋지 않다는 것을 깨닫고, 어설프고, 어리석고, 이미 쓴 것이고, 부족하고, 지나치고, 불필요하다는 것을 깨닫게 되고, 그러면 슬퍼지고, 바로 그날 저녁 그가 생각했던 것 같은 생각들이 떠오른다. 말하자면 직업, 공기, 피부를 바꾸고, 혹시 조립공이 되려고 생각하기도 한다. 하지만 바로 어설프고 불필요한 것을 쓰고도(그런 일이 자주 일어난다) 그걸 깨닫지 못하거나, 아니면 깨달으려고 하지 않는다. 그럴 가능성이 더 많은데, 종이는 너무나 관용적인 재료이기 때문이다. 당신은 종이에다 아주 어리석은 것을 쓸 수 있지만, 종이는 절대 항의하지 않는다. 광산의 보강 목재처럼 하중이 너무 많아 무너지려고 할 때 삐걱거리지 않는다. 글쓰기 직업에서 경종의 신호와 체계는 조잡하고, 삼각자나 추선錘線처럼 믿을 만한 것이 전혀 없다. 하지만 어떤 페이지가 좋지 않다는 것은 읽는 사람이 깨닫는데 그때는 너무 늦고, 그러면 괴로워진다. 그 페이지는 오로지 당신만의 작품이고, 변명의 여지도 없고, 완전히 당신 책임이기 때문이다.

이 시점에서 나는 파우소네가 포도주와 울적함의 영향에도 불구하고 정신을 차리고 있는 것을 보았다. 더 이상 포도주를 마시지 않았고 나를 바라보았다. 대개 그는 단조롭고, 변함없고, 프라이팬 바닥보다 더 무표정한 얼굴에 약간은 교활하고 약간은 악의적인 태도를 보이곤 했다.

"아, 그것 정말 멋지군요. 나는 전혀 생각하지 못했어요. 생각해보세요. 만약 아무도 우리를 위해 확인 도구들을 발명하지 않고 그래서 작업이 그냥 속임수와 억지로 이루어져야 했다면, 아마 미쳐버렸을 겁니다."

나는 실제로 작가들의 신경은 쇠약해지는 경향이 있다고 그에게 말했다. 하지만 글쓰기 때문에, 앞에서 지적했듯이 글로 쓴 것의 질을 평가할 수 있는 섬세한 도구들이 없기 때문에 신경이 쇠약해지는 것인지, 아니면 그와는 달리 글쓰기라는 직업이 특히 신경증 성향이 있는 사람들을 끌어당기는 것인지 판단하기는 어렵다. 어쨌든 여러 작가들이 신경쇠약이거나 나중에 그렇게 되었다는 것이 증명되었으며 (소위 '직업병'에 대해서는 언제나 결정하기 힘들다), 일부는 심지어 정신병원이나 그와 비슷한 곳으로 가기도 했다. 단지 현대에만 그런 것이 아니라 훨씬 전에도 그랬다. 그리고 상당수는 직업병에 걸리지 않더라도 불행하게 살아가고, 우울해하고, 술을 마시고, 담배를 피우고, 잠을 이루지 못하고, 일찍 죽기도 한다.

파우소네는 두 직업 사이의 비교 게임을 좋아하기 시작했다. 그것을 인정하는 것은 냉정하고 근엄한 그의 스타일이 아니겠지만, 포도주를 더 마시지 않고 과묵함이 풀리고 있다는 사실에서 알 수 있었다. 그는 말했다.

"사실 일에 대해 많이 말하지만 가장 강하게 말하는 사람은 바로 전혀 해보지 않은 사람들이에요. 내 생각으로는 신경이 튀어나오는 것은 오늘날 작가든, 조립공이든, 아니면 다른 어떤 직업이든 거의 모든 사람에게 일어나는 일 같아요. 누구에게 안 일어나는지 알아요? 문지기들, 출근 도장 찍어주는 사람들, 조립 라인에서 일하는 사람들이에요. 정신병원에는 다른 사람들을 보내니까요. 신경에 대해서는 저 위 꼭대기에 혼자 올라가 있고, 바람이 불고, 아직 방풍 설비도 없이 구조물이 쪽배처럼 춤추고 있고, 저 아래 땅에 있는 사람들이 개미처럼 보이고, 한 손으로 붙잡고 있고 다른 손으로 멍키스패너를 돌리고 있을 경우, 설계도를 들고 있을 세 번째 손이 있거나, 안전벨트의 걸쇠를 옮길 네 번째 손도 있다면 편리할 것이라고 생각하면 오산이에요. 그래요. 당신에게 말했지요. 신경증에 약이 있다고 생각하지 마세요. 사실대로 말하면 정신병원에 간 조립공에 대해서는 당장 이 자리에서 당신에게 말할 수 없지만, 내 친구들까지 포함해서 병에 걸려 직업을 바꾸어야 했던 사람들이 많아요."

실제로 글쓰기 직업에도 직업병이 적다는 것을 나는 인정해야 했다. 왜냐하면 일반적으로 시간표가 유동적이기 때문이다.

그러자 그가 무겁게 개입했다. "말하자면 직업병이 전혀 없다는 뜻이군요. 글을 열심히 쓴다고 병이 날 수는 없어요. 만약 볼펜으로 쓴다면 기껏해야 여기에 못이 박일 수는 있겠지요. 그것도 불운한 사람들에게나 그렇지요. 그냥 넘어갑시다."

더 이상 말할 것이 없었다. 마침표는 그가 찍었다. 나는 인정했다. 그러자 그만큼의 기사도 정신으로 파우소녜는 이례적으로 자유분방

한 상상력과 함께 결국 남자로 태어나는 것이 좋은지, 아니면 여자로 태어나는 것이 좋은지 결정하는 것 같다고 말했다. 분명히 말하지만 그것은 두 가지 모두를 경험해본 자만이 말할 수 있을 것이다. 여기에서 나는 상대의 벨트 아래를 가격하는 것 같다고 생각하면서도 테이레시아스 이야기를 해주고 싶은 유혹을 물리칠 수 없었다.

제우스와 헤라*가 부부일 뿐만 아니라 남매지간이었다는 것을(그것은 대개 학교에서 별로 강조하지 않지만, 그 가족에서는 분명 어떤 중요성을 갖고 있었을 것이다) 내가 말했을 때 그는 분명한 거북함을 드러냈다. 하지만 둘 사이의 유명한 논쟁, 사랑과 성의 즐거움은 남자 아니면 여자 누구에게 더 강렬할까에 대한 논쟁에 대해 말하자 관심을 보였다. 이상하게도 제우스는 여자가 유리하다고 했고, 헤라는 남자가 유리하다고 했다. 파우소네가 끼어들었다.

"바로 내가 조금 전에 말한 것과 같아요. 그걸 결정하려면, 남자일 때 어떻고 여자일 때 어떤지 경험해본 사람이 필요해요. 그렇지만 그런 사람은 없어요. 비록 이따금 신문에서 해군 대위가 수술을 받으러 카사블랑카에 가고 나중에 아들 네 명을 얻었다는 기사를 읽지만, 내가 보기에는 신문기자들이 꾸며낸 이야기예요."

"그럴 수도 있지요. 하지만 그 당시에는 심판이 있었던 것 같아

---

* 원문에는 라틴어 이름 유피테르와 유노에 해당하는 이탈리아어 Giove와 Giunone로 되어 있지만, 널리 알려진 그리스어 이름으로 표기했다.

요. 그리스 테바이의 선지자 테이레시아스였는데, 그에게는 오래전에 이상한 일이 일어났지요. 나나 당신처럼 남자였는데, 어느 가을날 저녁, 내가 상상하건대 오늘처럼 눅눅하고 울적한 저녁에 숲을 가로질러 가다가 뒤엉킨 뱀들을 보았어요. 보다 자세히 살펴보았고, 뱀이 단 두 마리지만 길고 크다는 것을 깨달았어요. 암컷과 수컷이었지요. 분명히 그 테이레시아스는 훌륭한 관찰자였던 모양입니다. 뱀의 수컷과 암컷을 어떻게 구별하는지 나는 정말 몰라요. 더구나 저녁에 뒤엉켜 있다면 한 마리가 어디에서 끝나고 다른 한 마리는 어디에서 시작되는지 잘 보이지 않을 겁니다. 어쨌든 암컷과 수컷이 사랑을 나누고 있었어요. 그는 충격을 받았는지, 아니면 질투심에 사로잡혔는지, 아니면 단순히 두 마리가 길을 가로막았기 때문인지 막대기를 들어 그들을 한 대 때렸지요. 그런데 커다란 혼란 같은 것을 느꼈고, 남자에서 여자로 변했답니다."

인문주의에서 나온 개념들에 흥분하는 파우소네는 낄낄거리면서 말했다. 언젠가 그리스에서 그리 멀지 않은 터키에서 자기도 숲 속에서 뒤엉킨 뱀들을 보았는데, 커다란 뱀이 아니라 보통 뱀들이었고, 단지 두 마리가 아니라 여러 마리였다는 것이다. 뱀들은 모두들 서로 뒤엉켜서 바로 그들 방식대로 사랑을 나누고 있는 것 같았지만, 자신은 아무런 거부감도 없었고 그래서 그냥 놔두었다고 했다. "하지만 이제 방법을 아니까 다음번에 그런 일이 있으면 나도 시도해보고 싶군요."

"그리하여 테이레시아스는 7년 동안 여자로 지냈고 여자로서의 경험도 했던 모양입니다. 그리고 7년 뒤에 또 다시 뱀들을 만났는데, 이번에는 방법을 알고 있는 데다 합당한 이유로, 말하자면 남자로 돌아오기 위해 막대기로 때렸어요. 그러니까 모든 것을 이해한 그는 남자가 훨씬 유리하다고 생각했던 것이 분명해요. 그렇지만 내가 말했던 판결 자리에서는 제우스가 옳다고 했는데, 그 이유는 잘 모르겠어요. 혹시 여자가 더 낫다는 것을 발견했지만, 단지 제한적으로 섹스에 대해서만 그렇고 나머지는 아니었기 때문일 수도 있어요. 그렇지 않다면 분명히 여자로 남아 있었을 겁니다. 말하자면 두 번째 막대기로 때리지 않았을 겁니다. 아니면 혹시 제우스에게 반대했다가 무슨 일이 일어날지 모른다고 생각했기 때문일 수도 있지요. 하지만 아주 커다란 불행에 빠졌어요. 헤라가 화가 나서……."

"에, 그래요. 아내와 남편 사이에는……."

"……화가 난 헤라는 그를 장님으로 만들었고, 제우스는 거기에 대해 아무것도 할 수 없었어요. 그 당시에는 이런 규칙이 있었던 것 같아요. 어느 신이 인간에게 꾸미는 불행은 어떤 다른 신이, 심지어 제우스도 막을 수 없다는 것이지요. 더 나은 것이 없었기에 제우스는 그에게 미래를 예견할 수 있는 능력을 선물했어요. 하지만 이 이야기에서 알 수 있듯이 너무 늦었어요."

파우소네는 포도주 병으로 장난을 하고 있었고 모호하게 지루해하는 태도였다. "상당히 멋진 이야기예요. 언제나 새로운 것을 배우게 되는군요. 하지만 그게 무슨 상관이 있는지 모르겠네요. 혹시 당신이 테이레시아스라고 말하려는 것은 아니겠지요?"

　나는 직접적인 공격을 예상하지 못했다. 나는 파우소네에게 설명했다. 글을 쓰는 사람의 커다란 장점 중 하나는 바로 불분명하고 모호한 것에 관심을 기울이고, 말하거나 말하지 않고, 모든 신중함의 규칙을 넘어서서 아주 자유롭게 창안하는 것이며, 그래서 우리가 세우는 구조물에 사람들은 고압 전선을 통과시키지 않고, 만약 무너지더라도 아무도 죽지 않고, 바람에 저항할 필요도 없다고. 간단히 말해 우리는 무책임하고, 그래서 어느 작가의 구조물이 무너졌다고 해서 그가 기소당하거나 감옥에 가는 경우는 본 적이 없다고 했다. 하지만 이런 말도 했다. 아마 단지 이 이야기를 하는 동안에 깨달은 것이지만 내가 약간 테이레시아스 같다는 느낌이 들었는데, 이중적인 경험 때문이 아니었다고. 오래전에 나도 서로 싸우는 신들과 마주치게 되었고, 나도 내 길에서 뱀들을 만났고, 그 만남은 나에게 특별한 언어 능력을 주었다고. 또한 그때 이후로 세상의 눈에는 화학자이지만 내 혈관 속에서는 작가의 피를 느끼면서 내 몸 속에 너무 많은 두 개의 영혼을 갖고 있는 것 같다고. 그리고 궤변을 늘어놓고 있는 것이 아니라고 덧붙였다. 이 모든 비교는 억지였기 때문이다. 관용의 한계 안에서 또는 관용을 넘어서서 일하는 것은 우리 직업의 장점이었다. 조립공과 달리 작가는 관용을 넘어서거나 불가능한 짝짓기를 하는 데 성공하면 행복해하고 칭찬을 받는다.

　다른 날 저녁에 내 모든 이야기를 들었던 파우소네는 이의를 제기하지 않았고 다른 질문도 하지 않았다. 그리고 그 문제를 깊이 파고들기에는 시간이 너무 늦었다. 그렇지만 두 가지 감수성을 경험한 내 상황에 힘입어 나는, 그가 분명히 졸려 하는데도, 우리의 직업 세 가지, 내 직업 두 가지와 그의 직업이 각자 좋은 시절에 충만해질 수 있다는 사실을 분명히 밝히려고 노력했다. 그의 직업, 그리고 그와 비슷한 화학자 직업은 완전하도록 가르치고, 손과 온몸으로 생각하고, 역경의 날들이나 이해할 수 없는 공식들 앞에서 굴복하지 않도록 가르치기 때문이며, 나중에 길에서 만나더라도 서로 이해하고, 마지막으로 재료를 알고 재료에 저항하도록 가르치기 때문이다. 또 글쓰기 직업은 일부 창조의 순간을 허용하기 때문이다(드물기는 하지만 어쨌든 허용한다). 마치 꺼진 회로에 갑자기 전류가 흐르고, 그러면 전등이 하나 켜지거나 유도전류가 움직이는 것처럼 말이다.

우리는 우리가 공통으로 갖고 있는 것에 동의했다. 스스로를 측정할 수 있고, 측정에 있어 다른 사람들에 의존하지 않고, 자신의 작품 안에서 자기 모습을 비춰볼 수 있다는 장점에 대해서 말이다. 당신의 창조물이, 빔 위에 빔이 올라가고, 볼트가 하나하나 조여지면서 확고하고, 필연적이고, 대칭적이고, 목적에 합당하게 자라나는 것을 바라보는 즐거움, 그리고 작업이 끝난 뒤에 바라보면서 아마 당신보다 더 오래 지속될 것이라고 생각하고, 아마 당신이 모르고 또 당신을 모르는 누군가에게 도움이 될 것이라고 생각하는 즐거움에 대해서 말이다. 아마 당신은 나이를 먹은 뒤에 다시 당신의 창조물을 찾아갈 수도 있고, 아마 그것은 아름다워 보일 것이다. 물론 그것이 오직 당신에게만 아름답게 보이더라도 상관없을 것이며, 당신 자신에게 "아마 다른 사람은 해낼 수 없을 거야" 하고 말할 수도 있을 것이다.

해양 작업

"그래요, 나는 젊어요. 하지만 나도 곤경에 처한 적이 있었는데 언제나 석유 때문이었어요. 석유를 산레모나 코스타 브라바 해안*처럼 아름다운 곳에서 찾는 것은 본 적이 없어요. 언제나 역겹고 하느님에게 잊힌 곳들이지요. 내가 겪은 최악의 상황은 석유를 찾는 데에서 겪었어요. 무엇보다 나는 석유에 신경도 쓰지 않았어요. 모두 알다시피 이제 곧 고갈될 것이며 고생할 가치도 없기 때문이지요. 하지만 일단 계약을 했으면 보내는 곳으로 가야 하지요. 그리고 솔직하게 말하면 그때 나는 그야말로 기꺼이 갔어요. 거기가 알래스카였기 때문이에요.

나는 책을 많이 읽지 않았지만 알래스카에 대한 잭 런던**의 책은

---

*　산레모San Remo는 이탈리아 북서부의 아름다운 해안 도시로 특히 산레모 가요제로 유명하다. 코스타 브라바Costa Brava 해안은 스페인 북동부 카탈루냐 지방에서 프랑스 국경까지 펼쳐진 아름다운 해안 지역이다.

**　Jack London(1876~1916). 미국의 작가이자 저널리스트로 자연을 배경으로 한 많은 작품을 남겼다. 특히 1910년 발표한 『불타는 일광』Burning Daylight은 알래스카를 배경으로 한 그의 대표작으로, 이탈리

모두 읽었어요. 어렸을 때부터 단지 한 번만 읽은 것도 아니었고, 그래서 완전히 다른 관념을 갖게 되었지요. 하지만 직접 거기 가본 뒤로, 이렇게 당신 면전에서 말해서 미안하지만, 나는 인쇄된 책을 덜 신뢰하기 시작했어요. 간단히 말해 나는 알래스카에서 온통 눈과 얼음, 한밤중에도 비치는 태양, 썰매를 끄는 개들, 금광, 그리고 혹시 당신을 뒤쫓아 달리는 곰이나 늑대들의 고장을 발견할 것으로 믿었어요. 그게 나에게 형성된 관념이었고, 나는 거의 무의식적으로 그걸 갖고 다녔지요. 그래서 나를 사무실로 불러 알래스카에 설비를 조립하러 가야 한다고 말했을 때, 나는 두 번 생각하지 않고 서명했어요. 오지 수당이 있었기 때문이기도 했고, 당시 나는 세 달 동안 도시에 있었는데 내게는 도시에 사는 것이 맞지 않기 때문이기도 했어요. 그러니까 며칠 동안은 좋아요. 산책을 하고, 영화관에도 가고, 아가씨를 찾으러 가서 찾고, 그녀를 다시 만나 델 캄비오***에 데려가 저녁 식사를 하고, 내가 대단한 것처럼 느끼는 것이 즐거워요. 저번에 당신에게 말한 라그란제 거리****에 사는 아주머니 두 분을 방문하러 갈 수도 있지요……."

그 아주머니들에 대해서는 나에게 말하지 않았다. 아니면 최소한 자세히 묘사하지 않았다. 나는 맹세할 수도 있다. 그래서 잠시 동안

아어로는 『빛나는 오로라』*Radiosa aurora*로 번역되어 많은 인기를 끌었다.
*** Del Cambio. 토리노 중심지에 있는 고급 식당으로 18세기 후반 문을 열었다.
**** Via Lagrange. 토리노 시내의 거리이다.

각자 상대방이 관심을 덜 기울인다고 점잖게 암시하는 약간의 설전이 있었는데, 파우소네가 짧게 해결했다.

"중요하지 않아요. 아주머니들은 독실한 신자이고, 멋진 거실에서 나를 맞이하여 초콜릿을 줘요. 한 분은 영리하고 다른 한 분은 그다지 영리하지 않아요. 하지만 그분들에 대해서는 나중에 이야기할게요.

그러니까 나는 알래스카에 대해 말했고, 도시에 어울리지 않는다고 했지요. 나는 최저 속도를 유지하지 못하는 사람이기 때문이에요. 그래요. 약간 기화기氣化器 조정이 되지 않은 엔진은 계속 일정한 회전수를 유지하지 못하면 꺼지고, 그러면 코일이 타버릴 위험이 있는 것처럼 말입니다. 며칠이 지나면 온갖 병들이 생기지요. 밤에 잠이 깨고, 마치 감기가 올 것 같은 느낌인데 오지 않고, 호흡하는 것을 잊어버린 것 같기도 하고, 머리도 아프고, 발도 아프고, 거리에 나가면 모든 사람이 나를 바라보는 것 같고, 간단히 말해 길을 잃은 느낌이에요. 한번은 공제회 보건소 의사에게 갔는데 나를 놀리더군요. 의사 말이 맞았어요. 무슨 일인지 나 자신이 알고 있었으니까요. 떠나고 싶었던 겁니다. 바로 그때 당신에게 말했듯이 계약서에 서명했고, 질문도 많이 하지 않았어요. 새로운 작업이고, 미국 사람들과 합작한 회사에서 만든 프로젝트이고, 구체적인 지침은 현장에서 줄 것이라는 사실을 아는 것으로 만족했어요. 그래서 가방은 언제나 준비되어 있었으니까 나는 닫기만 했고, 비행기를 탔지요.

여행에 대해서는 별로 할 말이 없어요. 전에는 시차가 귀찮게 했지만, 이제는 익숙해졌어요. 세 번 갈아탔고, 비행기 안에서 잠을 잤고, 도착했을 때 나는 장미처럼 싱싱했어요. 모든 것이 잘 진행되었어요. 회사 대리인이 끝없이 긴 크라이슬러와 함께 나를 기다렸고, 나는 페르시아의 왕이 된 기분이었어요. 심지어 식당에 가서 가재 같은 새우도 먹었는데 그곳 특산물이라고 하더군요. 하지만 그는 술은 마시지 않았어요. 자기는 술을 먹지 않아야 하는 종교라고 설명했고, 영혼을 위해 나도 마시지 않으면 좋을 것이라고 아주 예의 바르게 설득하기도 했어요. 친절한 사람이었지만 원래 그랬어요. 새우를 먹는 동안 해야 할 일도 설명했는데, 다른 작업들과 비슷한 일 같았어요. 하지만 회사 대리인이 어떤 사람들인지 당신도 잘 알잖아요. 사람들을 어르는 데에는 훌륭하지만, 일에 대해서는 말하지 않는 게 나아요. 한번은 내가 싸움까지 벌인 일도 있었어요. 아무것도 모르면서 고객에게 불가능한 것을 약속했기 때문이에요. 그리고 뭐라고 했는지 아세요? 우리 일은 잘 이해하는 사람도 있고, 조금 이해하는 사람도 있고, 전혀 이해하지 못하는 사람도 있다는 겁니다. 그리고 모든 엔지니어는 잘 이해해야 하지만, 조금 이해하는 것보다는 차라리 전혀 이해하지 못하는 것이 더 낫다고 했어요. 그래야 언제나 변명할 구실이 있다고 말이에요. 정말 멋진 생각 아닌가요?"

내 친구 중에 대리인들도 있었기 때문에 나는 그들을 옹호하려고 노력했다. 그들의 임무는 미묘한 것이어서 때로는 너무 많이 알면 사업을 놓칠 수도 있기 때문에 더 안 좋을 수도 있다고 말했다. 하지만 파우소네는 그 말을 이해하지 못했다.

"아니에요. 나는 조금이라도 이해하는 사람을 본 적이 없어요. 노력도 하지 않아요. 물론 이해하는 척하는 사람들도 있는데 더 나빠요. 대리인들에 대해서는 말하지 마세요. 고객들을 어르고, 나이트클럽이나 축구 경기장에 데려가는 것만 잘해요. 우리에게는 나쁘지 않지요. 때로는 우리도 데려가니까요. 하지만 일에 대해서는 전혀 아는 것이 없어요. 모두 똑같고, 조금이라도 아는 사람은 본 적이 없어요.

그래요. 우리 대리인은 말하더군요. 40킬로미터 정도 떨어진 현장에서 데릭 조립을 끝내고, 그런 다음 배 위에 실어 바다로, 그리 멀지 않고 바닥이 얕은 바다로 옮기는 일이라고요. 그래서 나는 배에 싣기 위해서는 분명 그다지 특별하지 않은 데릭일 거라고 생각했고, 무엇 때문에 세상의 다른 한쪽 끝에서 나를 오게 했는지 점점 화가 나기 시작했지요. 하지만 그에게는 아무 말도 하지 않았어요. 그의 잘못이 아니었으니까요.

밤이 되었어요. 그는 인사를 했고, 아침 여덟 시에 호텔로 와서 현장으로 데려가겠다고 말하고 갔어요. 아침에는 모든 것이 좋았어요. 다만 아침 식사에도 새우가 나왔는데, 간단히 말해 더 나빴다는 사실만 제외하면 말이에요. 괜찮았어요. 그는 여덟 시 정각에 크라이슬러를 몰고 왔고, 우리는 출발했어요. 작은 도시였으니까 곧바로 밖으로 나왔지요. '빛나는 오로라'라니, 천만에요! 나는 그보다 울적한 고장을 본 적이 없어요. 혹시 가보았는지 모르지만, 시즌이 끝난 세스트리에레* 같았어요. 낮고 지저분한 하늘은 손에 닿을 것 같았어요. 아니, 때로는 직접 닿기도 했지요. 오르막길에서는 바로 안개 속으로 들어갔으니까요. 차갑고 축축한 바람이 불어 옷 속으로 스며들어와 기분을 울적하게 만들었고, 주변 벌판에는 드릴 끝처럼 보이는 짧고 단단한 검은색 풀들이 있었어요. 살아 있는 것은 없고, 단지 칠면조처럼 커다란 까마귀 몇 마리만 보였는데, 우리가 지나가는 것을 바라보면서 날아가지도 않고 우리 뒤에서 비웃듯이 다리로 펄쩍펄쩍 뛰었어요. 언덕 하나를 지나갔고, 언덕 꼭대기에서 미스터 콤튼은 바닷가 잿빛 대기 한가운데에 있는 현장을 보여주었고, 나는 숨이 막혔어요. 보세요. 알다시피 나는 거창한 말을 좋아하지 않아요. 하지만 아직 10킬로미터나 더 가야 하는데 벌써 그 옆에 있는 것 같았어요. 고래 해골이 바닷가에 길고 시커멓게 누워 있는 것 같았고, 벌써 온통 녹슬어 있었어요. 거기에서는 쇠가 순식간에 녹슬기 때문이에요. 내가 그것을 바다 한가운데에 세워야 한다고 생각하니 현기증이 났어요. '가서 데릭을 조립해.' 말하기는 쉽지요. 지난 번 원숭이 이야기 기억하지요? 당신이 런던의 사형 집행인과 모든 것을 설명했을 때 말이에요. 그래요, 생각해보세요. 그것은 20미터 높이였고, 그것만 해도 상당한 높이 같았지요. 그런데 이것은 아직 끝나지 않은 것까지 모두 합하여

---

*   Sestriere. 토리노 서쪽 알프스 산맥 중턱의 해발고도 2,000미터가 넘는 곳에 있는 소읍으로 스키 리조트로 유명하다.

누워 있는 길이가 이미 250미터였어요. 당신이 대략 짐작하도록 말하자면, 여기에서 저 아래 보이는 울타리까지, 아니면 산 카를로 광장에서 카스텔로 광장*까지 정도예요. 나는 웬만한 작업에는 놀라지 않는데, 당시에는 이제 올 것이 왔구나 하고 생각했지요.

언덕을 내려가는 동안 미스터 콤튼은 설명했어요. 눈과 썰매가 있는 알래스카는 정말로 있지만, 훨씬 북쪽에 있다고 했어요. 그곳도 알래스카이지만, 여긴 아래쪽 태평양 해안에 진짜 알래스카의 손잡이처럼 기다랗게 내려온 곳으로, 실제로 그렇게 '팬핸들', 즉 프라이팬 손잡이라고 부른다고 말이에요. 그리고 눈에 대해서는 안심하고 있으라고 말했어요. 그 계절에는 언제든지 눈이 내릴 테니까요. 하지만 간단히 말하자면 내리지 않는 것이 낫다고 했어요. 데릭에 대해서는 물론 상당히 크다고 말했고, 바로 그렇기 때문에 이탈리아에서 '멋진 녀석'**을 데려왔다고 했는데, 겸손함을 제쳐두자면 그게 바로 나였어요. 영혼에 대한 것만 제외하면 정말 친절한 사람이었어요.

그렇게 말하는 동안 언덕의 커브길들을 내려왔고 현장에 도착했어요. 거기에는 모두가 우리를 기다리고 있었어요. 설계자, 책임 엔지니어, 이제 갓 태어난 대여섯 명의 엔지니어들이 있었는데 모두 '스피크 잉글리시'에 수염을 기르고 있었고, 알래스카 조립공들의 팀도 있

---

* 산 카를로 광장Piazza San Carlo과 카스텔로 광장Piazza Castello은 토리노 시내에 가까이 인접해 있다.
** 원문에는 brait gai, 즉 bright guy로 되어 있다.

었지만 알래스카 사람은 한 명도 없었어요. 하나는 크고 뚱뚱한 총잡이 같은 사람인데 정통 러시아인이라고 설명하더군요. 왜냐하면 러시아인들이 미국인들에게 알래스카를 파는 멋진 사업을 했을 때부터 지금까지 남아 있기 때문이지요. 두 번째는 디 스타소라는 사람으로 분명히 알래스카 사람은 아니었어요. 세 번째는 인디언***이라고 했는데 그 사람들은 구조물 위로 잘 기어 올라가고 아무것도 두려워하지 않는다는군요. 네 번째는 기억나지 않아요. 주변에서 흔히 볼 수 있는 약간 모자란 듯한 얼굴에 평범한 모습이었어요.

　책임 엔지니어는 유능한 사람으로 별로 말이 없고 목소리를 높이지 않는 타입이었어요. 아니, 사실대로 말하자면 나는 그가 하는 말을 이해하기 힘들었는데, 입을 열지 않고 말했기 때문이에요. 하지만 알다시피 미국에서는 입을 여는 것은 예의가 아니라고 학교에서 가르치지요. 어쨌든 유능했어요. 나에게 조그마한 축척 모델을 보여주었고, 내가 말한 잡다한 팀을 소개했고, 그들에게 조립은 내가 지휘할 것이라고 말했어요. 우리는 구내식당으로 식사를 하러 갔고, 거기에서도 새우가 나왔다는 것은 말할 필요가 없겠지요. 그리고 조립 지침이 담긴 책자를 건네주었고, 그걸 연구하도록 나에게 이틀 동안 시간을 준다고 했고, 그 다음에 작업을 시작해야 하니까 현장으로 오라고 했어요. 책자에는 모든 작업이 정해진 날짜에 이뤄져야 한다고 적혀 있었

*** 　원문에는 pellerossa로 되어 있는데, 영어 redskin을 그대로 옮긴 것이다.

어요. 어떤 작업은 심지어 시간까지 정해져 있었는데 조수潮水 때문이었어요. 맞아요, 조수 때문이었어요. 당신은 이해할 수 없지요? 나도 그 순간에는 조수가 무슨 상관이 있는지 이해하지 못했어요. 나중에야 이해했지요. 그러니까 당신에게도 나중에 이야기할게요. 당신이 동의한다면 말이에요."

나는 동의했다. 이야기하는 사람과는 언제나 동의할 필요가 있다. 그렇지 않으면 그를 방해하고 맥락을 잃게 만든다. 게다가 파우소네는 원기 왕성해 보였고, 차츰차츰 이야기가 진행되면서 마치 대단한 것을 이야기하려고 할 때처럼 머리가 점점 더 어깨 사이로 들어가는 것이 보였다.

"그런 다음 콤튼과 나는 떠났지요. 그런데 이상한 인상을 받았다는 것을 먼저 말해야겠군요. 마치 그 사무실, 구내식당, 그리고 무엇보다 그 얼굴들을 전에 이미 본 것 같았어요. 나중에야 정말 사실이라는 것을 깨달았는데, 그 모든 것을 영화에서 보았던 겁니다. 언제 어느 영화에서 보았는지 말할 수 없지만 말이에요. 콤튼과 나는 도시를 향해 출발했어요. 나는 책자를 연구하러 호텔로 돌아가야 했지요. 하지만 일이 시작되면 현장 숙소에 내 방을 준비해두겠다고 엔지니어가 말했지요. 그는 '게스트 룸'이라고 말했는데, 그 자리에서는 도대체 그게 뭔지 몰랐지만 감히 물어볼 수 없었어요. 이론상 나는 영어를 알고 있어야 했으니까요.

그래요. 우리는 미스터 콤튼의 멋진 크라이슬러로 출발했지요. 나는 말없이 그 조립 이야기를 곰곰이 생각했어요. 한편으로 그것은 한동안 기억하고 그걸 해낸 것에 만족할 만한 아주 멋진 작업이었지만, 다른 한편으로 그 조수에 대한 언질, 데릭을 향해시켜야 한다는 사실이 약간 마음에 걸렸어요. 나는 바다를 결코 좋아한 적이 없었기 때문이에요. 언제나 움직이고, 축축하게 만들고, 부드러운 공기는 바다 냄새가 나고, 간단히 말해 나에게는 신뢰감을 주지 않고 기분을 울적하게 만들어요. 어느 순간 나는 이상한 것을 보았어요. 하늘에서 옅은 안개에 싸인 태양을 보았는데, 더 작은 태양 두 개가 나란히 있었지요. 나는 콤튼에게 보라고 했고, 그가 예민해지는 것을 알았어요. 실제로 잠시 후 아직 낮인데도 갑자기 하늘이 어두워졌고, 순식간에 눈이 내리기 시작했어요. 그렇게 눈이 내리는 것을 본 적이 없어요. 빽빽하게 내렸는데, 처음에는 거친 밀가루처럼 작고 단단한 알맹이 같았고, 그 다음에는 자동차 공기 흡입구로 들어올 정도로 가는 먼지 같았고, 마지막으로 호두처럼 커다란 눈송이들이었어요. 아직 우리는 오르막길에 있었고, 현장에서 10킬로미터 정도 떨어져 있었는데, 상황이 악화되고 있다는 것을 깨달았어요. 콤튼은 아무 말 없이 단지 한두 번 신음소리만 냈어요. 나는 윈도 브러시를 바라보았고, 작은 모터가 붕붕거리며 점점 더 힘들어하는 것을 느꼈고, 만약 저것이 멈춘다면 우리는 끝장이라고 생각했지요.

미안하지만, 당신도 혹시 멍청한 짓을 한 적이 있어요?"

나는 여러 번 그랬다고 대답했다. 하지만 무슨 관계가 있는지 모르겠다고 했다. 파우소네는 계속해서 이야기했다.

"나도 많이 저질렀지요. 하지만 그 사람처럼 그렇게 멍청한 짓은 하지 않았어요. 차는 미친 듯이 미끄러졌고, 유일한 방법은 2단 기어로 절대 브레이크를 밟거나 가속하지 않고 가는 것이었고, 아마 이따금 윈도 브러시를 쉬게 하는 것이었어요. 그런데 그 사람은 직선 구간이 보이자 다시 한 번 신음소리를 내더니 가속했어요. 차는 빙글 돌았고, 군인처럼 정확하게 뒤로돌아를 했고, 왼쪽 바퀴 두 개가 수로에 빠진 채 산의 방호벽에 맞닿아 멈추었어요. 엔진은 꺼졌지만 윈도 브러시는 미친 듯이 위아래로 오르내렸고, 앞 유리에 눈 테두리가 쳐진 두 개의 작은 창문 같은 것을 만들었지요. 훌륭한 메이커가 분명했어요. 아니면 그 나라에서 성능을 좋게 만들었는지도 모르지요.

콤튼은 구두를 신고 있었고 나는 바닥이 고무로 된 군화를 신고 있었어요. 그래서 내가 차에서 내려 어떻게 할 수 있는지 살펴봐야 했어요. 나는 잭을 찾아냈고 그것으로 차를 받치려고 해보았어요. 왼쪽을 들어 올리고, 바퀴 아래 수로 안에다 자갈들을 넣고, 현장을 향해 다시 출발해보려는 생각이었어요. 차가 반 바퀴를 돌아 내리막길을 향하고 있었고, 고장은 없는 것 같았으니까요. 하지만 아무것도 할 수 없었어요. 차는 방호벽에서 30센티미터 떨어져 멈추어서 내가 간신히 옆으로 들어갈 수는 있었지만, 잭을 확실하게 설치하도록 몸을 아래로 숙이는 것은 생각할 수도 없었지요. 그러는 동안 눈은 벌써 몇 인치 두께로 내렸고, 계속 더 나빠졌으며 벌써 어두워지고 있었어요.

체념하고 차 안에서 편안하게 날이 밝기를 기다리는 수밖에 없었어요. 눈 밖으로 나올 방법은 나중에 찾을 수 있겠지요. 휘발유는 있었고, 엔진과 난방을 켜두고 잘 수 있었어요. 중요한 것은 정신을 잃지 않는 것인데, 콤튼은 바로 정신이 나갔어요. 울다가 웃었고, 숨이 막힐 것 같다고 말했고, 아직 빛이 약간 남아 있는 동안 내가 현장으로 달려가 도움을 요청해야 한다고 했어요. 어느 순간 심지어 내 목을 잡기도 했어요. 그래서 나는 진정시키려고 주먹으로 배를 두어 번 쳤는데, 실제로 진정되더군요. 그리고 사실 그 옆에서 밤을 보내는 것이 두려웠고, 당신도 알다시피 나는 좁고 폐쇄된 곳에 있는 것을 좋아하지 않아요. 그래서 손전등을 갖고 있는지 물었더니 갖고 있다며 나에게 주었고, 나는 밖으로 나갔지요.

상황이 악화되었다는 것을 말해야겠군요. 바람이 불었고, 눈은 다시 가늘어졌고, 완전히 옆에서 몰아쳤고, 눈과 목으로 들어왔고, 숨을 쉬기 힘들었어요. 아마 50센티미터 정도 내렸지만, 바람이 방호벽 쪽으로 눈을 쌓아서 차를 거의 뒤덮었어요. 전조등은 켜져 있었지만, 그것도 눈 무더기 아래에 있었고, 위로 불빛이 새어나와 마치 연옥에서 나오는 것처럼 흐릿했어요. 나는 차창을 두드려 콤튼에게 전조등을 끄라고 했고, 거기에 얌전히 있으면 내가 곧 돌아올 것이라고 말했지요. 나는 차가 있는 곳을 머리에 잘 새겨두려고 노력했고, 바로 떠났어요.

처음에는 그다지 나쁘지 않았어요. 10킬로미터만 가면 되고, 커브와 커브 사이 지름길로 내려가면 그보다 가까울 것이라고 생각했지요. 이런 생각도 했어요. '네가 알래스카를 원했고, 눈을 원했잖아. 자, 이제 앞에 있으니 만족해야 해.' 하지만 만족스럽지 않았어요. 그 10킬로미터는 마치 40킬로미터나 되는 것 같았어요. 걸음을 옮길 때마다 다리 절반까지 빠졌고, 내리막길이었지만 땀이 나기 시작했고, 심장이 세게 뛰었고, 약간은 눈보라 때문에, 또 약간은 힘들었기 때문에 숨도 가빠졌고, 매 순간마다 멈춰 서야 했어요. 그리고 손전등은 별로 소용이 없었어요. 단지 옆으로 누운 수많은 하얀색 선들과, 머리를 돌게 만드는 반짝이는 가루들만 보였어요. 그래서 끄고 어둠 속에서 앞으로 나아갔어요. 나는 평지에 도착하려고 엄청나게 서둘렀어요. 일단 평지에 도착하면 현장은 멀지 않을 것이라고 생각했기 때문이지요. 그런데 멍청한 짓이었어요. 평지에 도착했을 때 어느 쪽으로 가야 할지 더 이상 알 수 없다는 것을 깨달았으니까요. 나침반을 갖고 있지 않았고, 그때까지 유일한 나침반은 경사면이었는데, 경사면이 끝나자 어떻게 해야 할지 몰랐어요. 가장 흉악한 짐승인 두려움이 나를 사로잡았어요. 그 순간보다 더 나쁜 순간은 없었던 것 같아요. 비록 잘 생각해보면 다른 때에 훨씬 더 위험한 상황이 많았지만 말이에요. 어둠과 바람, 그리고 내가 세상 끄트머리의 고장에 혼자 있다는 것 때문이었어요. 만약 쓰러져 정신을 잃는다면, 눈이 나를 파묻어버릴 것이고, 4월이 되어 눈이 녹을 때까지 아무도 찾지 못할 것이라는 생각이 머릿속에 떠올랐어요. 그리고 평소에는 별로 떠올리지 않던 내 아버지까지 생각했어요.

아버지는 1912년에 태어났고, 당신도 알다시피 불행한 세대였어요. 할 수 있는 모든 군대 생활을 경험해야 했지요. 아프리카, 그 다음에 프랑스, 알바니아, 마지막으로 러시아까지 갔고, 한쪽 발에는 동상을, 머릿속에는 이상한 생각들을 갖고 집으로 돌아왔어요. 그 다음에는 독일에서 포로 생활도 했어요. 하지만 그 이야기는 나중에 해줄게요. 덧붙여 말하자면 바로 그때 발을 치료하는 동안에 나를 공장에 보냈고, 언제나 그 이야기를 하면서 농담도 했어요. 간단히 말해 그때 나는 약간 아버지와 같다는 느낌이 들었어요. 구리 세공인이었던 아버지는 눈 속에서 길을 잃게 되었는데, 나에게 들려준 이야기에 의하면, 눈 속에 주저앉아 죽음을 기다리고 싶은 커다란 욕망을 느꼈지만 용기를 냈고, 포위된 지역에서 나올 때까지 스무나흘 동안 걸어갔답니다. 그래서 나도 용기를 냈지요.

나는 용기를 냈고, 유일한 방법은 추론하는 것이라고 생각했어요. 그래서 추론했지요. 만약 바람이 자동차와 방호벽을 향해 눈을 몰아쳤다면, 남쪽에서, 말하자면 현장 방향에서 불어오는 증거라고 말입니다. 바람이 방향을 바꾸지 않았기를 바라며 바람을 마주보고 걸어가는 수밖에 없었어요. 아마 곧바로 현장을 찾지 못할 수도 있지만, 최소한 가까이 갈 것이고, 나방들*이 불빛을 볼 때처럼 빙빙 도는 위험을 배제할 수 있을 겁니다. 그렇게 바람을 거슬러 계속 걸어갔고,

---

* 원문에는 boia panatera로 되어 있는데 바퀴벌레의 일종이다.

이따금 손전등을 켜서 내 뒤의 발자국을 보았지만 눈이 순식간에 지워버렸지요. 하늘에서 계속 내리는 눈뿐만 아니라 바람에 날리는 다른 눈도 있었어요. 바람은 지면을 스치면서 어둠을 향해 휘몰아쳤고, 마치 수백 마리 뱀처럼 쉭쉭거렸어요. 이따금 시계도 보았지요. 이상하게도 나는 한 달 동안 걸은 것 같은데, 시간이 멈춘 것처럼 시계는 움직이지 않은 것 같았어요. 나는 콤튼이 훨씬 나을 것이라고 생각했어요. 최소한 대구처럼 딱딱하게 굳지는 않았을 테니까요. 하지만 장담하건대 그에게도 시간이 매우 길게 느껴졌을 겁니다.

어쨌든 행운이 있었어요. 두어 시간 걸은 뒤에 현장을 찾지는 못했지만, 내가 철도를, 그러니까 보조 지선을 가로질러 가는 것을 깨달았지요. 물론 선로는 보이지 않았지만, 눈이 선로에 쌓이지 않도록 그 고장에서 사용하는 울타리가 보였어요. 울타리는 전혀 쓸모없었지만, 나에게는 쓸모가 있었어요. 약간 튀어나와 있었기 때문이지요. 그래서 바람을 거슬러 울타리의 선을 따라 올라갔고 현장에 도착했어요. 그 다음 나머지는 순조로웠어요. 그들의 말에 의하면 비상시를 위해 준비해둔 무한궤도차가 있었어요. 영어는 정말 재미난 언어예요. 눈으로 뒤덮인 곳에서는 솟아날 것*이 전혀 없으니까요. 그것은 6톤짜리 괴물로 무한궤도 넓이가 거의 1미터이고, 그래서 눈에 빠지지 않고 40도 경사까지 우습게 올라가지요. 운전수는 전조등을 켰고, 우리는 순

---

*   '비상'emergency의 어원이 '솟아나다'emerge에서 온 것을 빗댄 표현이다.

식간에 위로 올라가 장소를 찾아냈어요. 가래로 눈을 치우고 반쯤 잠들어 있던 콤튼을 밖으로 끌어냈어요. 아마 벌써 얼어붙기 시작한 것 같았지만, 약간 흔들어 깨웠고, 그의 종교에 위배되는 술까지 한 잔 줬는데 그는 깨닫지도 못했고, 마사지를 하자 괜찮아졌어요. 말이 별로 없었는데, 언제나 말을 적게 하는 사람이기도 했어요. 차는 거기 놔두었지요.

현장에서는 나에게 잠자리를 마련해주었고, 나는 무엇보다 조립 지침 책자를 다시 한 권 달라고 했어요. 처음 받은 책자는 크라이슬러 안에 남아 겨울을 보내야 했으니까요. 나는 피곤해 죽을 지경이었고 곧바로 잠들었어요. 그런데 밤새도록 단지 엄청나게 내리는 눈과, 그 안에서, 어둠과 눈 속에서 걸어가는 사람에 대한 꿈만 꾸었는데, 꿈속에서 그게 나인지 아니면 아버지인지 알 수 없었어요. 하지만 아침에 잠이 깨자마자 앞으로 이틀 후에 나를 기다리고 있을 비상사태, 그 엄청나게 기다란 것을 배에 싣고 섬들 사이로 빙 돌아 80마일을 운반하고, 바다의 바닥에 똑바로 세울 일이 머릿속에 떠올랐어요. 미안하지만, 당신은 잘 이해하지 못하는 것처럼 나를 바라보는군요.”

나는 파우소네를 안심시켰다. 분명히 나는 흥미롭게 그의 이야기를 따라가고 있으며(그건 사실이었다) 충분히 이해하고 있다고 말했다. 당연히 일부는 사실이 아니었다. 왜냐하면 어떤 일을 잘 이해하기 위해서는 직접 하거나, 아니면 최소한 보아야 하기 때문이다. 그는 그것을 직감했고, 자신의 성급함을 감추지 않고 볼펜을 꺼내더니 종이 냅

킨을 들고 나에게 보여주겠다고 했다. 그는 그림을 잘 그렸다. 자기 데릭의 외형을 축척으로 그렸는데, 높이 250미터의 사다리꼴에 바닥은 최대 105미터, 최소 80미터였고, 그 위에 다른 복잡한 구조물들, 기중기, 작은 탑들이 있었다. 옆에다 그는 몰레를 스케치했는데 아주 초라해 보였고, 산피에트로 성당을 스케치했는데 그 절반이 조금 넘었다.

그는 보다 작은 토대를 가리키며 말했다. "보세요. 똑바로 선 다음에는 바닷물이 여기까지 닿아요. 하지만 옆으로 눕힌 채, 커다란 썰매 세 개 위에 이미 올려놓은 상태로 조립했고, 썰매 세 개는 강철과 보강 시멘트로 만든 미끄럼대 위에 올려놓았지요. 그 모든 것이 내가 도착하기 전에 완성되어 있었어요. 이제 이것도 보여줄게요. 하지만 가장 멋진 것, 진짜 전략은 바로 이것이에요. 그림을 보세요. 다리 여섯 개는 모두 똑같지 않아요. 이쪽에 있는 세 개는 내가 조금 크게 그렸지요. 정말로 컸어요. 직경 8미터의 관 세 개에 그 길이가 130미터로 바로 이 옆에 보이는 산피에트로 성당 높이예요. 그런데 잘 알겠지만 나는 신부들과 맞지 않아요. 하지만 내가 로마에 갔을 때 당연히 산피에트로 성당에 갔는데, 두말할 필요 없이 정말 대단했어요. 특히 그 당시의 장비들을 생각해보면 그래요. 맞아요, 산피에트로 성당에서 나는 기도하고 싶은 생각이 전혀 들지 않았어요. 그런데 그 대단한 것이 천천히 바닷물 속에서 돌고, 그런 다음 혼자서 똑바로 서고, 또 우리 모두가 그 위로 올라가 포도주 병을 깼을 때, 그래요, 그때에는 기도하고 싶은 생각이 조금 들었어요. 유감스럽게도 나는 어떤 기도 말을 해야 할지 몰랐고, 정확하게 떠오르는 말도 전혀 없었어요. 하지만 너무 앞서가지 맙시다.

다리 세 개는 더 크다고 말했는데, 다리라기보다 상당히 잘 연구된 부표였기 때문이에요. 하지만 이제 내 이야기로 돌아옵시다. 그러니까 나는 현장에 숙소를 마련했고, 책자를 읽고, 엔지니어와 세부적인 것을 토론하고, 옷들을 말리느라고 이틀을 편안하게 보냈어요. 셋째 날 우리는 작업을 시작했지요.

첫 번째 일은 수압식 잭들을 설치하는 것이었어요. 자동차의 잭 같은 것인데 더 컸지요. 어려운 작업은 아니었고, 바로 내가 말한 팀의 정통 러시아인, 디 스타소, 인디언, 평범한 젊은이가 무슨 일을 할 수 있는지 관찰하기에 좋은 기회였어요. 잘 상상할 수 있겠지만, 그들은 내가 말하는 것을 잘 이해하지 못했을 뿐만 아니라, 자기들끼리도 잘 이해하지 못했어요. 하지만 간단히 말해 그들은 조립공이었고, 단지 몸짓만으로도 언제나 우리 사이에 이해하는 방법을 찾아낸다는 것을 알아야 해요. 우리는 단숨에 이해하고, 만약 누군가가 더 뛰어나면 직급에 상관없이 다른 사람이 그의 말에 귀를 기울인다고 확신할 수 있지요. 온 세상에서 그래요. 그리고 지금은 돌아가신 아버지를 기억할 때마다, 만약 군대에서도 그랬더라면 어떤 일은 일어나지 않았을 것이라고 생각해요. 예를 들면 카나베세* 지방의 구리 세공인을 데려

---

* Canavese. 토리노 북서쪽 알프스 산맥의 발치에 있는 지방이다.

가서 두꺼운 판지 신발과 함께 러시아에 내동댕이치고, 러시아의 구리 세공인을 소총으로 쏘게 하지는 않았을 겁니다. 그리고 만약 정부 안에서도 일이 그렇게 된다면, 군대는 필요 없을 겁니다. 왜냐하면 전쟁을 할 필요도 없고 사람들 사이에 상식으로 동의하게 될 테니까요."

사람들이란 자신의 전문 분야를 넘어서서 과감하게 판단을 내릴 때 어떤 생각을 하게 되는지! 나는 그러한 그의 논의 뒤에 도사리고 있는 전복적인, 아니, 혁명적인 힘을 그가 의식하게 만들려고 조심스럽게 노력했다. 능력에 비례하여 책임을 부과한다고? 하지만 농담하는가? 체제가 조립공들에게 허용될 수 있을까? 더구나 훨씬 더 섬세하고 복잡한 다른 활동에는 말할 것도 없다. 하지만 나는 어려움 없이 그를 다시 자신의 길로 가게 했다.

"나는 명령하는 것도 싫고, 명령 받는 것도 싫어요. 혼자 일하는 것이 좋아요. 일이 끝난 뒤 밑에다 내 서명을 넣는 것처럼 말이에요. 하지만 잘 알다시피 그런 일은 혼자서 할 일이 아니에요. 그래서 우리는 일하기 시작했지요. 당신에게 이야기한 그 엄청난 눈보라 후에 날씨는 평온해졌고, 일은 잘 진행되었지만, 이따금 안개가 끼었어요. 각자 어떤 타입인지 이해하는 데 약간의 시간이 걸렸어요. 우리는 모두 똑같지 않고, 특히 외국인들은 더 그렇기 때문이지요.

정통 러시아인은 황소처럼 강했어요. 눈 아래까지 수염이 났고, 머리칼은 여기까지 길었지만, 정확하게 일했고 전문가라는 것을 곧바로 알 수 있었지요. 다만 중단시키지 않아야 했어요. 그렇지 않으면 맥락을 잃고 구름 속에서 헤맸고, 모든 것을 처음부터 다시 시작해야 했어요. 디 스타소는 바리* 출신 남자와 독일 여자 사이의 아들이라는 것이 드러났고 실제로 약간 혼혈이라는 것이 눈에 보였어요. 그가 말할 때는 진짜 미국에 사는 미국인보다 더 이해하기 힘들었지만 다행히 별로 말이 없었어요. 언제나 '예' 하고 말하고 나서 자기 방식대로 하는 그런 사람이었고, 간단히 말해 주의해야 할 필요가 있었어요. 그의 문제는 추위를 타는 것이었고, 따라서 매 순간마다 하던 일을 멈추고 위아래로 뛰곤 했는데, 구조물 꼭대기에 있을 때에도 그래서 소름이 끼치게 만들었어요. 그리고 두 손을 겨드랑이 아래에 넣었지요. 인디언은 정말 특이한 사람이었어요. 엔지니어의 이야기에 의하면 사냥꾼 부족 출신인데, 그 부족은 자신들의 보호구역에 남아 관광객을 위해 그 모든 몸짓을 하는 것보다 차라리 모두가 도시로 이주하여 고층빌딩의 벽면 청소하는 것을 받아들였답니다. 그는 스물두 살이었지만, 그런 직업은 벌써 아버지와 할아버지도 했대요. 물론 똑같지는 않았어요. 조립공이 되려면 약간 머리가 좋아야 하는데 그는 머리가 좋았어요. 하지만 이상한 습관이 있었어요. 절대 상대방의 눈을 바라보지 않았고, 절대 얼굴을 움직이지 않아서 완전히 굳어 있는 것 같았어요. 그래도 조립을 할 때는 고양이처럼 빨랐어요. 그도 별로 말이 없

---

*   Bari. 이탈리아 남동부의 해안 도시이다.

었고, 약간 거북하지만 호감을 주었고,* 그에게 지적을 하면 반응을 보였어요. 우리의 이름을 부르기도 했지만 다행히 단지 자기 부족의 사투리로 불렀고, 그래서 우리는 모른 척할 수 있었고, 아무런 문제가 발생하지 않았어요. 평범한 젊은이에 대해 말하는 것이 남았지만, 그에 대해서는 아직 이해하지 못했어요. 그는 정말로 약간 둔했고, 상황을 이해하는 데 시간이 걸렸어요. 하지만 의지가 있었고 관심을 기울였어요. 실제로 실수는 비교적 거의 없었고, 어떻게 그렇게 실수가 적은 지 이해할 수 없었어요. 자신이 아주 영리하지 않다는 것을 알고 관심을 기울이고 실수를 하지 않으려고 노력하기 때문이겠지요. 다른 사람들이 그에 대해 웃었기 때문에 나는 마음이 아팠고, 그래서 나이가 거의 마흔이나 되었고 보기에 별로 멋진 모습이 아니었어도 나에게는 어린애처럼 부드러웠어요. 아시겠지만 우리 일의 장점은 그런 사람에게도 자리가 있다는 것이고, 일에 대해 학교에서 배우지 않는 것도 배울 수 있다는 것이지요. 다만 그런 사람에게는 약간 더 인내심이 필요하지요.

내가 말했듯이 구조물을 바다 쪽으로 미끄러지게 하려고 잭을 설치하는 것은 별로 큰일이 아니었어요. 힘들거나 어렵지도 않았고, 다만 제자리에 수평으로 잘 설치만 하면 되었어요. 거기에 하루가 걸렸고, 그런 다음 우리는 밀기 시작했어요. 하지만 대충 짐작으로 민다고

---

* 원문에는 '복통처럼 우아했고'로 되어 있다.

생각하지 마세요. 제어실이 있었는데, 난방이 잘되어 있고, 심지어 코카콜라 판매기, 폐쇄회로 텔레비전, 잭 작업자들과 연결된 전화도 있었지요. 버튼들을 누르고 배열이 잘 유지되는지 텔레비전으로 보면 되었어요. 아, 잊고 있었는데, 잭과 썰매 사이에는 제어실 안의 계기반과 연결된 압력계 셀들도 있었고, 따라서 매 순간 받는 힘을 볼 수 있었어요. 제어실의 그 모든 장치들 한가운데서 안락의자에 앉아 있는 동안 나는 아버지와 구리판들을 생각했고, 톱밥 난로가 있는 시커먼 작업실에서 아침부터 저녁까지 결함을 없애려고 눈으로 판단하며 여기 한 번, 저기 한 번 두드리는 모습을 생각했고, 그러자 여기 목이 메는 것을 느꼈어요.

하지만 나는 그 안에 오래 앉아 있을 수 없었어요. 어느 순간 밖의 추위 속으로 나갔고, 데릭이 나아가고 있는 것을 보았어요. 아무 소음도 들리지 않았고, 단지 바람 소리와, 중앙통제실의 오일펌프들이 붕붕거리는 소리만 들렸고, 300미터 떨어진 방파제에 파도가 부딪쳐 철썩이는 소리가 들렸지만 안개 때문에 바다는 볼 수 없었어요. 그리고 겹겹이 쌓인 안개 한가운데에서 데릭이 산처럼 커다랗고 달팽이처럼 느리게 앞으로 나아가는 것이 보였어요. 나는 책자에 나온 대로 중앙통제실을 조정해두었고, 데릭은 1분에 50센티미터씩 나아갔지요. 움직이는 것을 보기 위해 가까이 가보아야 했는데 정말로 인상적이었어요. 나는 옛날에 군대들이 몰려 내려오고 아무도 막을 수 없었을 때, 아니면 화산의 용암이 밖으로 흘러나와 폼페이를 파묻어버렸을 때를 생각했어요.* 저번에 당신에게 이야기한 그 대담한 아가씨와 함께 일요일에 폼페이를 보러 갔었으니까요.

미안하지만, 나를 바라보는 태도를 보니까 당신은 작업을 잘 이해하지 못한 것 같군요. 그러니까 이 구조물이 썰매 세 개 위에 옆으로 누워 있고, 썰매는 바다까지 내려가는 미끄럼대 세 개 위에 올라가 있고, 잭 열여덟 개가 아주 천천히 밀었던 겁니다. 구조물은 바다에 뜨게 만들어졌지만, 편리한 조작을 위해 폰툰 두 대 위로 미끄러져 올리도록 되어 있었어요. 폰툰은 간단히 말하면 쇠로 된 커다란 배인데, 내가 도착하기 전에 바닷물로 가득 채워서 만灣의 바닥에, 정확한 위치에 가라앉혀 놓았지요. 구조물이 그 위에 도착했을 때 펌프로 물을 빼내 다시 떠오르게 만들고, 무거운 구조물을 싣고 바닷물 밖으로 떠받치게 하고, 그런 다음 폰툰과 구조물을 깊은 곳까지 예인하고, 또다시 폰툰을 가라앉히고, 구조물을 똑바로 세워 자기 다리로 서게 해야 했어요.

모든 것이 잘되었어요. 데릭은 평온하게 만 안에까지 나아갔고, 이제 폰툰을 다시 떠오르게 만들 시간이었어요. 하지만 아무것도 할 수 없었지요. 날씨 때문이었는데, 바람이 불어 안개를 쓸어갔지만 동시에 바다를 뒤흔들기 시작했지요. 나는 바다를 잘 모르고, 그것이 바

---

* 하지만 폼페이는 흘러 내린 용암에 파묻힌 것이 아니라 하늘 높이 치솟았다가 비처럼 쏟아져 내린 화산재에 파묻혔다.

다 가까이에서, 아니, 바다 안에서 해야 하는 첫 번째 일이었어요. 그런데 엔지니어는 마치 사냥개처럼 킁킁거리며 공기를 들이마시더니 코를 찡그렸고, 나빠지고 있다고 말하려는 것처럼 뭐라고 중얼거렸어요. 실제로 구조물을 띄우는 날 벌써 상당한 파도가 있었어요. 매뉴얼에는 그것도 예상되어 있었지요. 만약 파도가 2피트 이상이면 띄우지 못했는데 2피트가 훨씬 넘었고, 그래서 우리는 휴식을 취했어요.

우리는 사흘 동안 쉬었고 특별한 일은 일어나지 않았어요. 술 마시고, 잠자고, 카드놀이를 하면서 보냈고, 나는 팀원 네 명에게 '40계단'** 게임까지 가르쳐주었어요. 불어오는 바람에다 당신에게 말한 그 멋진 풍경 때문에 산책하러 가고 싶은 생각은 아무에게도 없었기 때문이지요. 그런데 인디언이 나를 놀라게 했어요. 언제나 그렇듯이 거친 태도로 내 눈을 바라보지 않았지만, 나는 그가 그리 멀지 않은 자기 집으로 나를 초대한다는 것을 알았지요. 그는 다소 야생적이었기 때문에 다른 사람들처럼 숙소에서 지내지 않고, 나무로 지은 자신의 오두막에서 아내와 함께 지냈으니까요. 다른 사람들은 낄낄거렸고 나는 그 이유를 몰랐어요. 나는 그 사람들이 어떻게 사는지 보고 싶었기 때문에 가보았어요. 그런데 오두막에 들어갔을 때 나에게 자기 아내와 잠자러 가라고 신호하는 것을 알아차렸어요. 아내도 그와 똑같

** 원문의 scala quaranta를 직역했는데, 20세기에 들어와 이탈리아에서 널리 유행한 카드놀이의 일종이다.

은 태도로 한쪽에서 나를 바라보고 있었고 아무 말도 하지 않았어요. 나는 집 안에 커튼도 없고 아무런 사생활도 없었기 때문에 당혹감을 느꼈고, 그 다음에는 두려웠어요. 그래서 이탈리아어로 그가 이해하지 못하는 완전히 혼란스러운 말을 했고 밖으로 나갔지요. 밖에는 다른 사람들이 기다리고 있었어요. 그제야 나는 왜 그들이 낄낄거렸는지 이해했지요. 그 부족에서는 상급자에게 아내를 제공하는 것이 풍습이라고 설명하더군요. 그리고 내가 받아들이지 않기를 잘했다고 했는데, 왜냐하면 그들은 단지 물개 지방으로만 몸을 씻고 그것도 자주 씻지 않기 때문이라는 겁니다.

바다가 잠잠해졌을 때 우리는 폰툰 안에 공기를 펌프질해 넣기 시작했어요. 보잘것없고 강하지 않은 펌프로 저기 저 벤치보다 크지 않았는데 매끄럽게 돌아갔어요. 혼자 모든 일을 해낼 수 없을 것 같았고, 13만 톤의 물을 빼낼 힘도 없는 것 같았어요. 얼마나 많은 기중기가 필요할지 생각해보세요. 그런데 이틀 후 폰툰이 말없이 위로 올라왔고, 우리는 그 아래를 받침대에 단단히 잘 고정했고, 둘째 날 저녁에 데릭은 거기에 둥둥 떠 있었어요. 마치 바로 떠나고 싶어 하는 것처럼 보였지만, 단지 바람의 효과였어요. 당신에게 고백하는데 나는 공기, 물, 시간이 스스로 일하게 만드는 그 장치를 연구한 설계자들에게 약간의 질투심도 느꼈어요. 내 머릿속에서는 결코 떠오르지 않았을 겁니다. 하지만 전에 말했듯이 나는 물을 많이 신뢰하지 않아요. 사실 수영도 할 줄 모르는데, 언젠가 그 이유를 이야기해줄게요.

나는 수영할 줄 모르지만 달라질 것은 없었어요. 그런 바다에서는 아무도 수영할 수 없을 테니까요. 납 색깔에 얼마나 차가운지 그 유명한 새우들, 구내식당에서 때로는 삶고 때로는 구워서 계속 제공되는 새우들이 어떻게 거기에서 살 수 있는지 이해할 수 없었어요. 그런데 물고기들이 가득한 바다라고 하더군요. 우리는 모두 구명조끼를 입었어요. 책자에는 그런 세부사항까지 적혀 있었으니까요. 그리고 예인선에 탔고, 먼바다를 향해 출발했어요. 마치 목에 밧줄을 묶어 소를 시장으로 끌고 갈 때처럼 폰툰 두 대 위에 누운 데릭을 뒤에 끌고 갔어요. 나는 바다로 나가는 것이 처음이었고 불안했어요. 하지만 그런 모습을 보이지 않으려고 노력했고, 일단 우리가 데릭을 세우는 작업을 시작하면 정신이 팔려 불안감도 사라질 것이라고 생각했지요. 정통 러시아인도 두려워했지만, 다른 세 사람은 아무렇지도 않았어요. 다만 디 스타소는 약간 뱃멀미를 했어요.

내가 먼바다라고 말했지만, 단지 말이 그렇고 전혀 먼바다가 아니었어요. 그 바닷가 앞에는 수없이 많은 크고 작은 섬들과, 서로 연결된 수로들이 있었어요. 어떤 수로는 데릭이 옆으로 간신히 지나갈 정도로 좁았고, 만약 부딪치면 무슨 일이 일어날까 생각하자 오싹해졌어요. 다행히 키잡이는 훌륭했고 길을 잘 알고 있었지요. 어떻게 하는지 보려고 조종실에도 가보았는데, 아주 평온했고 미국 사람들 특유의 완벽한 콧소리로 다른 예인선의 키잡이와 무선으로 이야기하고 있었어요. 처음에는 자기들끼리 가야 할 길을 논의한다고 생각했는데,

야구 시합에 대해 이야기하고 있었어요."

나는 폰툰에 대해 잘 이해하지 못했다. 만약 데릭이 물에 뜨도록 만들어졌다면, 그런 복잡한 것 없이 바다에 직접 띄울 수 없었을까? 파우소네는 어이없다는 표정으로 나를 바라보더니, 마치 의욕은 있지만 약간 뒤처진 아이를 대하는 사람처럼 대단한 인내심을 갖고 나에게 대답했다.

"만약 아빌리아나* 호수였다면 혹시 당신 말이 맞을 수도 있겠지만, 이것은 태평양이에요. 도대체 왜 탐험가들이 그렇게 불렀는지 나는 정말 모르겠어요. 언제나 파도가 있는데 말이에요. 평온할 때에도 그렇고, 최소한 내가 볼 때마다 그랬어요. 그리고 그렇게 기다란 괴물은 비록 강철로 되어 있지만 조금만 힘을 받아도 휘어질 수 있어요. 옆으로 누운 채 작업하도록 계산된 것이 아니기 때문이지요. 잘 생각해보면 우리와 약간 비슷해요. 잠자기 위해서는 침대가 평평해야 하니까요. 간단히 말해 폰툰은 필요했고, 그렇지 않으면 파도에 비틀어질 위험이 있었어요.

그러니까 우리는 예인선 한 척에 있었고, 나는 처음에 약간 두려웠지만, 위험이 없다는 것을 확신했기 때문에 두려움이 사라졌다고 말했지요. 예인선은 정말로 멋진 기계예요. 편하지는 않아요. 크루즈를 하려고 만든 건 아니니까요. 하지만 견고하게 잘 고안했고, 쓸모없

---

*   Avigliana. 토리노 서쪽에 있는 작은 도시로 같은 이름의 호수 두 개가 나란히 있다.

는 볼트 하나 없고, 그 위에 타보면 엄청난 힘을 갖고 있다는 것을 곧바로 알 수 있어요. 실제로 자기보다 훨씬 큰 배들을 예인하는 데 사용되고, 폭풍우라도 멈춰 세울 수 없어요. 수로와 수로 사이로 얼마 동안 항해한 다음, 나는 언제나 똑같은 풍경을 바라보는 데 싫증이 났고, 그래서 밑에 있는 기계실로 내려가 구경했는데, 정말로 즐거웠어요. 겨우 몸을 돌릴 수 있는 공간만 있었기 때문에 기계실이라고 부른 것은 과장이에요. 하지만 그 커넥팅 로드들, 게다가 그 대단한 스크루 축은 절대 잊지 못할 거예요. 조리실도요. 조리실에는 모든 프라이팬들이 벽에 볼트로 고정되어 있었고, 요리사는 음식을 준비하기 위해 움직일 필요도 없었어요. 모든 것이 손에 닿는 데 있었으니까요. 게다가 밤이 되었을 때 우리는 멈추었고, 군대에 있을 때처럼 급식을 주었는데 전혀 나쁘지 않았어요. 다만 과일 대신 새우와 잼을 주었지요. 그리고 우리도 간이침대에서 잤는데, 그리 많이 흔들리지도 않았어요. 오히려 잠들기에 적당할 정도였지요.

아침에 우리는 그 복잡하게 뒤엉킨 수로들에서 나왔고, 나는 안도의 한숨을 내쉬었어요. 대략 10마일만 더 가면 설치 장소를 찾을 수 있었고, 거기에는 이미 전등과 송신기가 있는 부표가 있었지요. 안개가 끼더라도 찾을 수 있도록 그랬는데, 정말로 안개가 있었어요. 우리가 부표에 도착했을 때는 정오였어요. 거기에서 우리는 데릭에다 다른 부표 몇 개를 매달아서 작업하는 동안 녀석이 산책을 가지 않도록 했어요. 그리고 폰툰의 공기 배출구를 열어 약간 가라앉힌 다음 예인해 가도록 했지요. 우리가 그랬다고 말하지만, 사실 나는 선교에 남아 있었고, 폰툰 위에는 인디언이 갔어요. 모두들 중에서 그가 바다를 제일 겁내지 않았기 때문이지요. 게다가 그건 순식간에 끝나는 일이었어요. 단지 안도의 한숨을 내쉬는 것처럼 커다랗게 쉬익 하는 소리만 들렸고, 폰툰 두 대는 데릭에서 떨어졌고, 예인선이 끌고 갔어요.

다음은 내가 무대에 설 차례였어요. 다행히 바다는 거의 잠잠했어요. 나는 내가 취할 수 있는 가장 단호한 태도를 취했고, 그런 다음 그네 명과 함께 조그마한 보트에 올라탔고, 데릭의 계단을 기어 올라갔어요. 점검을 해야 했고, 그런 다음 부양 다리들의 밸브에서 안전장치를 제거해야 했어요. 자신이 좋아하지 않는 일을 해야 하고, 할 필요가 있으면 하기 때문에 더욱 노력하는 경우 어떻게 되는지 당신도 잘 알겠지요. 특히 다른 사람들에게도 그 일을 시켜야 한다면 말이에요. 더구나 다른 사람들 중 하나가 뱃멀미를 하거나, 아니면 내가 불안해했기 때문에 혹시 일부러 뱃멀미를 한다면 말이에요.

점검 작업은 오래 걸렸지만 잘 진행되었고, 예상된 것보다 큰 변형은 없었어요. 안전장치에 대해서는 내가 잘 이해시켰는지 모르겠군요. 우리의 데릭을 잘라낸 피라미드라고 상상해보세요. 자, 여기 보세요. 면들 중 하나로 떠 있는데, 그 면에는 물에 뜨는 관들인 다리 세 개가 나란히 늘어서 있어요. 그래요, 그 다리들의 아래 부분을 무겁게 만들어서 바닥으로 내리고, 피라미드가 빙 돌아 수직으로 서게 만들어야 했어요. 다리를 무겁게 만들기 위해 안으로 바닷물을 들여보내야 했지요. 다리는 밀폐된 격벽으로 여러 구역으로 나뉘어져 있었고, 각 구역에는 정확한 순간에 공기가 빠지고 바닷물이 들어가게 하는 밸브들이 있었어요. 밸브들은 무선으로 조종되었지만 안전장치가 있었고, 그 안전장치를 손으로, 말하자면 망치로 두들겨 제거해야 했어요.

그런데 바로 그 순간 나는 구조물 전체가 움직이고 있다는 것을 깨달았어요. 이상했어요. 바다는 고요한 것 같았고, 파도가 보이지 않았는데도 구조물이 움직였어요. 위로 아래로, 위로 아래로, 천천히 아기들의 요람처럼 움직였고, 나는 위장이 여기까지 올라온 것 같은 느낌이 들기 시작했어요. 나는 저항하려고 노력했고, 만약 우연히 디 스타소를 보지 않았다면 아마 성공했을 수도 있어요. 디 스타소는 십자가의 그리스도처럼 버팀대 두 개에 매달린 채 8미터 높이에서 태평양으로 위장에 든 것을 비워내고 있었어요. 그러자 안녕, 나도 똑같은 일을 했지요. 하지만 알다시피 나는 원칙상 약간 우아하게 일을 처리하려고 했는데 자세한 것은 생략하지요. 우리는 고양이가 아니라 이름이 무엇인지 기억나지 않는 동물원의 어떤 동물과 비슷하게 보였어요. 언제나 웃는 멍청이 같은 얼굴에다 다리에 갈고리 같은 발이 있고, 머리를 아래로 한 채 나뭇가지들에 매달려 천천히 걸어가는 동물 말이에요. 그래요, 인디언을 제외한 우리 네 명은 바로 그와 똑같은 모습이었고, 실제로 나는 예인선에 있는 녀석들이 우리에게 용기를 주기는커녕 웃으면서 온갖 원숭이 흉내를 내고 손바닥으로 허벅지를 두드리는 것을 보았어요. 하지만 그들의 관점에서는 옳았어요. 허리에 멍키스패너를 차고(그것이 우리에게는 옛날 기사들의 검과 같았으니까요) 세상 끄트머리에서 일부러 온 전문가를 구경하는 것은 분명 멋진 광경이었을 겁니다.

다행히 나는 그 작업을 미리 잘 준비했고, 팀원 네 명에게 연습까지 시켰어요. 간단히 말해 우아함을 제외하면 우리는 책자의 시간보다 단지 10분가량 늦게 끝냈고, 다시 예인선에 올라탔고, 내 뱃멀미는 금세 사라졌지요.

제어실에는 엔지니어가 망원경과 초시계를 들고 무선 조종기들 앞에 있었고, 거기에서 의식이 거행되었어요. 마치 소리를 끈 텔레비전 앞에 있는 것 같았어요. 엔지니어는 초인종을 누르듯이 버튼들을 하나하나 눌렀는데, 아무 소리도 들리지 않고 단지 우리가 숨 쉬는 소리만 들렸어요. 우리는 발끝으로 숨을 쉬는 것 같았지요. 어느 순간 마치 배가 침몰하려 할 때처럼 데릭이 기울어지기 시작하는 것이 보였어요. 발들이 바닷물 속으로 가라앉으면서 만드는 소용돌이가 멀리서도 보였고, 파도가 우리에게까지 와서 예인선을 흔들었지만, 소음은 들리지 않았어요. 점점 더 기울어졌고, 위쪽의 플랫폼이 위로 올라갔고, 마침내 엄청난 거품을 내면서 반듯하게 섰고, 조금 더 가라앉더니 산뜻하게 멈추었어요. 마치 섬 같았지요. 하지만 우리가 만든 섬이었어요. 다른 사람들은 아무것도 생각하지 않았을지 모르겠지만, 나는 창조주가 세상을 창조했을 때를 생각했고, 땅과 바다를 갈랐을 때를 생각했어요. 비록 이것과 커다란 상관이 있는 것은 아니지만 말이에요. 그런 다음 우리는 다시 보트를 탔고, 다른 예인선에 있던 사람들도 왔어요. 우리는 모두 플랫폼 위로 기어 올라갔고, 포도주 병을 하나 깨뜨렸고, 약간 미친 짓을 벌였어요. 풍습이 그랬으니까요.

그리고 사방으로 돌아다니면서 소문 내지 마세요. 그 순간 나는 울고 싶었어요. 데릭 때문이 아니라 아버지 때문이었지요. 말하자면 바다 한가운데 세워놓은 그 쇳덩어리 괴물은 언젠가 아버지가 친구들과 함께 만드셨던 기괴한 기념비를 생각나게 했어요. 그분들은 모두 노인이었고, 일요일에 보차* 게임이 끝난 뒤, 한 번에 한 조각씩 만드셨는데, 모두 약간은 미치고 약간은 술에 취했지요. 모두 전쟁을 치렀어요. 누구는 러시아, 누구는 아프리카, 또 누구는 다른 어느 곳에서 치렀고, 그것으로 충분했지요. 그리고 모두가 거의 비슷한 직업이었기 때문에, 한 명은 용접을 하고, 한 명은 줄로 갈고, 또 한 명은 철판을 두드리고, 그런 식으로 기념비를 하나 제작하여 도시에 기증하기로 했지요. 하지만 그것은 역설적인 기념비가 될 예정이었어요. 청동 대신 쇠로 만들어졌고, 독수리와 영광의 화관, 총검을 들고 앞장서는 병사 대신 미지의 제빵업자, 그래요, 바로 파뇨타** 만드는 방법을 고안해낸 제빵업자의 동상을 세우려고 했어요. 그리고 쇠로, 그러니까 2밀리미터 두께의 검은색 철판을 용접하고 볼트로 연결하여 만들려고 했

---

*   boccia. 공놀이의 일종으로 특히 장애인 스포츠 중의 하나로 널리 알려져 있다.

**   pagnotta. 둥그스름하고 약간 커다란 덩어리 빵이다.

어요. 실제로 완성했고, 두말할 필요 없이 아주 튼튼했지만, 미학적인 면에서는 별로 성공하지 못했어요. 그래서 시장이나 본당 신부는 그 기념비를 내켜 하지 않았고, 그래서 광장 한가운데가 아니라 지하실에서, 좋은 포도주 병들 한가운데에서 녹이 슬고 있지요."

구리판 두드리기

"내 아버지가 후퇴를 한 땅은 여기에서 그리 멀지 않지만, 완전히 다른 계절이었어요. 아버지는 나에게 이야기해주었어요. 반합에 든 포도주도 얼었고, 탄띠 가죽도 얼었답니다."

우리는 숲속으로 들어갔다. 가을 숲은 예상하지 못한 색깔들로 찬란하였다. 이제 막 솔잎들이 떨어지기 시작한 낙엽송의 녹색 황금빛, 너도밤나무의 짙은 자줏빛, 그리고 다른 곳에는 참나무와 단풍나무의 따뜻한 갈색이 어우러져 있었다. 벌써 헐벗은 자작나무의 몸통 줄기들은 고양이처럼 쓰다듬고 싶은 욕망에 불을 붙였다. 나무들 사이에서 관목 숲은 나지막했고, 낙엽들은 아직 많지 않았다. 흙바닥은 다진 것처럼 단단하고 탄력이 있었으며 우리 발자국 아래에서 이상한 소리를 냈다. 만약 나무들이 너무 빽빽하게 자라도록 놔두지 않으면 숲은 스스로 정화된다고 파우소네는 설명했다. 크고 작은 동물들을 생각해보라고 했다. 그리고 바람에 의해 단단해진 진흙 위의 산토끼 발자국을 보여주었고, 안에 작은 벌레가 잠들어 있는, 찔레나무와 참나무의 노랗고 빨간 벌레집을 보여주었다. 식물들과 동물들에 대해 그렇게 잘 아는 것에 나는 약간 놀랐다. 하지만 그는 자기가 처음부터 조립공으로 태어난 것은 아니라고 말했다. 그에게 가장 행복했던 유년의 기억은, 서리, 말하자면 사소한 농작물 절도와 무리 지어 새둥지나 버섯을 찾으러 돌아다니던 것, 자신이 운영하는 동물원, 덫에 대한 이론과 실천, 카나베세 지방의 소박한 자연, 블루베리, 딸기, 오디, 검은 딸기, 야생 아스파라거스와의 교감으로 엮어져 있었다. 그 모든 것이 금기를 깨뜨리는 약간의 스릴과 함께 생생하게 살아 있었다.

파우소네는 계속해서 이야기했다. "그래요. 아버지가 나에게 이야기해주셨기 때문이에요. 그분은 내가 어렸을 때부터 서둘러 학교 일을 끝내고 당신과 함께 작업장에 가기를 원했지요. 간단히 말해 당신처럼 하기를 원하셨어요. 그분은 아홉 살에 벌써 일을 배우려고 프랑스에 가셨어요. 당시에는 모두 그렇게 했으니까요. 그곳 계곡에서는 모두가 구리 세공인이었고, 아버지도 돌아가실 때까지 그 일을 하셨어요. 그분은 망치를 손에 들고 죽어야 한다고 말씀하셨고 불쌍하게도 그렇게 돌아가셨어요. 하지만 그것이 가장 흉측하게 죽는 방법이라는 말은 아니에요. 왜냐하면 많은 사람들이 일을 그만두어야 할 때, 위궤양이 생기거나, 술을 마시기 시작하거나, 아니면 혼잣말을 하기 시작하기 때문이지요. 그분도 분명히 그랬을 것이지만 그전에 돌아가셨어요.

그분은 단지 구리판을 두드리는 일만 하셨어요. 포로로 붙잡혀 독일로 끌려갔을 때를 제외하고 말이에요. 그래요, 구리판이었어요. 당시에는 스테인리스 강철이 아직 유행하지 않았기 때문에 구리로 모든 것을 만들었지요. 꽃병, 냄비, 수도관을 만들었고, 세무서 인지도 없이 밀조 그라파*를 제조하는 증류기까지 만들었어요. 내 고향에서는 (나도 그곳에서 전쟁 기간에 태어났으니까요) 모든 것이 두드리는 것이었어요. 특히 안에 주석을 입힌 크고 작은 요리 냄비를 만들었어요. 바로 구리 세공인은 주석쟁이를 뜻하기 때문이지요.** 냄비를 만든 다음 거기에다 주석을 입히는 것이지요. '마니노'라는 성을 가진 가족이 지금도 여럿 있는데, 그들은 혹시 그 이유를 모를 수도 있어요.

당신이 아는지 모르겠지만, 구리는 두드리면 단단해져요……."

물론 나는 알고 있었다. 그리고 그렇게 말하면서 비록 구리판을 두드려본 적이 없지만 나도 구리와 오랫동안 친숙했다는 사실이 드러났다. 바로 사랑과 증오, 침묵의 싸움과 격렬한 싸움, 열광과 피곤함, 승리와 패배로 얼룩진 친숙함이었고, 마치 오랫동안 함께 살며 서로의 말과 행동을 예상하는 사람들에게 그렇듯이 점점 더 정교한 인식으로 풍요로워진 친숙함이었다. 그렇다. 나는 알고 있었다. 구리의

---

* grappa. 포도주를 만들고 남은 포도 찌꺼기를 증류하여 만드는 알코올 도수가 높은 술이다.
** 편의상 '구리 세공인'으로 옮긴 마니노magnino는 표준 이탈리아어 사전들에서 찾아볼 수 없었는데, 아마도 피에몬테 지방의 사투리일 것으로 추정된다. 반면에 '주석쟁이'로 옮긴 스타니노stagnino는 stagno, 즉 '주석'을 가공하는 사람을 가리킨다.

여성다운 유연함, 거울의 금속, 베누스의 금속*을 알고 있었고, 그 따뜻한 찬란함과 그 해로운 맛, 그 산화물들의 부드러운 하늘빛 녹색과 그 염화물들의 유리 같은 파란색을 알고 있었다. 구리가 단단해진다는 것을 내 손으로 잘 알고 있었다. 그것을 파우소네에게 말했을 때 우리는 가족 같은 친밀함을 느꼈다. 만약 거칠게 다루면, 말하자면 두드리고, 늘리고, 구부리고, 압축하면 구리는 우리처럼 된다. 즉 그 결정이 커지면서 단단해지고, 거칠어지고, 적대적으로 되는데, 파우소네는 '아르베르소'**라고 말했을 것이다. 나는 그런 현상의 메커니즘을 설명해줄 수 있다고 말했지만, 그는 중요하지 않다고 대답했다. 그 대신 언제나 그런 것은 아니라는 사실을 지적했다. 우리 사람들이 모두 똑같지 않고, 어려움 앞에서 서로 다르게 행동하듯이, 펠트와 가죽처럼 두드리면 더 좋아지는 재료도 있고, 쇠처럼 망치질을 하면 찌꺼기를 밖으로 뱉어내고 강화되어, 바로 연철鍊鐵이 되는 경우도 있다. 나는 결론적으로 비유들을 사용할 때 주의해야 한다고 말했다. 비유는 아마 시적으로 보일 수 있지만 별로 증명하는 것이 없기 때문이다. 따라서 비유에서 교육적이고 건설적인 지침을 이끌어낼 때에는 신중해야 한다. 교육자는 쇠를 거칠게 두드림으로써 쇠에다 고귀함과 형상

---

* 구리는 거울의 재료인데다 그 빛나는 아름다움으로 인해 고대 신화와 연금술에서 베누스(그리스 신화의 아프로디테)의 상징이었다. 또한 아프로디테의 섬 키프로스는 고대부터 구리의 주요 생산지였다.
** arverso. 피에몬테 지방의 사투리로 짐작되지만 정확한 의미는 확인하지 못했다. 참고로 위버의 영어 번역본은 arvérs로 옮기고 그 옆에 adverse(부정적인, 불리한)라는 용어를 함께 달았다.

을 부여하는 대장장이의 예를 들어야 하는가, 아니면 포도주를 자신에게서 멀리 떼어놓고 지하실의 어둠 속에 보관함으로써 똑같은 효과를 얻는 포도주 제조업자의 예를 들어야 하는가? 어머니는 새끼들의 둥지를 부드럽게 만들기 위해 자기 털을 뽑고 헐벗는 펠리컨을 모델로 삼는 것이 좋은가, 아니면 새끼들에게 전나무 꼭대기에 기어 올라가도록 부추긴 다음 그 위에다 놔두고 뒤도 돌아보지 않고 가버리는 곰을 모델로 삼는 것이 좋은가? 담금질 또는 뜨임*** 중에서 어느 것이 더 나은 교육적 모델인가? 유사함의 비유들을 조심해야 한다. 수천 년 동안 의학을 타락시켰으며, 오늘날 교육 체계들이 그렇게 많은 데다 3,000년 동안 논쟁했는데도 아직 무엇이 더 나은지 모르고 있는 것은 아마 비유들의 잘못일 것이다.

어쨌든 파우소네는 가공으로 단단해진(말하자면 더 이상 망치로 가공할 수 없으며 더 이상 '유순하지 않은') 구리판은 원래의 유연함을 다시 얻기 위해 끓여야 한다고, 그러니까 섭씨 800도 정도로 몇 분 동안 달궈야 한다는 사실을 상기시켰다. 그러니까 구리 세공인의 작업은 달구고 두드리기, 두드리고 달구기를 반복하는 것이다. 그런 것을 대충 나는 알고 있었다. 반면에 주석은 그렇게 오랫동안 자주 접하지 못했고, 단지 젊은 시절의 덧없는 모험, 게다가 본질적으로 화학과 관련된 모험****과

***　원문에는 tempra와 rinvenimento로 되어 있는데, 금속의 열처리 방법으로 대부분의 용어집에서 여기에 해당하는 영어는 quenching과 tempering으로 되어 있다.
****　전작 『주기율표』의 「주석」 편에서 이야기하는 모험을 말한다. 젊었을 때 친구와 함께 주석에 염산을

연결되어 있을 뿐이다. 따라서 나는 그가 제공하는 정보들을 관심 있게 들었다.

"일단 냄비가 만들어져도 작업은 아직 끝나지 않았어요. 당신도 알다시피, 예를 들어 순수한 구리 냄비에다 요리를 하면 결국 당신과 가족이 병들기 때문이지요. 그리고 우리 아버지가 겨우 쉰일곱의 나이에 돌아가신 것은 핏속에 이미 구리가 돌고 있었기 때문이 아니라고 단언할 수 없어요. 여기에서 배울 것은, 냄비의 내부를 주석으로 입혀야 한다는 것인데, 그게 쉬운 일이라고 생각하지 마세요. 혹시 당신이 이론상으로 어떻게 하는지 알고 있더라도 말이에요. 이론과 실천은 전혀 달라요. 그래요, 간단히 말하자면 먼저 진한 황산, 아니면 만약 서두른다면 질산을 사용하지만, 짧은 시간 동안만이에요. 그렇지 않으면 냄비여, 안녕이에요. 그런 다음 물로 씻어내고, '익힌 산'으로 산화물을 제거하지요."

그 용어가 나에게는 새로웠다. 나는 설명을 요구했고, 그럼으로써 그의 옛날 상처를 되살릴 것이라고 상상하지 못했다. 왜냐하면 파우소네는 '익힌 산'*이 무엇인지 정확하게 모르고 있었기 때문이다. 그리고 그걸 배우기 거부했기 때문에 모르고 있었던 것이다. 간단히 말해 아버지와 약간의 앙금이 있었다. 그는 이미 열여덟 살이었고 고향

___

넣어 염화주석으로 만들어 파는 사업을 했던 것을 가리킨다.
* 원문에는 acid cheuit으로 되어 있는데, 아마 acido cotto, 즉 '익힌 산'에 해당하는 피에몬테 지방의 사투리로 짐작된다.

에 남아 냄비들을 만들기에 충분한 나이였다. 하지만 그는 토리노에 가서 란차 자동차 공장에 들어가고 싶었고, 실제로 들어갔지만 거기에서 오래 일하지 않았다. 그러니까 바로 '익힌 산' 때문에 문제가 발생했고, 아버지는 처음에는 화를 냈지만 나중에는 달리 방도가 없다는 것을 깨달았기 때문에 말없이 있었던 것이다.

"어쨌든 염산으로 해요. 아연, 염화암모늄, 그리고 뭔지 나도 모르는 다른 것과 함께 익혀요. 원한다면 내가 알아볼 수 있어요. 하지만 바라건대 혹시 당신이 구리 냄비에 주석을 입히고 싶은 것은 아니겠지요? 아직 끝나지 않았어요. '익힌 산'이 작용하는 동안 주석을 준비해둬야 해요. 순수한 주석을 말이에요. 여기에서 구리 세공인이 신사인지 아니면 사기꾼인지 알 수 있어요. 순수한 주석, 말하자면 자기 고향에서 온 그대로 순수한 주석이 필요해요. 납과의 합금인 용접용 주석이 아니에요. 당신에게 이런 말을 하는 것은, 용접용 주석으로 냄비에 주석을 입힌 사람들이 있었기 때문이에요. 우리 고향에도 있었어요. 작업이 끝났을 때에는 알 수 없지만, 나중에 고객이 20년 동안 요리를 하고 납이 모든 음식에 천천히 들어가면 어떤 일이 일어날지 당신이 생각해보세요.

그러니까 주석을 준비해둬야 한다고 말했지요. 주석은 녹아 있지만 너무 뜨겁지 않아야 해요. 그렇지 않으면 위에 붉은색 껍질이 생기고 재료를 낭비하게 돼요. 그리고 지금은 쉽지만, 당시에는 온도계가 큰 부자의 물건이었고, 그래서 열을 눈짐작으로, 침을 뱉어보고 판단했어요. 미안합니다만, 고유의 말로 표현해야 할 필요가 있어요. 침이 천천히 튀기는지, 아니면 세게 튀기는지, 아니면 심지어 뒤로 튀어 오르는지 보았지요. 여기에서 '쿠체'*가 필요해요. 그러니까 삼〔麻〕섬유 뭉치 같은 것인데 이탈리아어 이름이 있는지도 모르겠어요. 그것으로 접시 안에 버터를 바르는 것처럼 구리 위에 주석을 입히는 거지요. 당신이 이해했는지 모르겠군요. 그것이 끝나자마자 찬물에 넣어요. 그렇지 않으면 주석이 아름답게 반짝이지 않고 뿌옇게 남아 있게 되지요. 보다시피 다른 모든 직업과 똑같은 직업이에요. 크고 작은 비법들과 오랜 옛날에 어떤 파우소네가 고안했는지 모르는 그런 비법들이 있는 직업이지요. 그 비법들을 모두 말하려면 책이 한 권 필요할 텐데, 누구도 절대 쓰지 않을 책이고, 결국 부끄러운 것이에요. 아니, 오랜 세월이 지난 지금 내가 아버지와 그런 문제를 벌이고, 아버지에게 말대꾸하고, 말없이 계시도록 만든 것이 후회돼요. 내가 '익힌 산'으로 아무것도 하고 싶지 않다고 대꾸했을 때, 그분은 말이 없었지만 당시에 이미 조금씩 죽어가는 것을 느끼셨던 것입니다. 물론 당신 일을 좋아하셨기 때문인데, 내가 내 일을 좋아하는 지금에야 그걸 이해하겠어요. 언제나 그런 방식으로 이루어져왔고 세상만큼이나 오래된 그 직업이 결국 당신과 함께 죽으리라는 것을 깨달으셨기 때문이지요."

그것이 핵심 주제였고, 분명 파우소네는 그걸 알고 있었다. 만약

---

* cucce. 어원이나 정확한 의미는 파악하지 못했다.

운명이 우리에게 선물할 수 있는 개별적이고 경이로운 순간들을 제외하면 자신의 일을 사랑하는 것은(불행히도 그건 소수의 특권이다) 지상의 행복에 구체적으로 가장 훌륭하게 다가가는 것이 된다. 하지만 그것은 소수만이 알고 있는 진리이다. 그 무한한 영역, 직업**의 영역, 간단히 말해 일상적인 일의 영역은 남극 대륙보다 덜 알려져 있다. 바로 그곳에 가장 적게 가본 사람들이 거기에 대해 더욱 많이 말하고 더욱 요란하게 말하는데, 슬프고도 신비로운 현상이다. 직업을 찬양하기 위해 공식적인 의례에서는 교활한 수사학이 동원되는데, 그것은 냉소적으로 칭찬이나 메달이 임금 인상보다 훨씬 비용이 적게 들고 훨씬 더 효율적이라는 고찰을 토대로 한다. 하지만 정반대의 수사학도 존재하는데, 냉소적이지 않지만 엄청나게 멍청한 수사학으로, 직업을 폄하하고, 비천한 것으로 묘사한다. 마치 자기 것이든 다른 사람의 것이든 직업은 단지 유토피아에서뿐만 아니라 지금 여기에도 없어도 되는 것처럼, 그리고 마치 일할 줄 아는 사람은 정의상 하인이며, 반대로 일할 줄 모르거나, 잘못 알거나, 일하지 않으려는 사람은 바로 그렇기 때문에 자유로운 사람인 것처럼 말이다. 많은 직업이 사랑받지 못한다는 것은 슬프게도 사실이다. 하지만 선입관과 증오를 갖고 현장으로 내려가는 것은 해롭다. 그렇게 하는 사람은 평생 동안 직업을 증오

** 원문에는 rusco, boulot, job으로 되어 있는데 각각 '직업', '일'을 뜻하는 피에몬테 지방의 사투리, 프랑스어, 영어 표현이다.

할 뿐만 아니라 자기 자신과 세상을 증오하게 된다. 직업의 결실이 일하는 사람의 손에 남아 있도록, 직업 자체가 형벌이 아닌 것이 되도록 싸울 수 있고 또 싸워야 한다. 하지만 직업에 대한 사랑 또는 반대로 증오는 내부적이고 선천적인 것으로, 사람들이 믿는 것처럼 그 직업이 이루어지는 생산 구조보다는 개인의 삶에 더 많이 의존한다.

이런 내 생각의 흐름을 직감한 것처럼 파우소네는 다시 이야기를 시작했다. "내 이름이 무엇인지 아세요? 티노예요. 다른 많은 이름처럼. 하지만 티노는 '리베르티노'의 애칭이에요. 사실 아버지는 출생신고를 할 때 나를 '리베로'로 부르고 싶으셨대요. 시장市長은 비록 파시스트였지만 아버지의 친구였고 아마 동의했을 텐데, 시청 서기에게는 방법이 없었어요. 그 모든 것을 나중에 어머니가 이야기해주셨어요. 서기는 말했답니다. 성인들 중에도 그런 이름이 없고, 너무나 특이한 이름이고, 자신은 말썽이 생기길 원하지 않고, 파시스트 당국의 허가가 필요하고, 아마 로마의 허가도 필요할 것이라고 말입니다. 물론 터무니없는 말이었어요. 그 사람은 자기 호적부에 '리베로'라는 말을 원하지 않았고, 읽고 싶지도 않고 쓰고 싶지도 않았던 겁니다.* 간단히 말해 어떠한 방법도 없었어요. 결론적으로 아버지는 '리베르티노'로 후퇴했는데, 불쌍한 그분은 의미도 고려하지 않고, 리베르티노가 마

---

* 이탈리아어 리베로Libero는 '자유로운'이라는 뜻으로 시청 서기는 파시스트 당국과의 마찰을 두려워했던 것이다. 반면에 뒤에서 언급하는 리베르티노Libertino는 '방탕한 사람', '난봉꾼'이라는 뜻이다.

치 누군가의 이름이 조반니인데 사람들이 애칭으로 조반니노라 부르는 것과 똑같다고 믿으셨기 때문이지요. 하지만 그렇게 해서 나는 리베르티노가 되었고, 내 여권이나 면허증을 보게 된 사람들은 모두 뒤에서 웃었지요. 왜냐하면 차츰 세월이 지나면서 지금처럼 세상을 돌아다니다 보니, 정말로 내가 약간은 진짜 방탕아가 되어버렸기 때문이지요. 하지만 그건 다른 이야기이고, 게다가 당신은 벌써 깨달았을 겁니다. 나는 방탕아지만 원래 본성이 그런 것은 아니에요. 그러기 위해 세상에 태어난 것은 아니지요. 물론 만약 왜 내가 세상에 태어났는지 묻는다면 대답하기 전에 약간 당황하겠지만 말이에요.

아버지는 내가 자유롭기를 원했기 때문에 리베로라고 부르려고 하셨어요. 정치적인 관념을 갖고 있었던 것은 아니에요. 그분은 정치에 대해 오로지 전쟁을 하지 않아야 한다는 관념만 갖고 있었어요. 전쟁을 체험했기 때문이지요. 그분에게 자유롭다는 것은 주인 밑에서 일하지 않는 것을 의미했어요. 혹시 그분처럼 온통 그을음으로 시커멓고 겨울에는 얼어붙는 작업장에서 하루 열두 시간씩 일하거나, 또는 이주민으로 집시처럼 마차를 타고 위로 아래로 돌아다니더라도, 주인 밑에 있지 않고, 공장에 있지 않고, 조립 라인에 매달려 평생 동안 똑같은 동작을 하지 않는 것 말이지요. 결국 아무 일도 하지 못하게 되면 퇴직수당과 연금을 받고 벤치에 앉아 있게 될 때까지 말이에요. 그렇기 때문에 내가 란차 공장에 가는 것을 반대하셨고, 속으로는 은밀하게 내가 당신의 작업장을 이끌어나가고, 결혼하고, 아이들을 낳고, 그 아이들에게도 똑같은 일을 가르치기를 원하셨을 것입니다. 지금 나는 내 직업을 잘 해낸다고 말하고 싶어요. 하지만 만약 아버지 께서 때로는 좋은 말로, 때로는 다른 말로 고집하지 않았다면, 학교가 끝난 뒤 내가 당신과 함께 작업장에 가서 대장간의 손잡이를 돌리고, 3밀리미터 구리판에서 모델도 없이 그냥 눈짐작으로 황금같이 정확한 반구半球를 만들어내는 당신에게서 배우기를 고집하지 않았다면, 그 래요, 만약 아버지가 아니었다면, 또한 내가 학교에서 배운 것에 만족 했다면, 분명히 나는 지금도 조립 라인에 매달려 있을 겁니다."

우리는 빈터에 이르렀다. 파우소네는 땅 표면에 가까스로 보이는 불룩한 것들, 두더지들의 우아한 미로들, 녀석들이 밤에 돌아다니면 서 신선한 흙을 밀어내 원뿔처럼 약간 돋아난 곳들을 보라고 했다. 조 금 전에는 들판의 움푹한 곳에 숨겨진 종달새 둥지를 찾아내는 방법 을 가르쳐주었고, 낙엽송의 낮은 가지들 사이에 반쯤 숨겨진 토시 모 양의 정교한 다람쥐 둥지를 보여주었다. 잠시 후에는 말을 멈추었고, 왼쪽 팔을 장벽처럼 내 가슴 앞에 대면서 나를 세웠고, 오른손으로 우 리 오솔길에서 몇 걸음 떨어진 곳의 풀이 가볍게 떨리는 것을 가리켰 다. 뱀인가? 아니었다. 다져진 흙 위로 조그맣고 흥미로운 행렬이 나 타났다. 고슴도치가 잠시 멈추었다가 다시 조심스럽게 나아가고 있었 고, 그 뒤에는 새끼 다섯 마리가 따르고 있었다. 마치 장난감 기관차 가 끄는 조그마한 객차들 같았다. 첫째는 입으로 안내자의 꼬리를 물 고 있었고, 각자 똑같은 방식으로 앞에 있는 새끼의 작은 꼬리를 물고 있었다. 안내자 고슴도치는 커다란 딱정벌레 앞에서 멈추었고, 작은 앞발로 뒤집더니 이빨로 물었다. 새끼들은 줄에서 벗어났고 그 주위로 몰려들었다. 그리고 안내자 고슴도치는 모든 새끼를 뒤에 이끌고 덤불 뒤로 물러났다.

황혼 무렵 베일에 싸인 하늘은 투명해졌고, 거의 갑자기 우리는 멀리에서 들려오는 슬픈 울음소리를 들었고, 으레 그렇듯이, 미처 생각하기도 전에 이미 그 소리를 들었다는 것을 깨달았다. 소리는 거의 규칙적인 간격으로 반복되었고, 어느 쪽에서 들려오는지 알 수 없었다. 잠시 후 우리 머리 위로 아주 높이 두루미들이 질서정연하게 한 줄로 늘어서서 창백한 하늘을 배경으로 기다란 검은색 선을 그리고 있는 것을 발견했는데, 마치 떠나야 하는 것을 슬퍼하는 것 같았다.

"……하지만 적당한 시기에 내가 공장에서 나와 지금의 이 직업을 시작하는 것을 보고 만족하셨다고 생각해요. 말을 많이 하는 분이 아니니까 나에게 말하시지는 않았지만, 여러 가지 방법으로 내가 깨닫게 하셨어요. 이따금 내가 여행을 떠나는 것을 보면 분명히 부러워하셨지만, 착한 사람의 부러움이었어요. 다른 사람의 행운을 원하지만 그걸 가질 수 없으니까 그에게 불행한 일이 일어나기를 바라는 그런 것은 절대 아니었어요. 그분은 나와 같은 일을 좋아하셨을 겁니다. 물론 사업이 더 많이 벌지요. 최소한 그 결과가 없어지지는 않으니까요. 결과는 거기 남아 있고, 자기 것이며, 아무도 자신에게서 빼앗아 갈 수 없어요. 그분은 그것을 이해하셨어요. 증류기를 완성하여 광택을 낸 다음 그 자리에서 바라보는 태도에서 알 수 있었지요. 고객들이 와서 가져갈 때면 그분은 마치 어루만지는 것 같았고 서운해하는 것이 보였어요. 아주 멀리 떨어진 곳이 아니면 이따금 자전거를 타고 모든 것이 잘 돌아가는지 본다는 핑계로 가서 다시 보기도 했어요. 그분은 여행 때문에도 그런 것을 좋아했어요. 당시에는 별로 여행을 하지 않았기 때문이지요. 그분도 좋지 않은 여행을 조금 했을 뿐이에요. 도제徒弟로 프랑스 사보이에서 보낸 해에 대해 그분은 단지 동상凍傷, 뺨 맞기, 프랑스어로 말하던 추한 말들만 기억난다고 말했어요. 그 다음에 군인으로 러시아에 갔는데, 그게 여행이었다니 한번 상상해보세요. 그런데 당신에게는 이상하게 보이겠지만, 그분의 삶에서 가장 멋진 것은, 나에게 여러 번 말하셨는데, 바로 바돌리오 내각* 이후 독일군들이 밀라노 병참 기지에서 그들을 체포하여 무장을 해제한 뒤 가축들 객차에 몰아넣고 독일로 보내 일을 시켰을 때였답니다. 놀랐지요? 하지만 직업을 갖고 있으면 언제나 쓸모가 있어요.

처음 몇 달 동안은 엄청나게 허리띠를 졸라매야 했고, 그런 것은 당신에게 이야기할 필요가 없을 겁니다. 아버지는 공화국**과 함께하고 이탈리아로 돌아가겠다는 서명을 하지 않았어요. 겨울 내내 곡괭

---

* Pietro Badoglio(1871~1956). 이탈리아의 장군이자 정치가로 무솔리니가 실각하여 총리에서 물러난 후 1943년 7월 25일부터 1944년 6월 8일까지 총리를 역임했다. 무솔리니가 실각하자 독일군들이 이탈리아를 점령했고, 독일군의 도움 아래 무솔리니는 파시스트 잔당을 규합하여 1943년 9월 이탈리아 북부의 살로Salò를 중심으로 소위 '이탈리아 사회 공화국'을 세웠다.
** 무솔리니의 이탈리아 사회 공화국을 가리킨다.

이와 삽을 휘둘렀고 끔찍한 생활이었지요. 입을 것도 없어 단지 군복만 입고 있었기 때문이지요. 그분은 기계공으로 목록에 들어가 있었고, 이제 모든 희망을 잃어가고 있던 3월에 그분을 불러내 배관 작업장에서 일을 시켰고 거기에서 벌써 조금 나아졌어요. 하지만 나중에 철도 기관사를 찾고 있다는 것이 알려졌고, 그분은 기관사가 아니었지만, 간단히 말해 보일러에 대해 조금 알고 있었고, 또 일은 하면서 배우는 것이라고*** 생각했어요. 그리고 독일어는 한마디도 모르면서 앞으로 나섰지요. 굶주릴 때 사람은 교활해지는 법이지요. 행운이 있어서 석탄 기관차에 배치되었는데, 그 당시 화물차와 지선 객차를 끄는 기관차였고, 그분은 종점에 한 명씩 애인을 두 명 만들었대요. 아버지는 과감하지 않았지만 본인 말로는 쉬웠답니다. 독일 남자들이 모두 군인이었기 때문에 여자들이 따라다녔다는 겁니다. 아마 이해하겠지만, 그 이야기를 아버지는 절대 분명하게 들려주지 않았는데, 포로로 잡혀가셨을 때 이미 결혼을 했고 어린 아들인 나도 있었기 때문이지요. 하지만 일요일에 그분 친구들이 우리 집에 와서 술 한 잔 마시면, 여기에서 한마디, 저기에서 웃음소리, 중간에 중단된 이야기가 나왔고, 쉽게 이해할 수 있었지요. 친구들이 아주 커다랗게 웃는 반면에 어머니는 완전히 부루퉁한 얼굴로 다른 쪽을 바라보며 쓴웃음을 짓고 있는 것을 보기도 했어요.

***　원문에는 속담으로 "노새의 짐 안장은 길을 가면서 조정된다"로 되어 있다.

그리고 나는 그분을 이해해요. 왜냐하면 그분이 약간 어긋난 것은 생애에서 유일하게 한 번이었기 때문이지요. 게다가 검은 보따리에 먹을 것을 싸서 가져다주는 독일 애인들이 없었다면, 아버지도 다른 사람들처럼 결국 결핵에 걸리고 말았을 것이고, 그랬다면 어머니와 나에게는 더 힘들었을 겁니다. 기관차를 운전하는 것은 자전거를 타는 것보다 더 쉽다고 말씀하셨어요. 단지 신호들에 주의하면 되었고, 만약 폭격이 있으면 세우고, 모든 것을 놔두고 들판으로 도망쳐야 했지요. 단지 안개가 낄 때나, 아니면 경보가 울리고 독일군들이 일부러 안개를 만들 때에만 문제가 생겼어요.

간단히 말해 종점에 도착하면 아버지는 철도의 숙소로 가지 않고, 호주머니와 가방과 셔츠에 석탄을 가득 채워 교대로 애인에게 선물했어요. 달리 선물할 것이 없었기 때문이지요. 그 대가로 애인은 저녁 식사를 주었고, 그분은 아침에 다시 떠났어요. 얼마 동안 그런 거래를 했을 때 같은 노선에서 다른 이탈리아 기관사가 운행한다는 것을 알게 되었어요. 그도 포로였고 키바소*의 기계공이었는데, 밤에만 운행하는 화물을 운반했어요. 키바소 사람은 잘 정착하지 못했고 단지 철도에서 주는 것만 먹었기 때문에 굶주렸고, 그래서 아버지는 애인들 중 하나를 그에게 양보했답니다. 순수한 우정으로 그렇게 했고, 그때 이후로 서로 더욱 좋아하게 되었지요. 나중에 두 분 모두 돌아온 후로

---

* Chivasso. 토리노 북동쪽의 작은 도시이다.

키바소 친구는 매년 두세 번 우리를 만나러 왔고, 크리스마스에는 칠면조를 가져왔어요. 차츰차츰 우리는 모두 그를 내 대부로 간주하기 시작했는데, 왜냐하면 그 동안 내 진짜 대부, 디아토 자동차에 부싱을 달았던 분은 돌아가셨기 때문이지요. 간단히 말해 그분은 빚을 갚고 싶어 했어요. 실제로 몇 년 뒤에 바로 그분이 란차 공장에 내 일자리를 찾아주었고, 내가 가게 놔두라고 아버지를 설득했지요. 그 다음에 다른 회사에 나를 소개해주었고, 거기에서 나는 아직 조립공이 아니었는데도 조립공으로 일을 시작했어요. 그분은 지금도 살아 있고 그렇게 늙지도 않았어요. 훌륭한 분으로 전쟁이 끝난 뒤에는 칠면조와 뿔닭을 기르기 시작했고 부자가 되었지요.

하지만 우리 아버지는 전처럼 작업장에서 다시 구리판을 두드렸어요. 구리판이 완전히 똑같은 두께가 되고 주름들을(그분은 주름들을 '베에'**, 즉 '노파들'이라 불렀지요) 펴기 위해, 여기 한 방, 저기 한 방 정확한 지점을 두드렸지요. 산업체에서 그분에게 좋은 자리들을 제공했는데, 특히 작업이 크게 다르지 않은 차대 제작업체가 그랬어요. 어머니는 받아들이라고 매일 그분에게 말했어요. 왜냐하면 월급도 좋았고, 또 공제회, 연금 등이 있었으니까요. 하지만 그분은 생각도 하지 않았어요. 주인의 빵에는 껍질이 일곱 개라고 말하셨고, 철갑상어의 꼬리보다 뱀장어의 머리가 낫다고 말씀하셨어요. 그분은 속담을 즐겨 사용

** veje. 피에몬테 지방의 사투리로 '노파'를 뜻한다.

하는 분이었으니까요.

이제 주석을 입힌 구리 냄비는 더 이상 아무도 원하지 않아요. 가게의 진열장에는 가격이 싼 알루미늄 냄비들로 채워졌고, 또 얼마 뒤에는 스테이크가 들러붙지 않는 도료를 입힌 스테인리스 강철 냄비들이 나오기 시작했지요. 아버지의 수입은 보잘것없었지요. 하지만 그분은 바꾸려고 생각하지 않았고, 병원에 공급할 고압솥을 만들기 시작했는데, 금속 수술 도구들을 소독하는 데 사용하는 것으로 구리로 만들지만 주석 대신 은을 입힌 것이지요. 바로 그 기간 동안 당신 친구들과 합의하여 내가 전에 말했던 제빵업자에게 바치는 기념비를 만들기 시작했고, 그걸 거부당하자 마음이 아프셨는지 술을 조금 더 마시기 시작했어요. 주문이 적었기 때문에 일도 많이 하지 않았지요. 빈 시간에는 만드는 즐거움을 위해 새로운 형태의 다른 물건들, 가령 선반 까치발, 꽃병 같은 것을 만들었지만, 팔지는 않았고 한쪽에 놔두거나 선물했어요.

우리 어머니는 훌륭한 분이고 매우 독실한 신자였지만, 아버지를 아주 잘 대우하지는 않았어요. 아버지에게 말도 하지 않고 거칠게 대했고, 분명히 높게 평가하지 않았어요. 아버지에게는 당신 일이 끝났을 때 모든 것이 끝났다는 것을 어머니는 고려하지 않았어요. 세상이 바뀌지 않기를 원했지만, 세상은 바뀌었고 지금은 더 빨리 바뀌고 있는데, 그분은 뒤쫓아 가고 싶은 마음이 없었고, 그래서 울적해졌고 더 이상 아무런 의욕도 없었어요. 어느 날 아버지는 식사하러 오시지 않앗고, 어머니는 작업장에서 돌아가신 그분을 발견했지요. 언제나 말하셨듯이, 손에 망치를 든 채 말이에요."

포도주와 물

9월 말 볼가 강 하류에서 그런 더위를 만날 것이라고 나는 생각하지도 못했다. 일요일이었고 숙소에 머물러 있을 수 없었다. '아드미니스트라치야'*는 모든 방에 시끄럽고 비효율적이며 애처로운 선풍기를 설치했고, 공기 순환은 오로지 모퉁이에 있는 신문지 크기의 창문에 맡겨져 있었다. 나는 파우소네에게 강으로 가서 선착장까지 걸어가고 처음 만나는 배를 타보자고 제안했다. 그는 받아들였고 우리는 떠났다.

제방 위는 시원했고, 시원하다는 느낌은 예상치 않게 투명한 강물과 거기에서 퍼져 나오는 늪과 이끼 향기에 의해 강화되었다. 강물 표면 위로 가벼운 산들바람이 불어 조그마한 파도를 일으켰지만, 이따금 바람의 방향이 바뀌었고, 그러면 땅에서 마른 진흙 냄새가 나는 뜨

---

* 원문에는 Administracija로 되어 있는데 러시아어로는 Администрация. 여기에서는 숙소의 관리 부서를 가리킨다.

거운 돌풍이 불어오곤 했다. 그와 동시에 다시 고요해진 수면 아래에서 물에 잠긴 시골집들의 혼란스러운 모습이 뚜렷이 보였다. 오래된 사건이 아니라고 파우소네는 설명했다. 그건 하느님의 형벌도 아니었고 죄인들의 마을도 아니었다. 단지 강의 모퉁이 너머로 흘낏 보이는 거대한 댐 때문이었다. 댐은 7년 전에 건설되었고, 댐 위쪽에 호수, 아니, 500킬로미터 길이의 바다가 형성되었던 것이다. 파우소네는 마치 자신이 댐을 건설한 것처럼 자랑스러워했는데, 그는 거기에 단지 기중기 하나를 조립했었다. 그 기중기도 그의 이야기에서 중심에 있었고, 언젠가 이야기해주겠다고 약속했다.

우리는 아홉 시경에 선착장에 도착했다. 선착장은 두 부분으로 이루어져 있었는데, 하나는 강기슭에 세워진 벽돌 건물이었고, 다른 하나는 나무판자 건물이었는데 실제로는 지붕이 있는 바지선으로 강물 위에 떠 있었다. 두 건물 사이에 역시 나무로 만들어진 작은 다리가 양쪽 끝에 연결되어 있었다. 우리는 시간표를 확인하려고 멈추었다. 시간표는 멋진 글씨체로 쓰여 있었지만 온통 지우고 수정되어 있었고, 대합실 문에 붙어 있었다. 잠시 후 우리는 자그마한 할머니가 오는 것을 보았다. 조그맣고 평온한 걸음걸이로 우리를 향해 왔는데, 두 가지 색깔의 뜨개질을 하는 데 몰두해 있었기 때문에 우리를 쳐다보지도 않았다. 우리를 지나쳤고, 한쪽 구석에서 접이의자를 꺼내 시간표 옆에 펼쳤고, 거기에 앉아 치마의 주름을 폈고, 몇 분 동안 계속 뜨개질을 했다. 그러더니 우리를 보았고, 미소를 지으며 그 시간표는 만기되었으니 보아야 소용없다고 말했다.

파우소네는 언제부터 만기되었느냐고 물었고, 할머니는 모호하게 대답했다. 사흘 전부터, 아니면 아마 일주일 전부터라고 했고, 새 시간표는 아직 확정되지 않았지만, 배는 여전히 다닌다고 했다. 우리에게 어디 가려고 하느냐고 물었다. 당혹감과 함께 파우소네는 어디든 똑같다고 대답했다. 저녁에 돌아오기만 하면 아무 배라도 탈 것이라고 했다. 우리는 단지 약간 시원한 바람을 쐬고 강을 돌아보고 싶다고 했다. 할머니는 신중하게 고개를 끄덕이더니 우리에게 귀중한 정보를 제공했다. 배는 잠시 후에 도착할 것이며 곧바로 두브로프카*로 출발한다는 것이다. 얼마나 먼가? 그렇게 멀지 않아, 한 시간, 아니면 아마 두 시간쯤 걸리겠지만, 그게 뭐 중요한가? 할머니는 다시 한 번 빛나는 미소로, 혹시 우리가 휴가를 온 것이냐고 물었다. 좋다. 두브로프카는 바로 우리에게 필요한 장소였다. 거기에는 숲과 들판이 있었고, 버터, 치즈, 달걀을 살 수 있었으며, 할머니의 손녀도 거기 살고 있다고 했다. 1등석 아니면 2등석 표를 원하느냐고 물었다. 할머니가 바로 매표원이었던 것이다.

우리는 상의했고 1등석으로 결정했다. 할머니는 뜨개질거리를 놔두고 조그마한 문으로 사라지더니 창구 뒤에서 다시 나타났고, 서랍

---

* 러시아어로는 Дубро́вка. 볼가 강 하류에 있는 작은 소읍으로 사라토프 수력발전소 댐의 위쪽에 위치해 있다.

을 뒤져 표 두 장을 주었다. 1등석인데도 얼마 되지 않았다. 우리는 흔들거리는 다리를 지나 바지선으로 가서 기다렸다. 바지선도 황량했지만, 잠시 후 키가 크고 야윈 젊은이가 도착했고 우리에게서 멀지 않은 벤치에 앉았다. 단순한 차림이었다. 재킷은 낡고 팔꿈치를 덧대 기웠으며, 셔츠는 가슴 위로 열려 있었다. 우리와 마찬가지로 짐은 없었고, 계속 담배를 피우며 호기심 어린 눈으로 파우소네를 관찰했다. "아니? 우리가 외국인이라는 것을 알아차린 모양이군요." 파우소네는 말했다. 하지만 세 번째 담배를 피운 뒤 젊은이는 가까이 다가와 인사를 했고 파우소네에게 말을 걸었다. 물론 러시아어로 말했다. 몇 마디 나눈 뒤 젊은이는 파우소네의 손을 잡더니 뜨겁게 움켜쥐었다. 아니, 마치 시동 모터가 없는 옛날 자동차의 손잡이처럼 힘차게 원을 그리며 돌렸다. 파우소네가 나에게 말했다. "맹세하지만 알아보지 못했어요. 6년 전 댐의 기중기를 조립할 때 나를 도와준 노동자들 중 하나예요. 하지만 이제 생각해보니 기억나는 것 같아요. 돌멩이도 깨뜨릴 정도로 추웠는데 저 친구는 꿈쩍도 하지 않았어요. 장갑도 없이 일했고 바로 지금과 똑같은 옷을 입고 있었어요."

러시아 젊은이는 형제를 다시 만난 것처럼 행복해 보였다. 하지만 파우소네는 유보적인 태도를 그대로 유지했고, 마치 라디오에서 일기예보를 듣는 것처럼 상대방의 장황한 이야기를 듣고 있었다. 젊은이는 열광적으로 말했고, 나는 따라가기 힘들었다. 하지만 그의 말에서 '라스니차'**라는 단어가 자주 나오는 것을 깨달았는데, 그것은 내가 아는 몇 마디 러시아어 가운데 하나로 '차이'를 의미했다. 파우소네는 나에게 설명했다. "그의 이름이에요. 이름이 '차이'래요. 볼가 강 하류 전체에서 그 이름은 자기 혼자만 갖고 있다고 설명하네요. 대단한 녀석이 분명해요." '차이'는 사방의 모든 호주머니를 뒤지더니 기름에 절고 구겨진 신분증을 꺼냈고, 파우소네와 나에게 그 사진이 바로 자신이며 이름은 바로 니콜라이 M. 라스니차라는 것을 보여주었다. 그는 곧바로 우리가 자기 친구라고, 아니, 손님이라고 선언했다. 실제로 우연의 일치로 그날은 바로 그의 생일이었고, 그는 강에서 유람하며 생일을 축하하려고 준비하고 있었다. 아주 잘되었다고, 우리는 함께 두 브로프카로 갈 것이라고 했다. 그는 배를 기다리고 있었는데, 배에는 고향 친구 두세 명이 생일을 축하하기 위해 타고 있다고 했다. 나에게는 작업장에서 이루어지는 만남보다 덜 형식적인 러시아인들과의 만남이 싫지는 않았다. 하지만 대개 표정이 별로 없는 파우소네의 얼굴이 불신의 베일로 물드는 것을 보았다. 그리고 잠시 후 속삭이는 말로 나에게 말했다. "이거 잘못 걸렸군요."

댐 쪽에서 오는 배가 도착했고, 우리 둘은 검표를 위해 표를 꺼냈다. 라스니차는 화를 내며 우리에게 표를 샀다고, 게다가 1등석을 왕복으로 샀으니 아주 잘못했다고 했고, 우리는 자기 손님이라고 했다. 배를 타는 것은 자기가 제공할 것이며, 선장과 모든 선원이 친구라고

** 러시아어로는 разница.

했고, 그 노선에서 표 값은 자기나 초대받은 사람들이 절대 지불하지 않을 것이라고 했다. 우리는 배를 탔는데 배도 황량했다. 단지 라스니차의 친구 둘뿐이었고, 그들은 갑판 위의 벤치에 앉아 있었다. 흉악범 같은 얼굴의 두 거인으로, 일부 마카로니 웨스턴 영화를 제외하면, 러시아나 다른 어느 곳에서도 전혀 본 적이 없는 얼굴이었다. 하나는 뚱뚱했고, 배 아래쪽에 묶은 벨트에 매달린 바지를 입고 있었다. 다른 하나는 약간 말랐으며 천연두로 얽은 얼굴이었고, 아래턱이 돌출되어 입을 다물면 아래 앞니가 위쪽 앞니를 덮었다. 그런 괴상한 모습으로 사나운 개처럼 보였고, 그와 대조되는 눈도 어딘가 개를 닮았지만 부드러운 호두 빛깔이었다. 둘 다 땀 냄새를 심하게 풍겼고 술에 취해 있었다.

배는 다시 떠났다. 라스니차는 친구들에게 우리가 누구인지 소개했고, 그들은 아주 좋다고, 많으면 많을수록 더 즐겁다고 말했다. 그들은 나를 억지로 둘 사이에 앉혔고, 파우소네는 맞은편 벤치에 라스니차 옆에 앉았다. 뚱뚱한 친구는 신문지로 싸서 세심하게 끈으로 묶어놓은 꾸러미를 갖고 있었는데, 꾸러미를 풀자 돼지비계로 채운 시골 빵 덩어리 몇 개가 안에 들어 있었다. 그는 돌아가며 빵을 제공했고, 그런 다음 갑판 아래 어디론가 내려갔다가 다시 올라왔는데, 페인트 깡통을 개조한 게 분명한 조그만 양철 양동이의 손잡이를 들고 왔다. 그리고 호주머니에서 알루미늄 컵을 하나 꺼내더니 양동이 안에 있던 액체로 채웠고 나에게 마시라고 권했다. 달콤하고 매우 강한 포도주로 마르살라* 포도주와 비슷했지만 더 강하고 약간 거칠었다. 내 입맛에는 확실하게 맞지 않았고, 포도주 감식가 파우소네도 열광하지 않는 것 같았다. 하지만 두 사람을 말릴 수 없었다. 양동이에는 최소한 3리터의 포도주가 들어 있었고, 그들은 가는 동안 모두 비워야 한다고 선언했다. 그렇지 않으면 그게 무슨 생일잔치냐고 했다. 그리고 '니에 스트라쉬노'**, 즉 두려워하지 말라고, 두브로프카에서 더 좋은 다른 포도주를 찾아낼 것이라고 했다.

나는 빈약한 러시아로 나 자신을 방어하려고 노력했다. 포도주는 좋지만 내게는 그걸로 충분하다고, 나는 포도주에 익숙하지 않고 간과 배에 심각한 병이 있다고 말했지만 도리가 없었다. 두 친구에다 라스니차까지 합세하여 거의 위협에 가까운 강제적인 잔치 분위기를 과시했고, 나는 마시고 또 마시게 되었다. 파우소네도 마셨지만 나보다는 덜 위험했다. 그는 포도주를 들고만 있었는데, 나보다 러시아어를 더 잘해서 보다 세부적인 구실을 내세우거나 화제를 바꿀 수 있었기 때문이다. 그는 전혀 불편한 기색 없이 이야기하고 포도주를 마셨으며, 점점 더 흐릿해진 내 눈은 이따금 그의 냉정한 눈과 마주쳤지만, 방심했기 때문인지 아니면 우위에 서려는 확고한 의도 때문인지, 가는 내내 나를 돕기 위해 개입하려는 어떤 시도도 하지 않았다.

---

*   Marsala. 시칠리아 섬 서쪽 끝의 도시로 이곳에서 생산되는 진한 포도주로 유명하다.
**   러시아어로는 нестрашно.

내게는 포도주가 유익한 적이 없었다. 특히 그 포도주는 나를 기분 나쁘게 굴욕적이고 무능한 상황에 빠뜨렸다. 나는 정신을 잃지는 않았지만 차츰차츰 두 다리로 서 있기 힘들다고 느꼈고, 따라서 벤치에서 일어나야 하는 순간이 두려웠다. 그리고 점점 더 혀가 굳었고, 특히 힘들게도 시야가 좁아졌으며, 강의 양쪽 기슭이 장엄하게 지나가는 것을 보았는데 마치 렌즈 조리개를 통해 보는 것 같았다. 아니, 마치 눈앞에 지난 세기에 사용되던 극장용 쌍안경을 쓰고 있는 것 같았다.

그런 모든 이유들이 뒤엉켜서 나는 뱃길 여행에 대한 정확한 기억을 간직하지 못했다. 두브로프카에서 상황은 약간 나아졌다. 포도주가 끝난 데다 시원한 바람이 불어 건초와 마구간 냄새를 실어왔고, 약간 불안했던 처음 몇 걸음 뒤에 나는 상쾌해진 느낌이었다. 그곳에서는 모두가 친척인 것 같았다. 매표원 할머니의 손녀는 얽은 얼굴 친구의 누이라는 것이 밝혀졌고, 점심때가 되자 그녀는 어떻게 해서든지 우리도 함께 자기 집에 가서 먹기를 원했다. 그녀는 강 가까이에서 남편과 함께 살았는데, 조그마한 나무 집은 하늘빛으로 칠해졌고, 문들과 창문들은 나무 돋을새김으로 장식되어 있었다. 앞에는 녹색, 노란색, 보라색 배추들이 자라는 채소밭이 있었고, 그 모든 것은 요정들의 거처를 생각나게 했다.

집 내부는 아주 세심하게 깨끗했다. 창문들과 칸막이 문들도 천장에서 바닥까지 닿는 그물 레이스 커튼으로 장식되어 있었고, 천장은 2미터가 넘지 않았다. 한쪽 벽에는 마분지 성상 두 개가 나란히 걸려 있고, 가슴에 훈장들이 달린 군복 차림 젊은이의 사진도 똑같은 크기로 걸려 있었다. 식탁은 왁스를 칠한 천으로 덮여 있었고 위에는 김이 나는 수프 냄비와 검고 울퉁불퉁한 껍질의 커다란 호밀 빵, 네 명을 위한 상차림, 삶은 달걀 네 개가 있었다. 손녀는 거친 손과 상냥한 눈길을 가진 사십대의 튼튼한 농부로 갈색 머리를 하얀 손수건으로 둘러싸 목 아래에서 묶고 있었다. 그녀 옆의 남편은 나이 든 남자로 백발의 짧은 머리는 땀에 젖어 두개골에 들러붙어 있었고, 얼굴은 야위고 그을렸지만 이마는 창백했다. 맞은편에는 금발의 두 어린아이가 앉아 있었는데 쌍둥이가 분명했다. 아이들은 빨리 먹고 싶어 안달인 것 같았지만 부모가 첫 숟가락을 먹기를 기다리고 있었다. 그들은 우리를 위해 네 명의 상차림을 준비하려고 서둘렀고, 그래서 우리는 약간 비좁게 밀려나 있었다.

나는 식욕이 없었지만 무례하게 보이지 않으려고 수프를 약간 맛보았다. 여주인은 버릇없는 아이에게 그러하듯 어머니 같은 엄격함으로 나를 나무랐다. 내가 왜 '못 먹는지' 알려고 했다. 파우소네는 재빠른 '방백'傍白으로 러시아어로 못 먹는다는 말은 적게 먹는다는 뜻이라고 했다. 이탈리아에서 잘 먹는다는 말이 많이 먹는다는 것을 뜻하는 것처럼 말이다. 나는 온갖 몸짓에다 찡그린 표정, 불완전한 말로 최대한 변명을 했고, 우리 두 여행 동료보다 더 신중한 여주인은 강요하지 않았다.

배는 네 시경에 다시 출발했다. 우리 외에 배에는 어디에서 왔는지 알 수 없는 유일한 승객이 있었는데, 누더기 차림의 조그맣고 야윈 남자로 수염은 짧고 듬성듬성하며 가꾸지 않았고 나이는 전혀 짐작할 수 없었다. 투명하고 무표정한 눈은 하나뿐이었고, 다른 한쪽 눈은 흉측한 살갗의 구멍으로 변해 있었고 거기에서 출발한 길고 똑바른 흉터가 턱까지 나 있었다. 그도 역시 라스니차와 다른 두 사람의 형제 같은 친구였고, 우리 이탈리아 사람들에게 완벽한 환대를 보여주었다. 우리에게 배를 이물에서 고물까지 보여주겠다고 고집했다. 질식할 듯한 곰팡이 냄새가 나는 선창船艙도 빠뜨리지 않았고, 묘사하고 싶지 않은 화장실도 빠뜨리지 않았다. 멍청하게 그 모든 세부에 자랑스러워하는 것 같았고, 거기에서 짐작해보건대, 은퇴한 뱃사람이거나 아니면 예전에 조선소의 노동자였을 것이다. 그는 a 대신 o를 더 많이 쓰는 아주 특이한 억양으로 말했고, 그래서 파우소네도 질문하는 것을 포기했다. 어쨌든 대답을 이해하지 못했을 테니까 말이다. 친구들은 그를 '그라피냐'*, 즉 '여백작'이라 불렀고 라스니차는 파우소네에게 그가 정말로 백작이었고, 혁명 기간 동안에 페르시아로 도망쳐 이름을 바꾸었다고 설명했다. 하지만 그 이야기는 분명해 보이지도 않았고 설득력도 없었다.

더워지기 시작했고, 배가 가까이 항해하고 있는 강의 왼쪽 기슭에

---

*   러시아어로는 Графиня.

는 물놀이하는 사람들로 가득했다. 대부분 온 가족이 먹고 마시고 물에서 물장난을 하거나, 먼지 가득한 강변에 펴놓은 깔개에서 일광욕을 하고 있었다. 남자든 여자든 일부는 목에서 무릎까지 닿는 정숙한 수영복을 입었고, 또 일부는 벌거벗고 자연스럽게 군중들 사이를 돌아다녔다. 태양은 아직 하늘 높이 떠 있었고, 배 위에는 마실 것이 전혀 없었다. 물도 없었고 우리 동료들의 슬픈 포도주도 끝이 났다. 백작은 사라졌고, 나머지 세 명은 벤치에 무질서하게 드러누워 코를 골았다. 나는 목이 말랐고 얼굴이 달아올랐다. 파우소네에게 배에서 내리면 조용한 강변을 찾아 우리도 옷을 벗고 수영을 하자고 제안했다. 파우소네는 잠시 동안 침묵하더니 불쾌한 표정으로 대답했다.

"내가 수영할 줄 모른다는 것은 당신도 잘 알잖아요. 지난번 데릭과 알래스카에 대해 이야기할 때 말했지요. 나에게는 물이 무섭다는 것도요. 혹시 여기에서, 아마 깨끗하겠지만 급류들이 가득한 저 강물에서 나에게 배우라고 하려는 것은 아니겠지요. 더구나 안전요원도 없고, 또 이제 나는 젊지도 않아요.

사실 어렸을 때에는 아무도 가르쳐주지 않았어요. 우리 고향에는 수영할 물이 없기 때문이에요. 유일하게 기회가 있었을 때는 잘 되지 않았어요. 나는 혼자 배우려고 했고, 의욕도 있고 시간도 있었지만 잘 되지 않았어요. 몇 년 전 칼라브리아*에서 고속도로를 건설할 때 기중

---

* Calabria. 이탈리아 남서부 끝의 지방이다.

기 기사와 함께 그곳으로 보내졌지요. 나는 설치 구조물**을 조립하기 위해서였고, 기중기 기사는 그걸 조작하는 법을 배우기 위해서였어요. 설치 구조물이 무엇인지 모르지요? 당시에는 나도 몰랐어요. 철근 콘크리트 다리를 건설하는 멋진 방법이에요. 철근 콘크리트 다리는 보기에는 아주 단순해 보이지요. 사각형 교각들 위에다 들보를 올려 놓은 것이니까요. 모양은 단순하지만 종탑처럼 위쪽에 무거운 게 있는 것들이 모두 그렇듯이 들보를 올려놓는 것은 그리 단순하지 않아요. 물론 이집트의 피라미드를 세우는 것과는 전혀 달라요. 그리고 아버지 고향에는 '다리와 종탑은 다른 사람이 하게 놔둬라'는 속담이 있어요. 사투리로 각운도 있지요.

간단히 말해, 약간 좁은 계곡이 있는데 그 위로 높이 도로가 지나가야 하고, 교각들은 가령 서로 50미터 간격으로 이미 세워져 있다고 상상해보세요. 그리고 가운데 교각들은 60미터 또는 70미터 높이가 될 수도 있고, 따라서 기중기로 들보를 위로 들어 올리는 것은 문제가 없어요. 아래 지면으로 차량이 통행할 수 있기만 하다면 말입니다. 그런데 내가 말한 칼라브리아 그곳에서는 그야말로 전혀 통행할 수가 없었어요. 개울 어귀였는데, 단지 비가 올 때만 물이 흐르는, 말하자면 거의 물이 흐르지 않는 곳이지만, 물이 흐르면 모든 것을 휩쓸

**   원문에는 traliccio di varo로 되어 있는데, 직역하자면 '진수進水 구조물' 정도가 될 것이다. 뒤에서 설명하듯이 배를 진수시키는 것처럼 교각 위에다 들보를 올려놓기 위한 구조물을 가리킨다.

어 가버리지요. 모래와 바위가 가득한 개울 바닥에 기중기를 설치하는 것은 생각할 수도 없었고, 가운데 교각은 아예 바다 안으로 몇 미터 들어가 있었어요. 그리고 들보는 이빨을 청소하는 이쑤시개가 아니라 스투피니지* 도로의 너비만큼 기다란 괴물로 무게가 100톤이나 500톤까지 되기도 해요. 나는 내 직업이기 때문에 기중기를 신뢰하는 사람이지만, 70미터 높이에서 100톤을 들어 올리는 기중기는 아직 발명되지 않았어요. 그래서 설치 구조물을 고안해낸 겁니다.

지금은 연필이 없는데, 당신은 오직 현장에서만 조립할 수 있을 정도로 기다란 대차臺車를 상상해야 해요. 그것이 바로 내가 해야 하는 일이었어요. 정확하게 말하자면 언제나 최소한 교각 세 개 위에 걸칠 수 있도록 길지요. 우리의 경우 교각의 두께를 고려하면 150미터에 약간 못 미쳐요. 그것이 설치 구조물인데, 들보를 설치하는 데 사용되기 때문에 그렇게 불러요. 그 구조물 안에는 전체 길이만큼 긴 두 개의 선로가 있고, 선로 위로는 보다 작은 대차 두 대가 움직이는데, 각 대차에 권양기가 있어요. 들보는 땅바닥에, 구조물이 이동하는 곳 아래 지점에 있어요. 권양기 두 대는 들보를 구조물 안에까지 끌어올리고, 그런 다음 구조물이 이동하는데, 벌레처럼 천천히 나아가고 교각의 머리 부분에 설치된 롤러들 위로 가지요. 안에 들보가 들어 있는

---

* Stupinigi. 토리노 남서쪽 외곽의 공원과 아름다운 궁전이 있는 구역으로 궁전 앞에 널찍한 길이 나 있다.

상태로 움직이고, 따라서 임신한 동물을 떠올리게 돼요. 교각에서 교각으로 이동하여 정확한 지점까지 가고, 거기에서 권양기들이 반대로 돌고, 구조물은 들보를 해산하지요. 말하자면 접속 장치에 정확하게 내려놓아요. 작업하는 것을 보았는데 정말 멋지고 만족감을 주는 일이에요. 기계들이 소음을 내거나 힘들이지 않고 매끄럽게 작업하는 것이 보이기 때문이지요. 그리고 이유는 모르겠지만, 커다란 구조물이 가령 배가 출발할 때처럼 소리 없이 천천히 이동하는 광경을 보는 것은 언제나 인상적이었어요. 단지 나뿐만 아니라 다른 사람들도 그런 이야기를 했어요. 다리가 완성된 뒤에는 구조물을 해체하고 트럭으로 싣고 가서 다른 때 사용하지요.

당신에게 말하는 이것은 이상적인 작업, 말하자면 작업이 진행되어야 하는 방법이고, 실제로는 시작부터 잘못되었어요. 길게 이야기하고 싶지 않은데 매 순간마다 말썽이 생겼지요. 가령 내가 조립해야 하는 자재들, 그러니까 구조물의 부품들이 그랬는데, 규격에 맞지 않았고 우리는 하나하나 모두 줄로 다듬어야 했어요. 내가 항의한 것을 이해할 수 있겠지요. 아니, 나는 끝까지 굽히지 않았어요. 다른 사람의 실수에 대신 대가를 치러야 한다면, 그리고 조립공이 거기에서 톱과 줄로 고생하고 있어야 한다면 말이 되지 않아요. 나는 현장소장에게 가서 분명하게 설명했어요. 모든 부품이 규격대로 되어야 하고, 현장에서 순서대로 확인되어야 하고, 그렇지 않으면 파우소네는 절대 일하지 않을 테니까, 칼라브리아에서 다른 조립공을 찾아보라고 말이에요. 이 세상에서는 그냥 당하게 놔두면 끝장이니까요."

나는 계속해서 물의 유혹을 느꼈다. 용골에 부딪치는 작은 파도들의 철썩이는 소리에, 튼튼하고 환한 금발의 러시아 어린이들이 헤엄치며 서로 뒤쫓고 수달처럼 다이빙하며 내는 행복한 비명 소리에 끊임없이 새로운 유혹을 느꼈다. 나는 설치 구조물과 그의 물과 수영에 대한 거부감 사이의 상호관계를 이해하지 못했고, 신중하게 거기에 대한 설명을 요구했다. 파우소네의 표정이 어두워졌다.

"당신은 내 방식대로 이야기하도록 절대 놔두지 않는군요." 그러고는 화난 침묵 속으로 숨어버렸다. 그런 비난은 완전히 부당해 보였고 지금도 그렇게 생각한다. 왜냐하면 언제나 나는 그가 원하는 대로, 원하는 시간 동안 말하게 놔두었기 때문이다. 거기에 대해서는 독자 여러분이 증인이다. 하지만 나는 평화를 위해 침묵했다. 우리의 이중적인 침묵은 극적으로 깨졌다. 옆에 있는 벤치에서 라스니차가 잠에서 깨어나 기지개를 켰고, 미소를 지으면서 주위를 둘러보았고, 옷을 벗기 시작했다. 속옷 차림이 되자 뚱뚱한 친구를 깨우더니 자기 옷 뭉치를 그에게 건넸고, 우리에게 정중하게 인사를 했고, 난간을 넘어 강물 속으로 뛰어들었다. 몇 번 힘차게 팔을 휘저어 스크루에 빨려 들어가지 않게 멀어졌고, 그런 다음 아주 평온하게 옆구리로 수영했고, 나무 잔교가 나와 있는 몇 채의 하얀 집들을 향했다. 뚱뚱한 친구는 곧바로 다시 잠들었고, 파우소네는 다시 이야기를 시작했다.

"자, 보았지요? 그래요, 나는 화가 나요. 왜냐하면 나는 저런 것을 잘하지 못하고, 앞으로도 절대 잘하지 못할 테니까요. 그리고 설치 구조물은 수영과 관계가 있어요. 조금만 인내심을 가지면 이제 그 관계가 나와요. 내가 현장에 있는 걸 좋아한다는 것을 알아야 해요. 모든 것이 제대로 진행된다면 말이에요. 그런데 그 현장소장은 내가 신경질이 나게 만들었어요. 그는 월말에 월급이 나오기만 하면 전혀 신경을 쓰지 않고, 만약 누군가가 지나치게 신경을 쓰지 않아서 자신에게나 다른 사람들에게 월급이 제대로 나오지 않아도 별로 고려하지 않는 그런 사람이었기 때문이에요. 조그맣고, 손은 부드럽고, 머리칼은 포마드를 발라 빗어 넘기고 가운데에 가르마를 타고 있었어요. 금발에 칼라브리아 사람 같지도 않았고, 수탉처럼 아주 오만했어요. 그런데 그가 대답하지 않기에 나는 좋다고 말했어요. 협력을 하지 않아도 나에게는 마찬가지로 좋다고 말이에요. 날씨도 좋고, 햇살도 있고, 두어 걸음 가까이에 바다도 있고, 나는 바닷가에서 휴가를 보낸 적이 전혀 없으니 좋다고, 구조물의 모든 부품이 처음부터 끝까지 준비될 때까지 나는 휴가를 보내겠다고 했어요. 나는 회사에 전보를 쳤고, 그것이 회사 사람들에게도 합당했기 때문에 곧바로 그러라고 대답하더군요. 내가 옳았던 것 같아요. 그렇죠?

휴가를 보내려고 나는 일부러 그곳에서 움직이지도 않았어요. 현장을 지켜보고 싶었기 때문이고, 또 움직일 필요도 없었으니까요. 나는 철근 콘크리트 교각들에서 100미터도 떨어지지 않은 어느 조그마한 집에서 하숙을 했어요. 그 집에는 좋은 가족이 있었어요. 아니, 조금 전 두브로프카에서 점심을 먹는 동안 바로 그들을 생각했어요. 좋은 사람들은 온 사방에서 비슷하고 또 모두가 그것을 알아요. 러시아 사람들과 칼라브리아 사람들 사이에 아무런 차이도 없어요. 훌륭하고 깨끗하고 예의 바르고 명랑한 사람들이에요. 남편은 이상한 직업을 갖고 있었는데, 바로 고기잡이 그물의 구멍을 수선해주었어요. 아내는 집안과 채소밭을 돌보았고, 아이는 아무것도 하지 않았지만 어쨌든 착한 아이였어요. 나 역시 아무것도 하지 않았어요. 밤에는 바다의 파도 소리만 들리는 정적 속에서 교황처럼 잠을 잤고, 낮에는 관광객처럼 일광욕을 했고, 바로 수영을 배우기에 알맞은 기회라는 생각이 머릿속에 떠올랐지요.

내가 말했지요. 거기에서는 전혀 부족한 것이 없었어요. 시간이 남아돌았고, 아무도 나를 바라보거나 방해하지 않았고, 왜 거의 서른다섯 살의 나이에 수영을 배우냐고 놀리지도 않았어요. 바다는 고요했고, 휴식을 하기에 멋진 해변이 있었고, 바닥에도 암초가 없고 섬세하고 비단처럼 매끄럽고 하얀 모래뿐이었고, 경사가 아주 완만하여 거의 100미터나 앞으로 나아가도 아직 바닥에 발이 닿고 물은 어깨까지 닿을 정도였어요. 그 모든 것에도, 당신에게 고백하지만, 나는 두려웠어요. 머릿속의 두려움이 아니라, 내가 잘 설명할지 모르겠지만, 뱃속과 무릎 속의 두려움, 간단히 말해 마치 동물들이 갖고 있는 것과 같은 두려움이었어요. 당신은 이마 알아차렸겠지만, 나는 완고한 사람이기도 했어요. 그래서 계획을 세웠지요. 첫째 물에 대한 두려움을 없애야 했어요. 그런 다음 나도 물에 뜰 수 있다고 나 자신을 설득해야 했어요. 어린아이들도, 동물들도 모두 물에 뜨는데 왜 내가 뜰 수 없겠는가? 그리고 마지막으로 앞으로 나가는 법을 배워야 했어요. 계획까지 전혀 부족한 것이 없었어요. 그런데도 나는 휴가 중인 사람이 누려야 할 평온함을 누리지 못했어요. 안에서 무엇인가가 갉아대는 것 같은 느낌이었는데, 모든 것이 함께 결합되어 있었어요. 진척되지 않는 작업에 대한 걱정, 나와 맞지 않는 현장소장에 대한 분노, 그리고 또 다른 두려움도 있었어요. 바로 무엇인가 하려고 생각하는데, 그것을 할 수는 없고, 그래서 자신감을 잃고, 그러니까 아예 시작도 하지 않으면 더 좋을 텐데, 완고하기 때문에 그대로 시작하는 사람의 두려움이지요. 지금은 약간 바뀌었지만 당시에 나는 그랬어요.

물에 대한 두려움을 극복하는 것이 가장 힘들었어요. 아니, 전혀 극복하지 못했고 단지 익숙해졌다고 말해야겠군요. 거기에 이틀이 걸렸어요. 나는 물이 가슴까지 닿도록 서 있다가 숨을 들이마신 다음 손가락으로 코를 틀어막고 머리를 물속으로 밀어 넣었어요. 처음에는 죽을 것 같았어요. 솔직하게 말해 죽는 것 같았어요. 모든 사람들이 그러는지 모르겠지만, 물속으로 머리를 넣자마자 마치 자동장치 같은 것이 있는 것처럼 여기 목 안에 모든 셔터가 닫혔어요. 귀로 물이 들어오는 것을 느꼈고, 그 물이 두 개의 작은 관을 따라 코 안에까지, 목 아래까지, 폐까지 들어오고, 나를 물에 빠져죽게 만드는 것 같았어요. 그래서 나는 일어날 수밖에 없었고, 성서에 적힌 대로 땅과 바다를 가른 하느님 아버지께 감사를 드리고 싶은 생각이 들 정도였어요. 그건 두려움이 아니라 공포였어요. 마치 갑자기 죽은 사람을 보고 모든 털이 곤두설 때처럼 말이에요. 하지만 앞서 가지 맙시다. 간단히 말해 나는 익숙해졌어요.

그런 다음 물에 뜨는 것은 약간 복잡하다는 것을 깨달았어요. 다른 사람들이 죽은 사람처럼 가만히 있을 때 어떻게 하는지 여러 번 보았지요. 나도 해보았고, 두말할 필요도 없이 나도 물에 떴어요. 다만 떠 있기 위해 폐를 공기로 가득 채워야 했어요. 당신에게 이야기한 알래스카의 폰툰처럼 말이에요. 그리고 계속 폐를 부풀린 채 있을 수 없으니까 비워야 하는 순간이 오게 되고, 그러면 나는 예인해 갈 시간이 되었을 때의 폰툰처럼 가라앉는 것을 느꼈고, 여전히 숨을 참은 채 발밑에 바닥이 느껴질 때까지 가능한 한 빠르게 물속에서 발을 휘저었어요. 그리고 반듯이 서서 개처럼 헐떡이며 숨을 쉬었고, 그 자리에서 그만두고 싶은 생각이 들었어요. 하지만 어려움에 부딪칠 때 어떻게 되는지 당신도 알잖아요. 마치 내기를 했는데 지기 싫을 때와 같아요. 내가 바로 그랬어요. 그리고 일에서도 마찬가지예요. 혹시 어려운 일이 아니라 쉬운 일을 그 자리에서 그만둘 수도 있지요. 그 모든 문제는 우리가 공기 통하는 관을 잘못된 곳에 갖고 있기 때문이에요. 개들, 아니, 그보다 물개들은 정확한 곳에 갖고 있어서 어렸을 때부터 누가 가르쳐주지 않아도 별 어려움 없이 수영을 해요. 그래서 나는 그 첫 번째 시도에서 등 뒤로 누워 수영하는 법 배우기를 체념했어요. 내게는 아주 자연스럽게 보이지 않았지만 거기에 만족했을 수도 있어요. 물론 만약 물속에서 등 뒤로 누워 코를 밖으로 내밀고 있으면 이론적으로는 숨을 쉬지요. 처음에 나는 폰툰을 너무 많이 비우지 않도록 조금씩 호흡했고, 그런 다음 한 번에 조금씩 늘렸어요. 가라앉지 않으면서, 아니, 최소한 가장 중요한 코는 가라앉지 않으면서 호흡할 수 있다는 확신이 들 때까지 말입니다. 하지만 이 정도로 작은 파도만 와도 나는 두려움에 사로잡혔고 방향감각을 상실했어요.

나는 모든 실험을 해보았어요. 그리고 피곤하거나 숨이 가쁜 것을 느낄 때면 해변으로 갔고, 고속도로 교각 가까이에서 길게 누워 일광욕을 했어요. 교각에 못도 하나 박아 옷을 걸어놓았지요. 그렇지 않으면 개미들이 가득했으니까요. 내가 말했듯이 50미터 또는 그보다 더 높은 교각들이었고, 거푸집 자국이 아직도 남아 있는 헐벗은 콘크리트였어요. 그런데 땅에서 2미터쯤 높이에 얼룩이 있었고, 처음에는 신경도 쓰지 않았어요. 어느 날 밤 비가 내렸고, 얼룩은 더 검어졌지만, 그때에도 신경을 쓰지 않았지요. 분명히 이상한 얼룩이었어요. 단지 그 얼룩뿐이었고 교각 나머지 부분은 깨끗했고, 다른 교각들도 깨끗했어요. 얼룩은 1미터 정도 길이였는데, 두 부분으로 나뉘어져 하나는 길고 하나는 짧아서 느낌표 같았어요. 다만 약간 비스듬했지요."

그는 오랫동안 침묵했고, 마치 손을 씻는 것처럼 비볐다. 엔진의 고동 소리가 뚜렷이 들렸고, 벌써 선착장이 멀리에서 보였다.

"그래요, 나는 거짓말하는 것이 싫어요. 약간 과장은 하지요. 특히 내 일에 대해 이야기할 때 말이에요. 그게 잘못이라고 생각하지는 않아요. 듣는 사람도 곧바로 알아차리니까요. 그래요, 어느 날 그 얼룩을 따라 틈이 나 있고, 개미들의 행렬이 들어갔다 나왔다 하는 것을 깨달았어요. 호기심이 생겼고, 돌멩이로 두드렸더니 안이 텅 빈 소리가 들렸어요. 나는 더 강하게 두드렸고, 겨우 1인치 두께의 시멘트가 무너져 내렸는데, 그 안에 죽은 사람의 머리가 있었어요.

나는 마치 눈에 총을 맞은 것처럼 균형감각을 잃을 정도였어요. 하지만 정말로 거기 있었고, 나를 바라보고 있었어요. 곧바로 나에게는 이상한 병이 생겼는데, 여기 허리에 딱지들이 생겼고, 나를 갉아먹었고, 딱지가 떨어지면 다른 딱지가 생겼어요. 하지만 나는 만족스러웠어요. 모든 것을 그 자리에 놔둔 채 집으로 돌아갈 구실이 생겼으니까요. 그렇게 나는 수영하는 법을 그때나 그 이후에도 배우지 못했어요. 바다든 강이든 호수든 물에 들어갈 때마다 흉측한 생각들이 떠올랐으니까요."

다리

"……하지만 인도로 가라는 제
안을 받았을 때 나는 별로 내키지 않았어요. 내가 인도에 대해 많이
알고 있었던 것은 아니에요. 다른 나라에 대해 얼마나 성급하게 그릇
된 관념을 갖게 되는지 잘 알 겁니다. 세상은 넓고 온통 나라들로 이
루어져 있는데 실제로 모두 돌아볼 수 없기 때문에 결국 모든 나라
에 대해, 또 혹시 자기 나라에 대해서도 기괴한 관념들만 갖게 되지
요. 인도에 대해 내가 아는 모든 것은 몇 마디로 말할 수 있어요. 아이
들을 너무 많이 낳고, 소를 잡아먹지 않는 종교가 있기 때문에 굶어죽
고, 너무나 훌륭하다고 간디를 죽였고, 유럽보다 더 크고, 얼마나 많
은 언어를 사용하는지 알 수 없고, 그래서 더 나은 방법이 없어 영어
를 사용하기로 합의했다는 것이지요. 그리고 '정글북'* 이야기가 있어
요. 어렸을 때 나는 그게 사실이라고 믿었지요. 아, 카마수트라와 사

---

*   원문에는 Mowgli il Ranocchio, 즉 '개구리 모글리'로 되어 있다.

랑을 나누는 137가지 방법을 잊고 있었네요. 아니면 혹시 237가지 방법인지 잘 기억나지 않아요. 이발을 하려고 기다리는 동안 잡지에서 한 번 읽었지요.

간단히 말해 나는 토리노에 남아 있고 싶었어요. 그 기간에는 라그란제 거리의 두 아주머니 집에 있었어요. 때로는 하숙집에 가지 않고 아주머니 집으로 가요. 나를 잘 대해주고, 나를 위해 일부러 요리하고, 아침에는 내가 깨지 않도록 조용히 일어나고, 첫 미사에 가고, 화덕에서 바로 꺼내 아직 따뜻한 미케타* 빵을 사러 가지요. 그분들의 유일한 결점은 나를 결혼시키려고 하는 것이에요. 거기까지는 나쁘게 없어요. 하지만 강압적이고 전혀 내 타입이 아닌 아가씨들과 만나게 해요. 도대체 어디에서 찾아내는지 이해할 수 없었어요. 아마 수녀들의 기숙학교인 것 같아요. 모두가 비슷하고 밀랍으로 만든 것 같고, 말을 걸면 감히 눈을 들어 얼굴도 바라보지 못해요. 나는 끔찍하게 당황되고, 어디에서 시작해야 할지도 모르고, 결국 그녀들과 똑같이 어찌할 바를 모르게 되지요. 그래서 때로는 토리노에 와도 아주머니들에게 가지 않고 곧바로 하숙집으로 가기도 해요. 방해하지 않기 위해서도 그래요.

그러니까 내가 돌아다니는 데 약간 지친 기간이었고, 아주머니들의 그런 안달에도 불구하고 기꺼이 편안하게 남아 있고 싶었어요. 하

---

* 미케타michetta 또는 로세타rosetta 빵은 별 모양에 속이 비어 있는 이탈리아 특유의 빵이다.

지만 회사에서는 나에게 달콤한 말로 아첨했어요. 내 약점을 알고 어느 쪽에서 나를 잡아야 할지 알고 있었어요. 그래서 중요한 일이라고 했고, 만약 내가 가지 않으면 다른 누구를 보내야 할지 모르겠다고 했고, 어제도 오늘도 매일같이 나에게 전화했어요. 그리고 전에 말했듯이, 나는 최저 속도를 유지하지 못하고 또 도시에는 단지 짧은 기간만 머무는 사람이에요. 결국 2월 말에 시트보다 신발을 닳게 하는 것이 낫다고 생각하기 시작했고, 3월 1일에는 피우미치노** 공항에서 파키스탄 항공사의 완전히 노란색 보잉기에 탑승했지요.

　정말 우스꽝스러운 여행이었어요. 진지한 여행자는 오직 나뿐이었다고 말하려는 겁니다. 절반은 독일과 이탈리아 관광객들로 모두들 떠날 때부터 들떠 있었어요. 인도 댄스를 보러 간다는 생각에 그랬는데, 그게 배꼽춤이라고 믿었기 때문이지요. 하지만 내가 보았는데 완전히 새침 떠는 춤으로 단지 눈과 손가락으로만 춤을 춰요. 나머지 절반은 독일에서 고향으로 돌아가는 파키스탄 노동자들로 아내와 아이들을 데리고 있었고, 그들도 휴가를 보내러 집으로 돌아가기 때문에 행복해 보였지요. 여자 노동자들도 있었고 바로 내 옆자리에는 보랏빛 사리 옷을 입은 아가씨가 앉았어요. 사리는 소매도 없고, 앞도 없고 뒤도 없는 옷이지요. 정말 아름다운 아가씨였어요. 어떻게 말해야 할지 모르겠어요. 투명하고 안에 작은 빛이 들어 있는 것 같았고 눈으

**　Fiumicino. 로마 서쪽 바닷가의 소도시로 레오나르도 다 빈치−피우미치노 국제공항으로 유명하다.

로 말하는 것 같았어요. 눈으로만 말해서 유감이었어요. 말하자면 단지 힌디어와 약간의 독일어만 알고 있었는데, 나는 독일어를 전혀 배우고 싶지 않았지요. 그렇지 않았다면 기꺼이 말을 걸었을 것이고, 틀림없이 아주머니들의 아가씨들과 이야기하는 것보다 훨씬 활력 있는 대화가 되었을 겁니다. 모욕하려는 것이 아니라 그 아가씨들은 마치 성 요셉이 대패질을 한 것처럼 모두 단조로웠어요. 좋아요, 넘어갑시다. 혹시 당신도 그런지 모르겠지만, 나는 외국인 아가씨일수록 더 마음에 들어요. 호기심이 생기기 때문이지요.

가장 즐거워하는 것은 아이들이었어요. 아예 한 무리를 이루었는데 앉을 자리가 없었어요. 내 생각에 그 항공사는 아이들의 티켓 값을 받지도 않는 것 같아요. 아이들은 맨발에 참새들처럼 자기들끼리 재잘거렸고 의자 밑에 숨는 놀이를 했어요. 그래서 이따금 다리 사이로 한 녀석이 불쑥 튀어나왔고 미소를 짓고 바로 가버리곤 했어요. 비행기가 캅카스 지역을 지나갈 때 수직기류가 있었고, 어른 승객들 중 일부는 두려워했고 일부는 불편해했어요. 하지만 아이들은 새로운 놀이를 생각해냈지요. 비행기가 약간 왼쪽으로 돌면서 왼쪽으로 기울면, 아이들은 모두 함께 비명을 질렀고 모두 왼쪽으로 달려가 창문에 달라붙었고, 오른쪽으로도 마찬가지로 그랬어요. 그래서 비행기가 심하게 기우는 것을 조종사가 깨달았지요. 처음에는 이유를 몰랐고 고장이라고 생각했는데, 나중에 아이들 때문이라는 것을 깨닫고 스튜어디스를 불러 조용히 시켰어요. 스튜어디스가 나에게 그 이야기를 해줬지요. 긴 여행이라 우리는 친구가 되었으니까요. 스튜어디스도 아름다웠고 코 한쪽에 작은 진주를 달고 있었어요. 식사 쟁반을 가져왔는데, 하얗고 노란 반죽 같은 것만 있었고 역겨웠지만 인내심 있게 그냥 먹었어요. 스튜어디스가 나를 바라보고 있었기에 까다로운 사람처럼 보이지 않으려고 말이에요.

착륙하려고 할 때 비행기가 어떻게 하는지 당신도 알겠지요. 엔진이 약간 감속되고 앞으로 기울면서 비행기는 마치 피곤한 커다란 새처럼 보이지요. 점점 더 아래로 내려가고, 활주로의 불빛들이 보이고, 그러다 보조날개가 나오고 플랩이 위로 올라갈 때면 온통 흔들리고 공기가 거칠어진 것을 느끼지요. 그때도 그랬지만 정말로 힘든 착륙이었어요. 관제탑에서 착륙을 허락하지 않은 것이 분명했어요. 둥글게 선회하기 시작했으니까요. 그런데 돌풍이 있었는지, 아니면 조종사가 별로 훌륭하지 않았는지, 아니면 어떤 결함이 있었는지 비행기가 톱니 위로 날아가는 것처럼 떨렸고, 나는 창문으로 날개가 마치 새의 날개처럼 퍼덕이는 것을 보았어요. 그래요, 날개가 풀려버린 것 같았어요. 20분가량 그랬지요. 내가 걱정한 것은 아니에요. 때로는 그런 일이 있다는 걸 알고 있었으니까요. 하지만 나중에 다리에서 사건이 터졌을 때 그것이 머릿속에 떠올랐어요. 됐어요. 어쨌든 하느님이 원하신 대로 우리는 착륙했고, 엔진이 꺼지고 문이 열렸지요. 그런데 문을 열었을 때 공기 대신 미지근한 물이 객실로 들어오는 것 같았어요. 특수한 냄새와 함께 말이에요. 그건 인도 전역에서 느낄 수 있는 냄새로 빽빽한 냄새, 향과 계피, 땀, 부패물이 뒤섞인 냄새였어요. 나는 시간이 별로 없었고, 짐을 찾아 나를 현장으로 데려갈 조그마한 다코타 비행기를 타려고 줄을 섰어요. 거의 밤이 된 것이 다행이었어요. 비행기를 보면 겁이 나니까요. 그런데 이륙하고 나니 이젠 보이지 않아서 더 겁이 났어요. 하지만 어떻게 할 방법이 없었고, 다행히 짧은 비행이었어요. 리돌리니*의 영화에 나오는 자동차 같았지요. 하지만 다른 사람들이 평온한 것을 보았고, 그래서 나도 평온하게 있었어요.

나는 평온하고 만족스러웠지요. 이제 막 도착하고 있었고, 나에게 어울리는 작업을 시작하게 될 테니까요. 아직 당신에게 말하지 않았는데, 그건 대단한 작업으로 현수교를 조립해야 했어요. 나는 언제나 다리가 가장 멋진 작업이라고 생각했어요. 다리는 누구에게도 피해를 주지 않고 좋은 일만 한다고 확신하기 때문이에요. 다리 위로 길이 지나가고, 길이 없다면 우리는 아직도 야생인일 테니까요. 간단히 말해 다리는 경계선과 대립되는 것이고, 경계선은 바로 전쟁이 탄생하는 곳이기 때문이에요. 그래요, 나는 다리에 대해 그렇게 생각했고, 근본적으로는 지금도 그렇게 생각해요. 그런데 인도에서 그 다리를 조립한 뒤부터 나도 공부를 좋아했을 것이라고 생각해요. 만약 내가 공부를 했다면 아마 엔지니어가 되었겠지요. 하지만 만약 엔지니어였

---

* Ridolini. 무성영화 시대 미국의 유명한 영화배우이자 감독 겸 제작자였던 래리 세몬Larry Semon (1889~1928)을 말한다. 원래는 그의 영화에 나오는 배역 이름인데, 이탈리아에서는 아예 그 이름으로 불렀다.

다면, 하고 싶은 최종적인 것은 다리를 설계하는 것이 되었을 것이고, 내가 설계할 최종적인 다리는 현수교가 되었을 겁니다."

나는 파우소네에게 그 말이 약간 모순적으로 들린다고 지적했고, 그는 그렇다고 확인해주었다. 하지만 판단을 내리기 전에 이야기의 끝을 기다려보라고 했다. 종종 어떤 것이 일반적인 것에서는 좋지만 구체적인 것에서는 나쁜 경우가 있는데 그때가 바로 그랬다는 것이다.

"다코타 비행기는 전혀 본 적이 없는 방식으로 착륙했어요. 나는 많은 비행을 경험했는데도 말이에요. 활주로가 시야에 들어왔을 때 조종사는 거의 땅에 스칠 듯이 내려갔지만 엔진을 감속하지 않고 오히려 최고로 가속하여 악마 같은 굉음을 냈어요. 2~3미터 높이로 활주로 전체를 지나갔고, 바로 막사들 위에서 급상승했고, 낮은 고도로 한 바퀴 돌았고, 그런 다음 착륙했는데, 마치 납작한 돌을 물 위에 던질 때처럼 서너 번 튀었어요. 독수리들을 쫓아버리기 위해 그런 것이라고 설명하더군요. 실제로 비행기가 내려가는 동안 나는 탐조등에 비친 것을 보았지만 무엇인지 몰랐어요. 웅크리고 앉은 노파들 같았어요. 나중에 나는 여러 번 놀랐는데, 인도에서는 어떤 것이 언제나 다른 것으로 보였기 때문이에요. 어쨌든 독수리들은 놀라지도 않았어요. 날개를 반쯤 펼친 채 날아오르지도 않고 껑충껑충 뛰어 약간 이동했을 뿐이에요. 그리고 비행기가 멈추자마자 모두 주위에 모여들어 무엇인가를 기다리는 것 같았고, 단지 이따금 자기 옆의 독수리를 재빨리 부리로 쪼았을 뿐이에요. 정말 흉측한 짐승들이에요.

하지만 인도에 대해 당신에게 이야기할 필요는 없어요. 끝이 없을 테니까요. 당신도 아마 가보았겠지요……. 아니에요? 어쨌든 책에도 나오는 것들이에요. 하지만 현수교의 케이블을 어떻게 당기는지에 대해서는 책에 나와 있지 않아요. 최소한 얼마나 인상적인지 나와 있지 않아요. 그렇게 우리는 현장의 공항에 도착했어요. 공항이래야 땅바닥을 다진 광장이었을 뿐이고, 거기 있는 막사에서 잠을 잤어요. 별로 나쁘지 않았어요. 단지 더웠는데 그 더위 문제는 더 이야기하지 않는 것이 나아요. 다만 밤이나 낮이나 언제나 더웠고, 거기에서는 너무 많이 땀을 흘려서 허락을 받고 화장실에 갈 필요도 없었다는 것만 말할게요. 간단히 말해 이 이야기 전체에서 정말 엄청나게 더웠지만, 더 이상 반복하지 않을게요. 시간만 낭비하니까요.

다음 날 아침 현장 책임자에게 인사를 하러 갔어요. 인도 엔지니어였고, 우리는 영어로 말했는데 서로 잘 이해했어요. 내가 보기에 인도 사람들은 영어를 영국 사람들보다 더 잘해요. 최소한 분명하게 말해요. 반면에 영국 사람들은 눈치도 없이 빠르게 완전히 웅얼거리면서 말하고, 만약 이해하지 못하면 깜짝 놀라고 어떤 노력도 하지 않아요. 책임자는 나에게 일을 설명했고, 무엇보다 먼저 안전모 아래에 써야 하는 일종의 베일을 주었는데 말라리아 때문이었어요. 실제로 숙소 창문들에는 모기장이 있었어요. 나는 현장의 인도 노동자들은 베일을 쓰고 있지 않은 것을 보고 물었더니 그들은 말라리아를 이미 앓았다고 대답하더군요.

그 엔지니어는 걱정이 많았어요. 그러니까 만약 내가 그의 입장이었다면 걱정이 많았을 것이라는 말이에요. 하지만 걱정이 있어도 그는 내색하지 않았어요. 완전히 평온하게 이야기했고 현수교의 지지 케이블을 설치하기 위해 나를 고용했다고 말했어요. 큰 작업은 이미 끝났다고, 말하자면 강의 바닥 다섯 군데를 시간에 맞춰 파냈고 거기에다 교각 다섯 개를 세웠다고 했어요. 그건 엄청난 작업이었어요. 그 강은 갈수기에도 모래를 많이 운반했고, 그래서 바닥을 파내면 곧바로 모래로 채워졌기 때문이지요. 그런 다음 거기에다 잠함潛函을 설치했고, 바위를 파내기 위해 잠함 안으로 굴착 인부들을 보냈고, 거기에서 두 명이 물에 빠져죽었지만 간단히 말해 잠함을 설치하고 자갈과 시멘트로 채웠답니다. 결론적으로 힘든 일은 이미 끝났지요. 그 이야기를 들으면서 나는 걱정이 되기 시작했어요. 그가 죽은 두 사람에 대해 별로 대수롭지 않게 마치 자연스러운 일인 것처럼 말했기 때문이지요. 그래서 그곳이 다른 사람의 신중함을 믿지 말고 자신의 신중함을 유지하는 것이 더 나은 곳이라는 걸 알 수 있었어요.

엔지니어의 입장이라면 나는 그리 평온하지 못했을 것이라고 말했지요. 두 시간 전에 그는 믿을 수 없는 일이 일어나고 있다는 전화를 받았어요. 교각들을 끝낸 지금 홍수가 나서 큰물이 몰려오고 있으며 강이 다른 쪽으로 범람하고 있다는 것이었지요. 나에게 그렇게 말했는데 마치 구이가 타고 있다고 다른 사람이 말하는 것 같았어요. 그는 반응이 약간 느린 사람이 분명했어요. 터번을 두른 인도 사람 한 명이 지프를 타고 도착했고, 엔지니어는 아주 친절하게 다음 기회에 다시 볼 것이라고 말하며 양해를 구했어요. 하지만 나는 그가 현장을 보러 간다는 것을 깨달았고 함께 갈 수 있겠냐고 부탁했어요. 그는 내가 이해하지 못하는 찡그린 표정을 지었지만 좋다고 했어요. 왜 그랬는지 모르겠어요. 아마 나를 존중했기 때문이거나, 충고를 절대 거부하지 않기 때문이거나, 아니면 단지 친절했기 때문일 수도 있어요. 그는 아주 친절했지만 물이 나름대로 흘러가게 놔두는 그런 사람이었지요. 상상력도 있었어요. 지프를 타고 가는 동안(길이 어땠는지는 말하지 않겠어요) 홍수에 대해 생각하지 않고, 강을 가로질러 공사용 통로를 설치하기 위해 어떻게 했는지 이야기해주었어요(그는 통로를 '캣워크', 즉 고양이 통로라고 불렀지만, 상식을 가진 어떤 고양이도 절대로 건너가지 않을 겁니다. 거기에 대해서는 나중에 이야기할게요). 다른 사람은 배를 타고 가거나, 고래잡이 작살과 같은 작살을 쏘았을 것이지만, 그는 인근 마을의 모든 어린이들을 모아놓고, 맞은편 기슭 위에까지 연을 날릴 수 있는 아이에게 상금 10루피를 내걸었대요. 한 아이가 성공했고 상금을 주었는데, 그냥 내버린 것이 아니었어요. 1,500리라였으니까요. 그리고 연의 실에다 조금 굵은 끈을 묶게 했고, 그렇게 해서 차츰차츰 캣워크의 강철선까지 연결했지요. 그 이야기를 끝내자마자 우리는 다리에 이르렀고, 그도 숨이 막혔어요.

여기에서 우리는 강의 힘을 생각하는 데 익숙하지 않아요. 그 지점에서 강의 폭은 700미터였고 굽이쳐 있었어요. 내가 보기에는 바로 거기에다 다리를 세우는 것은 별로 영리해 보이지 않았어요. 하지만 중요한 철도가 지나가야 했기 때문에 어쩔 수 없었던 것 같아요. 강 한가운데에 교각 다섯 개가 보였고, 더 멀리에 다른 인접한 교각들이 보였는데, 들판과 연결되도록 조금씩 낮아졌어요. 큰 교각 다섯 개에는 지지탑支持塔이 50미터 높이로 이미 설치되어 있었고, 교각 두 개 사이에는 작업용 구조물, 간단히 말해 그 위에다 최종적인 스팬을 설치하기 위한 가벼운 임시 다리가 이미 놓여 있었어요. 우리는 오른쪽 기슭에 있었는데, 기슭은 콘크리트 강둑으로 아주 튼튼하게 보강되어 있었지만 이쪽에는 이제 강물이 없었어요. 밤사이에 똑같은 콘크리트 강둑이 있는 왼쪽 기슭을 갉아먹기 시작했고 아침 일찍 무너뜨렸지요.

우리 주위에 백여 명의 인도 노동자들이 있었지만 눈 하나 깜빡하지 않았어요. 모두들 발뒤꿈치로 앉아 평온하게 강물을 바라보고 있었어요. 나는 잠시도 버티지 못할 자세로 어떻게 하는지 모르겠는데 분명히 어렸을 때부터 배우는 것 같아요. 엔지니어를 보자 잠시 일어나서 기도할 때처럼 이렇게 손을 가슴 위에 모으고 인사를 했고, 약간 몸을 숙였다가 다시 앉았어요. 우리는 상황을 잘 보기에는 너무 낮은 곳에 있었고, 그래서 기슭 구조물의 계단으로 올라갔어요. 그러자 전체 광경이 보였어요.

내가 말했듯이 우리 아래에는 강물이 없었고 단지 검은 진흙뿐이었는데, 그 안에는 찢어진 나무들, 판자들, 속이 빈 나무 둥치들, 동물 사체들이 온통 혼란스럽게 뒤섞여 있었고 햇살 아래 벌써 김이 나고 악취를 풍기기 시작했어요. 강물은 온통 왼쪽 기슭에 부딪치면서 흘러갔고, 마치 완전히 휩쓸어 가려는 것 같았어요. 실제로 우리가 무엇을 해야 할지, 무슨 말을 해야 할지 모르고 마법에 홀린 듯 바라보고 있는 동안, 강둑 한 부분이 십여 미터 길이로 떨어져 나와 떠내려갔고, 교각 하나와 부딪쳤고, 뒤로 튀어나와 강물에 다시 휩쓸려 아래로 떠내려갔는데, 콘크리트가 아니라 나무로 된 것 같았어요. 강물은 이미 왼쪽 강둑을 상당 부분 휩쓸어 가버렸고, 무너진 사이로 흘러 들어가 맞은편 들판으로 범람하고 있었지요. 너비가 100미터도 넘는 호수를 만들었고 그 안으로 마치 피해를 입히려는 나쁜 짐승처럼 더 많은 강물이 몰려 들어갔고, 그 충격으로 둥글게 맴돌았고, 눈에 보이지 않을 정도로 넓게 퍼졌어요.

강물을 따라 온갖 것이 아래로 떠내려 왔어요. 단지 부서진 조각들이 아니라 떠 있는 섬들 같았어요. 더 위쪽에서 강은 숲을 관통하는 것이 분명했어요. 잎사귀와 가지들이 아직 붙어 있는 나무들이 떠내려 왔으니까요. 심지어 온전한 형태의 강둑 일부까지 떠내려 왔는데, 어떻게 떠 있는지 알 수 없었고, 그 위에 풀과 흙, 서 있거나 누워 있는 나무들, 간단히 말해 자연 풍경의 일부도 있었어요. 아주 빠른 속도로 흘러갔고, 때로는 교각들 사이로 들어가 다른 쪽으로 나왔고, 때로는 교각 토대에 부딪쳐 두세 조각으로 쪼개지기도 했어요. 교각은 정말로 단단한 것 같았어요. 토대에 걸려 온통 나무판들, 나뭇가지들, 둥치들이 뒤엉켜 있었으니까요. 강물의 힘이 보였는데, 교각 토대에 계속 더미를 만들면서도 휩쓸어가지 못했고, 땅속에서 울리는 천둥처럼 이상한 굉음을 냈어요.

솔직히 말해 나는 그가 엔지니어여서 다행이라고 생각했어요. 하지만 만약 그의 입장이었다면 나는 약간 더 많은 것을 하도록 했을 것이라고 생각해요. 당장 그 자리에서 뭔가 대단한 것을 할 수 있었다는 말이 아니에요. 만약 그가 자신의 감정을 따랐다면 그도 노동자들처럼 쭈그리고 앉아서 언제까지나 바라보고 있었을 것이라는 느낌이 들었어요. 그에게 충고를 하는 것은 예의가 아닌 것 같았어요. 엔지니어인 그에게 이제 막 도착한 내가 말이에요. 그렇지만 태양처럼 분명한 그가 어떻게 해야 할지 모르고, 아무 말 없이 기슭에서 왔다 갔다 하면서 그 자리에서 맴도는 것을 보고 나는 용기를 냈고, 내 생각으로는 돌멩이든 바위든 가능한 한 큰 것들을 가져와서 왼쪽 기슭에 던져넣으면 좋을 것 같다고 말했어요. 하지만 약간 서둘러 말했어요. 왜냐하면 우리가 말하는 동안 강물은 갑자기 제방의 다른 두 부분을 휩쓸어갔고, 호수 안의 소용돌이는 더욱 빠르게 돌기 시작했으니까요. 우리는 서둘러 지프에 타려고 했고, 바로 그 순간 나무들, 흙, 나뭇가지들의 덩어리가 과장하지 않고 집채만큼 커다랗게 떠내려 와서 공처럼 굴러갔고, 작업용 구조물이 있던 스팬에 부딪쳐 구조물을 지푸라기처럼 구부려 물속으로 끌고 가버렸어요. 정말로 할 일이 별로 없었어요. 엔지니어는 노동자들에게 집으로 가라고 했고, 우리도 돌을 구하기 위해 전화하려고 숙소로 돌아왔지요. 하지만 돌아오면서 엔지니어는 여전히 평온한 어조로 말했어요. 그 주변은 온통 들판으로 검은 흙과 진흙뿐이며, 호두만한 크기의 돌멩이를 구하려면 최소한 100마일은 멀리 찾으러 가야 한다고 했어요. 돌이 마치 아이를 기다리는 여자들이 가진 열망, 나의 열망인 것처럼 말이에요. 간단히 말해 그는 친절하지만 이상한 사람이었고, 일하는 것이 아니라 장난하는 것 같았고, 나를 짜증나게 했어요.

그는 누군가에게 전화를 하기 시작했어요. 나는 누군지 몰랐는데 정부의 사무실 같았어요. 힌디어로 말했고 나는 전혀 이해하지 못했지만 먼저 교환수와 연결되고, 다음에 비서실의 비서실로, 다음에 정확한 비서실로 연결되는 것 같았어요. 그래도 그가 찾는 사람은 나오지 않았고, 결국 연결이 끊어졌어요. 간단히 말해 우리와 약간 비슷했지만, 그는 인내심을 잃지 않았고 다시 처음부터 시작했어요. 비서실에서 비서실로 연결되는 동안, 자기 생각으로는 앞으로 며칠 동안 현장에서 내가 할 일은 별로 없을 것이라고 말했어요. 만약 원한다면 그냥 남아 있어도 좋지만 기차를 타고 캘커타에 가보라고 권하더군요. 그래서 갔지요. 그런 충고를 한 것은 친절함 때문인지 아니면 나를 보내기 위한 것인지 잘 깨닫지 못했어요. 내가 거기에서 커다란 도움이 되지 않을 것은 분명했어요. 사실대로 말하면 그는 호텔에서 방을 찾으려고 노력할 필요도 없다고 바로 말했고, 나에게 어느 개인 집의 주소를 주면서 자기 친구니까 그곳으로 가보라고 했고, 위생에 있어서도 잘 지낼 것이라고 했어요.

캘커타에 대해서는 이야기하고 싶지 않아요. 닷새 동안 낭비한 시간이었어요. 500만 명이 넘는 주민이 살고 있고, 엄청난 가난이 곧바로 눈에 보였어요. 생각해보세요. 저녁이었고 역에서 나오자마자 어느 가족이 잠자러 가는 것을 보았어요. 시멘트 도관 안으로 들어갔는데, 하수도에 사용되는 새 도관으로 4미터 길이에 직경이 1미터였어요. 엄마, 아빠, 아이들 셋이 있었고, 도관 안에 작은 불을 켜두었고, 천 두 조각을 하나는 이쪽에, 다른 하나는 저쪽에 매달아 놓았어요. 하지만 그들은 행복한 편이었어요. 대부분은 그냥 닥치는 대로 보도에서 잤으니까요.

알고 보니 엔지니어의 친구는 인도 사람이 아니라 파시 교도*였어요. 그는 의사였고 나는 그 가족과 함께 잘 지냈지요. 내가 이탈리아 사람이라는 것을 알고는 커다란 잔치를 베풀었는데, 왜 그랬는지 모르겠어요. 나는 파시 교도들이 누구인지 몰랐고, 그런 사람들이 있는지도 몰랐어요. 솔직히 말해 지금도 분명한 관념을 갖고 있지 않아요. 당신은 다른 종교를 갖고 있으니 혹시 설명할 수 있겠지요……"

나는 파우소네를 실망시켜야 했다. 파시 교도들에 대해 나는 그들의 섬뜩한 장례식을 제외하면 실질적으로 아무것도 몰랐다. 그들의 장례식에서는 시체가 땅이나 물이나 불을 오염시키지 않도록, 매장하

---

*   7~8세기에 이슬람교의 박해를 피해 페르시아에서 인도로 넘어간 조로아스터 교도의 후손들을 가리킨다.

거나 수장하거나 화장하지 않고 '침묵의 탑'에서 독수리들에게 먹이로 준다고 한다. 하지만 나는 살가리* 시대 이후로 그런 탑이 더 이상 없는 것으로 생각했다.

"그렇지 않아요. 아직도 있어요. 그 사람들이 나에게 이야기했어요. 그리고 교회에 나가지 않지만 자신들이 죽으면 정상적인 방식으로 땅속에 묻힐 것이라고 말했어요. 탑은 아직도 있지만 캘커타가 아니라 뭄바이에 있어요. 모두 네 개이고, 각 탑에 나름대로의 독수리들 무리가 있지만, 장례식은 일 년에 너덧 차례뿐이래요. 그래요, 그들은 나에게 이야기를 하나 해주었어요. 어느 독일인 엔지니어가 온갖 서류들을 들고 와서 파시 교도 사제들을 방문했는데, 자기 기술자들이 그 탑의 바닥에 설치할 그릴을 연구했다고 이야기했답니다. 전기저항 그릴로 불꽃도 없이 시체를 천천히 태워 냄새도 나지 않고 아무것도 오염시키지 않는다고 말입니다. 부언하면 정말 독일 사람다워요. 어쨌든 사제들은 논의하기 시작했고 지금도 계속 논의하고 있는 것 같아요. 거기에도 현대주의자들과 보수주의자들이 있으니까요. 의사는 웃으면서 그 이야기를 해주었고 그의 아내는 이렇게 말했어요. 자기 생각으로는 종교 때문이 아니라 전력량과 지역의 행정 당국 때문에 아무 결론도 나오지 못할 것이라고 말이에요.

---

* Emilio Salgari(1862~1911). 이탈리아의 작가로 주로 어린이들을 위한 모험 소설로 많은 인기를 끌었다.

캘커타에서는 모든 것이 아주 쌌지만, 더러움과 오염 때문에 나는 감히 아무것도 사지 못했고 영화관에도 가지 않았어요. 집에 남아 파시 교도 부인과 잡담을 나누었는데, 그녀는 교양도 많고 상식도 풍부했어요. 아니, 지금 나는 그녀에게 엽서 한 장 보내는 것을 기억해야 해요. 나에게 인도에 대해 끝없을 정도로 모든 것을 설명해주었어요. 하지만 나는 걱정이 되어 매일 현장으로 전화를 했지만, 엔지니어는 자리에 없거나 아니면 나타나지 않았어요. 다섯째 날에야 연결되었고, 이제 강이 말랐고 작업을 시작할 수 있으니 돌아오라고 하더군요. 그래서 바로 떠났지요.

나는 언제나 다른 것을 생각하는 것 같은 태도의 엔지니어에게 갔고, 그가 숙소의 마당 한가운데 있는 것을 발견했어요. 주위에는 50명 정도의 사람들이 있었는데 나를 기다리고 있었던 것 같아요. 자기들 방식대로 가슴에 손을 합장한 채 나에게 인사했고, 엔지니어는 나를 소개했어요. '이 사람은 미스터 페랄도, 여러분의 이탈리아인 십장이에요.'** 모두들 손을 합장하고 나에게 경의를 표했고, 나는 살라미처럼 그 자리에 멍하니 있었어요. 내 이름을 잊었다고 생각했지요. 알다시피 외국인들은 언제나 이름을 잘 기억하지 못하니까요. 예를 들면 나에게는 모든 인도 사람들의 이름이 '싱'인 것처럼 보이고, 그 사람도 마찬가지라고 생각했지요. 나는 페랄도가 아니라 파우소네라고 말했

**   원문에는 영어로 This is mister Peraldo, your Italian foreman으로 되어 있다.

고, 그는 천사 같은 미소를 짓더니 말했어요. '미안합니다. 아시겠지만, 당신들 유럽 사람들은 모두 똑같은 얼굴이에요.' 간단히 말해 나중에 조금씩 드러났는데, 그 엔지니어 이름은 차이타니아였고 자기 일뿐만 아니라 이름에서도 혼란스러운 사람이에요. 그 미스터 페랄도는 꿈꾼 것이 아니라 실제로 있었는데, 비엘라*의 벽돌공 기술자로 우연하게도 그날 아침 도착할 예정이었어요. 그는 다리 케이블을 고정하는 책임자로 실제로 잠시 후에 도착했고 나는 기뻤어요. 동향 사람을 만나는 것은 언제나 즐거운 일이니까요. 그런데 엔지니어가 어떻게 나와 그를 혼동하고, 똑같은 얼굴이라고 말하게 되었는지 미스터리였어요. 왜냐하면 나는 키가 크고 야위었는데 그는 땅딸막했고, 나는 삼십대였는데 그는 오십대가 넘었고, 그는 찰리 채플린**처럼 콧수염이 있었는데 나는 털이라곤 당시에 이미 여기 머리 뒤쪽에 조금밖에 없었고, 간단히 말해 만약 우리가 닮은 점이 있다면 팔꿈치를 잘 구부리는 것, 말하자면 그도 나처럼 먹고 마시기를 좋아했다는 점뿐인데, 거기에서는 먹고 마시기도 쉬운 일이 아니었어요.

그렇게 멀리 떨어진 곳에서 비엘라의 기술자를 만난 것은 그리 커다란 놀라움이 아니었어요. 세상을 돌아다니다 보면 온갖 구석에

---

*   Biella. 토리노 북쪽의 도시이다.
**   원문에는 샤를로Charlot로 되어 있는데, 찰리 채플린의 무성영화에 나오는 희극적 등장인물로 《〈방랑자〉》The Tramp(1915)에서 처음 등장하였다. 프랑스, 이탈리아 등 여러 나라에는 그 이름으로 널리 알려졌다.

서 피자를 굽는 나폴리 사람이나 벽을 쌓는 비엘라 사람을 만나게 되니까요. 언젠가는 네덜란드의 현장에서도 만난 적이 있는데 그 사람이 말하더군요. 하느님이 세상을 창조했지만 예외로 네덜란드는 네덜란드 사람들이 창조했다고 말입니다. 그런데 네덜란드 사람들을 위한 제방은 비엘라 기술자들이 쌓았답니다. 벽을 쌓는 기계는 아직 발명되지 않았기 때문이지요. 내가 보기에는 멋진 속담 같았어요. 물론 지금은 사실 같지 않아요. 그 페랄도를 만난 것은 커다란 행운이었어요. 그는 나보다 더 험한 세상을 돌아다녔고, 많이 말한 것은 아니지만 많은 것을 알고 있었기 때문이지요. 또 어떻게 했는지 모르지만 숙소에 상당한 분량의 네비올로*** 포도주를 비축하고 있었고 이따금 나에게 주었기 때문이기도 해요. 많지 않게 조금씩 주었는데 그도 아주 관대한 사람은 아니었고 자기 자본을 까먹으려고 하지 않았기 때문이지요. 그가 옳았기도 해요. 공사가 오래 지속되었기 때문이지요. 이와 관련해 세상은 여러 나라들로 이루어져 있고, 공사가 예정된 기간에 끝나는 경우를 결코 많이 보지 못했다는 것을 말해야겠군요.

그는 나를 데려가 케이블 고정 앵커리지를 위한 터널을 보여주었어요. 당신도 이해하겠지만, 그 다리의 케이블은 대단한 장력張力을 받아야 하고, 그래서 일반적인 고정 장치로는 충분하지 않기 때문이에요. 케이블은 쐐기 형태로 만들어지고 암벽에 파놓은 경사진 터널

***　Nebbiolo. 이탈리아 북부 특히 피에몬테 지방에서 생산되는 적포도주의 일종이다.

안에 설치된 콘크리트 덩어리에 고정되어야 했어요. 터널은 각 케이블에 두 개씩 총 네 개였는데, 터널이라니! 거대한 동굴 같았어요. 그런 것은 전혀 본 적이 없었어요. 80미터 길이에 입구의 너비는 10미터, 끝의 너비는 15미터였고, 30도로 경사져 있었어요……. 아, 아니에요. 그런 얼굴 하지 마세요. 당신은 나중에 이것을 글로 쓸 텐데, 거기에 엉뚱한 것이 나오는 것을 원치 않아요. 혹시라도 말이에요. 미안하지만, 내 잘못이 아니에요."

나는 최대한 성실하게 그의 지적들에 따를 것이며, 어떤 경우에도 창안해내고 아름답게 꾸미거나 가감하고 싶은 직업적 유혹에 굴복하지 않을 것이라고 파우소네에게 약속했다. 그러니까 그의 이야기에 아무것도 덧붙이지 않을 것이며, 조각가가 덩어리에서 형태를 이끌어낼 때 그러하듯이 혹시 어떤 것을 제거할 수는 있을 것이라고 했고, 그는 동의한다고 선언했다. 그러니까 거대한 덩어리에서, 그가 아주 질서정연하지는 않게 나에게 제공한 기술적 세부들을 이끌어내자면, 그 다리의 윤곽은 대략 이런 것이었다. 그러니까 길고 날렵하며, 강철 상자로 만들어진 다섯 개의 지지탑으로 받쳐지고, 네 개의 강철 현수 케이블에 매달린 다리이다. 각 현수 케이블의 길이는 170미터이고, 두 케이블의 각각은 직경 5밀리미터의 개별 강선鋼線 1만 1,000가닥을 괴물처럼 엮은 것으로 구성되었다.

"저번 날 저녁에 말했지요. 내게는 모든 작업이 첫사랑과 같다고요. 하지만 그것은 구속적인 사랑, 아무 일 없이 거기에서 나오면 행운이라고 말할 그런 사랑이라는 것을 그때 곧바로 깨달았지요. 시작하기 전에 나는 학교에 가듯이 엔지니어들에게 강의를 받으면서 일주일을 보냈어요. 엔지니어는 여섯 명으로 다섯 명은 인도 사람, 한 명은 회사 사람이었고, 나는 오전 네 시간 동안 공책을 들고 메모했고 오후 내내 거기에 대해 공부했어요. 왜냐하면 바로 거미의 작업 같았기 때문이에요. 다만 거미는 태어나면서 이미 그런 일을 알고 있고, 또 떨어져도 낮은 곳에서 떨어지고 거미줄과 한 몸이 되어 있기 때문인지 아무렇지도 않지요. 그리고 지금 이야기하는 이 작업이 끝난 뒤에 나는 거미줄에 매달린 거미를 볼 때마다 1만 1,000가닥, 아니, 케이블이 두 개이니까 2만 2,000가닥의 강선들이 머릿속에 떠오르고 내가 거미와 친척이라는 느낌이 들어요. 특히 바람이 불 때 그래요.

그런 다음 내가 내 팀원들에게 강의를 해야 했어요. 이번에는 모두 인도 사람들이었고, 지난번에 이야기한 알래스카 사람들과는 달랐어요. 처음에는 별로 신뢰하지 않았다는 것을 고백해야겠군요. 그들은 주위에 뒤꿈치로 쭈그리고 앉아 있거나, 어떤 사람은 캘커타의 그들 사원에 있는 불상처럼 다리를 교차하여 무릎을 넓게 펼치고 앉아 있었지요. 나를 뚫어지게 응시했고 절대 질문을 하지 않았어요. 하지만 나중에 점차로 한 명씩 알게 되면서 그들이 한마디도 놓치지 않았다는 것을 깨달았어요. 내 생각으로는 우리 이탈리아 사람들보다 더 영리한 것 같아요. 혹시 일자리를 잃을까 두려웠기 때문일 수도 있어요. 그곳에서는 결코 사양하지 않았으니까요. 그리고 결국 우리와 똑같은 사람들이었어요. 비록 터번을 두르고 신발도 신지 않고 세상이 무너져도 매일 아침 두 시간 동안 기도를 하지만 말이에요. 나름대로 골치 아픈 일들도 있었지요. 한 사람은 열여섯 살짜리 아들이 있는데, 벌써 주사위 도박을 하고 늘 잃는다고 걱정이었고, 한 사람은 아내가 아팠고, 또 한 사람은 자식들이 일곱이었는데 자신은 정부 정책에 동의하지 않고 자기와 아내는 아이들을 좋아하기 때문에 피임 수술을 원하지 않는다고 했고, 나에게 사진까지 보여주었어요. 정말 아름다운 아이들이었고 아내도 아름다웠어요. 인도 아가씨들은 모두 아름답지만, 얼마 전부터 인도에 있었던 페랄도는 그녀들과 아무것도 할 수 없다고 설명했어요. 도시에서는 다르지만 특정한 병들이 돌고 있기 때문에 그냥 놔두는 것이 낫다는 말까지 했어요. 간단히 말해 그때 인도에서처럼 내가 굶주린 적은 없었어요. 하지만 작업 이야기로 돌아갑시다.

캣워크, 그러니까 통로와 첫 번째 강선을 설치하기 위해 연을 사용한 전략에 대해서는 이미 말했지요. 물론 2만 2,000개의 연을 날릴 수는 없었어요. 현수교의 강선을 설치하기 위해 특별한 방법이 있었어요. 먼저 권양기를 설치하고, 각 통로 위로 5~6미터 높이에다 예전에 사용하던 동력 전달 벨트 같은 순환 케이블을 하나 설치하고 양쪽 기슭에 하나씩 두 개의 도르래 사이에 팽팽하게 당겨놓아요. 그 순환 케이블에다 공회전하는 풀리를 매달아 놓는데, 풀리에는 홈이 네 개 있고, 각 홈에 커다란 보빈에서 풀려나오는 개별 강선의 고리가 지나가게 해요. 그리고 도르래를 가동시키고 풀리를 이쪽 기슭에서 저쪽 기슭으로 당기면 한 번 여행으로 강선 여덟 개를 끌고 가게 되지요. 풀리 홈에다 강선들을 걸고 벗기는 노동자들 외에 통로에 50미터 간격으로 두 명씩 노동자를 배치하여 강선들이 겹치지 않도록 감시하지요. 하지만 말하는 것과 실제로 하는 것은 완전히 달라요.

다행히 인도 사람들은 명령을 잘 이행하는 사람들이에요. 왜냐하면 통로는 로마 거리*에 산책하러 가는 것과 전혀 다르다는 것을 생각해야 하니까요. 첫째, 나중에 지지 케이블이 갖게 될 것과 똑같은 기울기를 갖기 때문에 기울어져 있어요. 둘째, 한 줄기 바람이 흔들기만 해도 정말 대단한데, 바람에 대해서는 나중에 이야기할게요. 셋째, 가벼워야 하고 바람에 저항하지 않아야 하기 때문에 바닥이 그릴로 되어 있어서 자기 발밑을 바라보지 않는 것이 좋지요. 만약 바라보면 아래의 강물이 진흙 빛깔로 보이고, 그 안에 움직이는 것들이 있는데, 위에서 보면 튀김용 작은 물고기들처럼 보이지만 실제로는 악어들의 잔등이기 때문이에요. 앞에서 말했듯이 인도에서는 어떤 것이 언제나 다른 것으로 보여요. 페랄도는 말했어요. 지금 그렇게 많지 않지만 그 악어들이 모두 다리를 건설하는 곳으로 모인다고 말이에요. 구내식당의 음식 찌꺼기를 먹기 때문이고, 또 누군가 아래로 떨어지기를 기다리기 때문이래요. 인도는 정말 멋진 나라이지만 호감을 주는 동물은

*   Via Roma. 토리노 시내의 거리이다.

없어요. 모기들도 그래요. 말라리아를 옮기고 또 안전모 밑에 옛날 여자들처럼 언제나 베일을 쓰고 다니게 만들 뿐만 아니라, 이렇게 커다란 곤충이고, 주의하지 않으면 살점을 떼어낼 정도로 세게 물면서 괴롭혀요. 어떤 나비들은 밤에 잠자는 동안 날아와서 피를 빨아먹는다는 말도 들었지만 실제로 내가 보지는 못했어요. 잠은 언제나 잘 잤으니까요.

강선을 잡아당기는 작업의 어려움은 강선들이 모두 똑같은 장력을 가져야 한다는 것이지요. 그 정도 길이에서 그것은 결코 쉬운 일이 아니에요. 우리는 새벽부터 석양 무렵까지 여섯 시간씩 2교대를 했지만, 나중에 해가 뜨기 전 밤에 조립하는 특별팀을 조직해야 했어요. 왜냐하면 낮에는 언제나 강선들 중 일부는 햇볕을 받아 뜨거워져서 늘어나고, 또 일부는 그늘에 있기 때문이지요. 그래서 새벽 이전에 모든 강선이 똑같은 온도일 때 조정 작업을 해야 했어요. 별로 힘들지 않은 그 조정 작업은 언제나 내가 해야 했지요.

그렇게 우리는 60일 동안 작업을 진행했어요. 언제나 공회전하는 풀리가 갔다가 왔다가 했고, 거미줄은 점점 굵어졌고, 대칭으로 멋지게 당겨졌고, 벌써 다리가 나중에 갖게 될 외형과 비슷한 모습이 되었어요. 날씨가 더웠다고 이미 말했지요. 아니, 이제 더 이상 말하지 않겠다고 말했지요. 하지만 간단히 말해 더웠어요. 해가 지면 위안이 되었어요. 숙소로 들어갈 수 있고, 페랄도와 이야기를 나누고 한 잔 마실 수 있었기 때문이기도 해요. 페랄도는 노동자로 시작했고 나중에 벽돌공이 되고 시멘트 기술자가 되었지요. 온 사방으로 돌아다녔고 콩고에서는 댐을 건설하느라 4년 동안 머무르기도 했고 이야기할 것도 많았어요. 하지만 내 이야기에다 다른 사람들의 이야기까지 덧붙이기 시작하면 언제 끝날지 몰라요.

강선 잡아당기기가 끝났을 때 멀리에서 바라보면 네 개의 현수 케이블을 이루며 이쪽 기슭에서 저쪽 기슭으로 연결된 두 개의 케이블이 바로 거미줄처럼 가늘고 가볍게 보였어요. 하지만 가까이에서 바라보면 70센티미터 두께의 두려움을 줄 만큼 거대한 다발이었어요. 강선들을 특수한 기계로 치밀하게 묶었는데, 그 기계는 고리 모양으로 만들어진 압착기처럼 케이블을 따라 이동하면서 100톤의 힘으로 조였어요. 하지만 나는 거기에 관여하지 않았어요. 그건 미국 기계로 미국 전문가와 함께 거기까지 보내졌는데, 그 전문가는 모두를 경멸했고, 누구와도 말하지 않았고, 아무도 접근하게 놔두지 않았어요. 분명히 비밀을 빼앗아갈까 두려웠던 모양이에요.

여기에서 힘든 일은 끝난 것 같았어요. 수직의 현수재懸垂材들을 며칠 만에 위에 매달았는데, 아래에 있는 폰툰에서 도르래로 낚시하듯 끌어올렸어요. 정말로 뱀장어를 낚시하는 것 같았지만 하나의 무게가 1,500킬로그램이나 되는 뱀장어였지요. 그리고 마침내 데크를 설치할 시간이 되었어요. 그런데 누구도 예상할 수 없었지만, 바로 거기에서 모험이 시작되었어요. 내가 말한 그 갑작스런 홍수 사건 이후 그들은 아무것도 아닌 척했지만 실제로는 내 충고를 따랐다는 것을 말할 필요가 있군요. 내가 캘커타에 있는 동안 엄청나게 많은 트럭들이 돌을 싣고 오게 했고, 물이 빠지자 제방을 아주 견고하게 보강했어요. 그런데 당신도 알다시피 뜨거운 물에 덴 고양이는 나중에 차가운 물도 무서워하지요. 조립하는 동안 내내 고양이 통로의 꼭대기에서 나는 언제나 강물을 눈여겨보았어요. 그리고 엔지니어에게 부탁해서 무선 전화기를 나에게 달라고 했어요. 만약 또 다시 홍수가 온다면 먼저 나가는 것이 좋겠다고 생각했기 때문이에요. 나는 위험이 다른 곳에서 온다고 생각하지 않았고, 지금까지 일이 진행된 것으로 판단하건대, 누구도 생각하지 못했고, 심지어 설계자도 생각하지 못했어요.

나는 그 설계자들을 얼굴도 보지 못했고 어떤 사람들인지도 몰라요. 하지만 나는 다른 설계자들을 많이 알았고, 그래서 다양한 유형이 있다는 것을 알아요. 코끼리 설계자가 있는데, 언제나 합리적인 편에서 있고, 우아함이나 경제성을 쳐다보지도 않고, 말썽을 원하지 않고, 그래서 하나면 충분할 곳에 네 개를 넣는 타입이지요. 일반적으로 약간 늙은 설계자이며 가만히 생각해보면 슬픈 일이라는 것을 알 수 있지요. 반면에 인색한 설계자가 있는데, 리벳 하나도 자기 호주머니에서 지불하는 것 같이 굴지요. 앵무새 설계자가 있는데, 설계를 연구하지 않고 학교에서 그러듯이 베끼고 사람들이 뒤에서 웃는다는 것도 깨닫지 못해요. 달팽이 설계자가 있는데, 말하자면 관료 유형의 설계자예요. 그는 아주 천천히 가고 누가 건드리면 곧바로 뒤돌아보고 규정들로 만들어진 자기 껍질 속으로 숨어버려요. 모욕이 아니라 얼간이 설계자라고 부르고 싶어요. 그리고 마지막으로 나비 설계자가 있는데, 나는 바로 그 다리의 설계자들이 그런 유형이라고 믿어요. 가장 위험한 유형이지요. 젊고 대담하고 당신을 우습게 생각하고, 만약 돈과 안전에 대해 말하면 침을 뱉을 듯이 바라보고, 그들의 생각은 온통 새로움과 아름다움에 집중되어 있기 때문이에요. 어느 작품이 잘 연구되면 나름대로 아름답게 된다는 것을 생각하지도 않아요. 내가 화풀이를 했다면 미안합니다. 하지만 어떤 작업에 자신의 모든 감정을 집어넣었는데, 나중에 결국 지금 이야기하는 그 다리처럼 끝난다면 유감이지요. 여러 가지 이유로 유감입니다. 많은 시간을 잃었고, 나중에는 언제나 변호사들과 법전과 수천 가지 사고들과 함께 커다란 혼란이 일어나고, 아무런 상관이 없어도 결국에는 언제나 약간의 죄의식을 느끼게 되기 때문이에요. 하지만 무엇보다도 그런 작업이 무너지는 것을 보고, 또 그 방식, 마치 천천히 괴로워하며 버티다 무너지는 모습을 보면, 사람이 죽을 때처럼 가슴이 아프기 때문이에요.

정말로 사람이 죽는 것과 똑같아요. 나중에는 모든 사람이 어떻게 호흡했는지, 어떻게 눈을 감았는지 보았다고 말하지요. 그때에도 재난이 일어난 뒤에 모든 사람이 자기 의견을 말했어요. 피임 수술을 거부한 인도 노동자도 말했지요. 아주 잘 보였다고, 현수 케이블이 약했다고, 강철에 콩알만큼 커다란 기포들이 있었다고 말했지요, 또 용접공들은 조립공들이 조립을 할 줄 몰랐다고 말했고, 기중기 기술자들은 용접공들이 용접을 할 줄 몰랐다고 말했어요. 모든 사람이 함께 엔지니어를 비난하고 헐뜯었으며, 그가 서서 잠을 잤고, 실패만 했고, 작업을 조직할 줄 몰랐다고 말했어요. 아마 모두 부분적으로 옳았을 수도 있고, 아니면 모두 틀렸을 수도 있지요. 여기에서도 약간은 사람들에게 일어나는 일과 비슷했으니까요. 나에게도 여러 번 그런 일이 있었는데, 예를 들어 어떤 구조물은 확인하고 또 확인한 결과 100년 동안 서 있을 것처럼 보이지만 한 달 후에 흔들리기 시작할 수도 있어요. 반면 어떤 구조물은 전혀 서너 푼의 가치도 없다고 장담했는데 흠 하나 생기지 않을 수도 있어요. 그리고 숙련된 전문가들의 손에 맡기더라도 골치 아픈 일은 생겨요. 세 명이 나와 세 가지의 다른 이유를 내세우겠지요. 그렇다고 문제를 해결하는 전문가는 한 명도 본 적이 없어요. 물론 만약 누군가 죽거나 구조물이 붕괴하면, 분명히 이유는 있겠지만, 그 이유가 단 하나라는 것은 아니며, 만약 그렇다고 해도 그 이유를 찾을 수 있는 것은 아니지요. 하지만 순서대로 이야기합시다.

작업 기간 내내 언제나 더웠다고 말했지요. 매일같이 익숙해지기 힘든 눅눅한 더위가 계속됐지만, 끝나갈 무렵에 나는 약간 익숙해졌어요. 그래요. 일은 끝났고, 벌써 칠장이들이 여기저기 사방에 기어올라가 있었고 거미줄 위의 커다란 파리들 같았어요. 나는 갑자기 더위가 사라진 것을 깨달았어요. 태양은 이미 솟아 있었지만, 여느 때처럼 덥지 않고 땀이 위에서 말랐고 시원한 느낌이었어요. 나도 다리 위에, 첫 번째 스팬 중간쯤에 있었는데, 시원함 외에 다른 두 가지를 느껐고, 그래서 마치 사냥개가 응시하듯이 그 자리에 멈춰 섰어요. 나는 다리가 발밑에서 진동하는 것을 느꼈고, 음악 같은 것을 들었는데 어느 쪽에는 오는지 알 수 없었어요. 음악은 마치 교회에서 오르간을 시험 연주할 때처럼 깊고 아득한 소리였어요. 어렸을 때에는 나도 교회에 갔으니까요. 그리고 모든 것이 바람으로부터 온다는 것을 깨달았어요. 내가 인도에 착륙한 이후 처음 느끼는 바람이었어요. 대단한 바람은 아니었지만 지속적인 바람이었고, 마치 자동차를 타고 천천히 달리면서 차창 밖으로 손을 내밀 때 느끼는 것과 같은 바람이었어요. 나는 불안감을 느꼈고(그 이유를 모르겠어요), 기슭 쪽으로 걸어갔지요. 아마 이것도 우리 직업의 영향이겠지만, 진동하는 것들을 우리는 별로 좋아하지 않아요. 나는 교대橋臺에 도착했고 뒤를 돌아보았는데, 모든 털이 곤두서는 것을 느꼈어요. 아니, 단지 말만 그런 것이 아니에요. 정말로 꼿꼿이 섰고, 모든 털이 하나하나 동시에 곤두섰고, 마치 깨어나서 달아나려는 것 같았어요. 내가 있던 곳에서 다리의 전체 길이가 보였는데 믿을 수 없는 일이 일어나고 있었기 때문이에요. 마치 그 바람의 입김 아래에서 다리도 역시 깨어나고 있는 것 같았어요. 그래요, 소음을 듣고, 잠이 깨어 몸을 약간 흔들고, 침대에서 아래로 뛰어내리려고 준비하는 것 같았어요. 다리 전체가 흔들렸지요. 데크는 왼쪽으로 오른쪽으로 출렁거렸고, 그런 다음에는 수직으로도 움직이기 시작했고, 마치 느슨한 밧줄을 흔들 때처럼 내가 있는 끝에서 맞은편 끝까지 달려가는 파도가 보였어요. 이제 더 이상 진동이 아니라,

1미터나 2미터 높이의 파도였어요. 칠장이들 중 하나가 작업 도구를 그 자리에 놔두고 내가 있는 쪽을 향해 달려오기 시작했는데, 큰 파도가 칠 때 바다에 있는 배처럼 잠시 보였다가 잠시 보이지 않았다가 했어요.

모두가 다리에서 달아났어요. 이탈리아 사람들도 평소보다 더 서둘러 달려갔고, 커다란 고함소리와 엄청난 혼란이 일어났지요. 아무도 어떻게 해야 할지 몰랐어요. 현수 케이블들도 움직이기 시작했어요. 그런 순간에 어떤지 당신도 알 겁니다. 누구는 이런 말을 하고, 누구는 저런 말을 하지요. 하지만 잠시 후 다리가 멈춘 것은 아니지만, 파도가 안정되는 것처럼 보였고, 한쪽 끝에서 다른 쪽 끝까지 여전히 똑같은 리듬으로 나아가고 출렁거렸어요. 누가 명령을 내렸는지 모르겠어요. 아니면 혹시 누군가가 주도한 것인지도 모르겠어요. 어쨌든 현장의 트랙터 중 한 대가 3인치 케이블 두 개를 뒤에 끌면서 다리의 데크로 들어가는 것을 보았어요. 아마 흔들림을 억제하기 위하여 비스듬히 케이블을 끌고 가려고 했던 것 같아요. 그렇게 한 사람은 분명히 멋진 용기를 가졌거나, 아니면 아주 무모한 사람이었어요. 왜냐하면 그 케이블 두 개를 고정하는 데 성공한다고 해도 그런 구조물을 멈춰 세울 수 있다고 나는 생각하지 않았으니까요. 데크는 8미터 넓이에 높이가 1.5미터이고, 그것이 몇 톤이나 될지 생각해보세요. 어쨌든 아무것도 제시간에 하지 못했어요. 이후로 상황은 급격히 악화되었으니까요. 바람이 더 강해졌는지 말할 수 없지만 열 시경에 수직 파도는

4~5미터 정도로 높아졌고, 땅이 떨리는 것을 느낄 수 있었고, 팽팽해졌다가 늦추어졌다가 하는 현수 케이블들의 굉음이 들렸지요. 트랙터 기사는 상황이 악화된 것을 보았고, 트랙터를 놔둔 채 기슭으로 달아났어요. 그러기를 잘했지요. 곧바로 데크가 고무처럼 비틀어지기 시작했고, 트랙터는 왼쪽으로 오른쪽으로 부딪쳤고, 어느 순간 난간을 넘어갔는지, 아니면 혹시 바닥이 꺼졌는지 강물 속으로 떨어졌으니까요.

하나, 그 다음에 또 하나, 대포 소리 같은 굉음이 들렸고, 내가 헤아렸는데 모두 여섯 번이었어요. 수직의 현수재 케이블이 끊어진 겁니다. 데크 높이에서 깨끗하게 끊어졌고, 나머지는 반동으로 하늘을 향해 날아갔어요. 그와 동시에 데크도 구부러지고 쪼개지기 시작했고, 조각들이 강물 속으로 떨어졌어요. 하지만 나머지 조각들은 누더기처럼 들보에 매달려 남아 있었어요.

그런 다음 모든 것이 끝났어요. 폭격 후처럼 모든 것이 움직이지 않았어요. 내가 어떤 얼굴이었는지 모르겠어요. 하지만 내 옆에 있던 사람은, 터번을 두른 거무스레한 피부의 인도 사람들 중 하나였는데 완전히 덜덜 떨었고 얼굴이 푸르스름했어요. 최종적으로 스팬 두 개의 데크가 거의 완전히 떨어졌고, 십여 개의 수직 현수재 케이블이 떨어졌어요. 하지만 주 케이블은 제자리에 있었어요. 모든 것이 사진처럼 움직이지 않았고, 단지 강물만이 아무 일도 없었던 것처럼 흘러가고 있었어요. 하지만 바람은 수그러들지 않았고, 오히려 전보다 더 강해졌어요. 마치 누군가가 그런 피해를 원했고 피해를 준 다음 만족한 것 같았어요. 내 머릿속에는 멍청한 생각이 하나 떠올랐어요. 어느 책에서 읽었는데, 아주 옛날에 다리를 세우기 시작할 때에는 그리스도인*, 아니 당시에는 아직 그리스도인이 없었지만 어쨌든 사람을 한 명 죽여 토대 안에 넣었고, 나중에는 동물을 죽였고, 그러면 다리가 무너지지 않았다고 해요. 하지만 정말 멍청한 생각이었어요.

그 다음에 나는 떠났어요. 큰 케이블은 버텼고 내 작업은 다시 할 필요가 없었으니까요. 나중에 그 이유와 과정에 대해 논의하기 시작했는데 합의가 이루어지지 않았고, 지금도 계속 논의하고 있답니다. 나는 데크의 바닥이 위로 아래로 움직이기 시작하는 것을 보았을 때 곧바로 캘커타에서의 착륙을 생각했고, 마치 새의 날개처럼 퍼덕이며, 많은 비행을 한 나에게도 끔찍한 순간을 보내게 만든 보잉기의 날개를 생각했어요. 하지만 간단히 말할 수 없어요. 물론 바람이 상관있지요. 실제로 지금 다리를 다시 작업하고 있지만, 바람의 저항을 너무 많이 받지 않도록 데크에 구멍들을 낸다고 들었어요.

아니, 현수교 작업은 더 이상 하지 않았어요. 나는 돌아왔고, 페랄도 외에는 아무에게도 인사를 하지 않았어요. 멋진 이야기가 아니었어요. 마치 어느 아가씨를 좋아했는데 그녀가 어느 날 당신을 버리고 가버렸고, 당신은 이유도 모르고, 아가씨뿐만 아니라 신뢰감까지 잃

* 이탈리아어로 '그리스도인'은 단지 그리스도교 신자만을 뜻하지 않고 일반적으로 사람을 의미한다. 하지만 이 맥락에서는 원래의 의미를 환기시키고 있기 때문에, 약간 어색하지만 그대로 옮겼다.

었기 때문에 괴로워하는 것과 같지요. 그래요. 포도주 병 좀 건네주세요. 조금 더 마십시다. 오늘 저녁에는 내가 살 테니까. 나는 토리노로 돌아왔고, 하마터면 아까 말한 아주머니들의 아가씨들 중 하나와 곤란한 상황에 빠질 뻔했어요. 왜냐하면 나는 도덕에 둔감하고 저항하지 못했기 때문이지요. 하지만 그것은 또 다른 이야기예요. 그리고 나는 잊었어요."

시간 없음

밤새도록 비가 내렸다. 때로는 안개와 혼동될 정도로 미세한 물방울들이 소리 없이 휘몰아쳤고, 때로는 격렬한 장대비가 쏟아졌다. 장대비는 어떤 합리적인 계획도 없이 숙소 주위에 세운 창고들의 물결 모양 양철 지붕을 북처럼 시끄럽게 두드렸다. 멀지 않은 곳에 흐르던 평범한 개울이 불어났고, 밤새도록 개울물 소리는 내 꿈속으로 들어와 파우소네의 인도 이야기가 상기시키는 홍수와 파괴의 이미지들과 뒤섞였다. 새벽, 축축하고 게으른 잿빛 새벽에 우리는 사마르티아 평원*의 신성하고 비옥한 진흙에 포위되어 있었다. 곡물을 기르고 침입자 군대를 집어삼키는 매끄럽고 깊은 암갈색 진흙이었다.

우리 창문 아래에서는 오리처럼 진흙에 익숙해진 닭들이 바닥을

---

* 고대 그리스와 로마에서 사마르티아Sarmatia로 알려진 곳은 스키타이 서쪽 지방으로 흑해와 카스피해 북쪽 유역을 가리켰다.

파헤치며 지렁이를 차지하려고 오리들과 경쟁했다. 파우소네는 기회를 놓치지 않고 그런 상황에서 이탈리아 닭들은 빠져 죽었을 것이라고 지적했다. 또 다시 전문화의 유리함이 확인된 셈이다. 봉사하는 러시아인 남녀들은 무릎까지 닿는 장화를 신고 용감하게 돌아다니고 있었다. 우리 둘은 아홉 시 무렵까지 우리를 각자의 현장으로 데려다줄 자동차가 도착하기를 기다렸다. 그리고 전화를 걸기 시작했지만 열 시 무렵에야 분명해졌다. 우리에게 온 그 아주 친절한 대답 "가능한 한 빨리"는 바로 "오늘은 안 되고 행운이 있을 경우에만 내일"을 의미했던 것이다. 자동차들은 진흙에 빠지고 고장 나고 다른 용도로 사용되고 있었으며, 더구나 우리를 위해서는 전혀 약속이 되지 않았다고 전화기의 부드러운 목소리가 말했다. 목소리에는 개별적인 구실들의 그럴듯함과 여러 구실들의 상호 양립 가능성에 대한 러시아의 잘 알려진 무관심이 들어 있었다. "시간 없는 나라로군." 내가 논평했고, 파우소네는 대꾸했다. "화낼 필요 없는 문제예요. 게다가 당신은 어떤지 모르겠지만, 나는 여기에 대해서도 보수를 받아요."

내 머릿속에는 파우소네가 중단한 이야기, 그를 곤경에 빠뜨린 아주머니들의 아가씨에 대한 이야기가 남아 있었다. 어떤 곤경이었을까?

파우소네는 회피적이었다. "곤경이지요. 아가씨와는 십중팔구 곤경에 빠지게 돼요. 특히 처음부터 주의하지 않으면 말이에요. 이해심도 없었고 우리는 서로 모순되는 일만 했지요. 그녀는 내가 말하게 놔두지 않고 언제나 자기 의견만 말하려 했고, 그래서 나도 똑같이 했어요. 유능한 아가씨였고 얼굴도 상당히 예뻤지만, 나보다 세 살이 많았고 몸매는 약간 볼품없었어요. 그러니까 나름대로 장점도 있었을 테지만 그녀에게는 다른 남편이 어울렸어요. 출근부에 도장을 찍고, 정해진 시간에 집에 돌아오고, 절대 비난하지 않는 그런 남편이요. 그리고 내 나이에는 힘들어지기 시작해요. 그렇다고 이제 나에게 너무 늦었다는 말은 아니에요."

파우소네는 창문으로 가까이 다가갔고, 울적한 기분으로 생각에 잠긴 것 같았다. 밖에는 비가 약간 덜 내렸지만 격렬한 바람이 불었다. 나무들이 몸부림치듯이 가지들을 흔들었고, 50센티미터에서 1미터 크기에 흥미로운 공 모양의 덤불 뭉치들이 땅을 스치면서 굴러가는 것이 보였다. 그것들은 구르고 튀어 오르면서 날아갔는데, 다른 곳으로 확산되기 위한 진화에 의해 그렇게 만들어졌고, 메말랐지만 동시에 몰래 살아 있었고, 마치 피에르 델라 비냐*의 숲에서 달아나는 것 같았다. 나는 모호하게 상황에 어울리는 위안의 말을 중얼거렸고 그의 나이를 내 나이와 비교하라고 권했지만, 그는 마치 듣지 못한 것처럼 다시 이야기를 시작했다.

"한때는 더 쉬웠어요. 거기에 대해 다시 생각하려는 것은 아니에

---

*   Pier della Vigna(1190~1249). 이탈리아 남부 카푸아 태생의 법률가이자 시인으로 페데리코 2세 황제의 신하였다. 그는 특히 단테의 『신곡』 「지옥」 13곡에서 자살한 영혼들이 나무가 되어 고통당하는 숲에서 등장한다.

요. 사실 내 성격은 소심한데, 란차 공장에서 약간은 동료들 덕택에, 또 약간은 정비 부서에 배치되어 용접하는 법을 배운 이후로 나는 더 대담해졌고 자신감을 갖게 되었어요. 그래요, 용접이 중요했는데 그 이유는 모르겠어요. 아마 특히 융접融接의 경우 자연적인 작업이 아니기 때문인지도 모르겠어요. 그것은 자연적인 것이 아니고, 다른 어떤 작업과도 유사하지 않고, 머리와 손과 눈이, 특히 눈이 각자 나름대로 배워야 해요. 왜냐하면 빛으로부터 보호하기 위해 눈앞에 마스크를 쓰면 단지 검은색만 보이고, 그 검은색 안에서 불그스레하게 불붙은 용접선이 앞으로 나아가는 것만 보이고, 또 그것은 언제나 똑같은 속도로 나아가야 하기 때문이지요. 손도 보이지 않아요. 하지만 모든 것을 규정대로 하지 않고 조금이라도 어긋나면, 용접 대신 구멍을 뚫게 되지요. 실제로 용접에 자신감을 가진 뒤부터 나는 모든 것에 자신감을 가졌어요. 심지어 걸어가는 방식에서도 그랬어요. 여기에서도 내가 아버지의 작업장에서 실습한 것이 분명히 유익했어요. 돌아가신 아버지는 구리판으로 관管을 만드는 법을 가르쳐주셨는데, 당시에는 반半가공 제품을 찾을 수 없었어요. 구리판을 가져와 모서리를 두드려 비스듬하게 만들었고, 두 가장자리 면을 겹치게 하고 그 겹친 부분에 붕사硼砂와 놋쇠가루들로 덮었고, 그런 다음 코크스 화덕 위로 통과시키는데, 너무 빠르지도 않고 너무 느리지도 않아야 했어요. 그렇지 않으면 놋쇠가 밖으로 빠져나가거나 아니면 녹지 않지요. 그 모든 것을 그렇게 눈으로 보면서 했으니 어떤 작업인지 상상하겠어요? 그리고 큰 관에서 더 작은 관들을 만들었는데, 손으로 권양기를 끌면서 관 성형 장치를 통과시키고 통과시킬 때마다 다시 가열했어요. 믿을 수 없는 작업이었지요. 하지만 마침내 접합부는 거의 보이지 않고 단지 놋쇠의 조금 더 밝은 선만 보였고 손가락으로 만져보면 전혀 느낄 수 없었어요. 물론 지금은 완전히 다른 작업이지요. 하지만 학교에서 로물루스와 레무스*에 대해 가르치지 말고 이런 작업들을 가르친다면 더 유익일 것이라고 생각해요.

내가 용접을 배우면서 거의 모든 것을 배웠다고 말했지요. 그렇게 해서 약간 중요한 첫 조립 작업을 맡게 되었는데 바로 용접 작업이었고, 나는 한 아가씨를 함께 데려갔어요. 그런데 솔직히 말해 낮에는 그녀를 어떻게 해야 할지 몰랐어요. 그래서 불쌍한 그녀도 나를 따라왔고, 구조물 아래 풀밭에 앉아 연거푸 담배를 피우며 지루해했고, 나는 위에서 아주 조그마한 그녀를 보았지요. 그것은 발레다오스타** 지방 산지의 아주 아름다운 곳에서 하는 작업으로 계절도 좋아서 6월 초였어요. 고압선 철탑들을 조립하고, 그런 다음 전선들을 당겨야 했어요. 당시 나는 스무 살이었고, 이제 막 면허증을 땄지요. 그래서 회사에서 나에게 모든 장비가 구비된 소형 트럭***을 가져가라고 했고, 또

---

* 　로물루스Romulus와 레무스Remus는 로마의 건국 신화에 나오는 전설적인 쌍둥이 형제로 로물루스가 레무스를 죽이고 패권을 차지한 다음 자기 이름을 따서 로마를 세웠다.
** 　Valle d'Aosta. 피에몬테 지방 북쪽의 프랑스와 접경하는 지방으로 알프스 산맥의 높은 산악 지역들이 포함되어 있다.

선불까지 주고 출발하라고 했을 때, 나는 왕처럼 자부심을 느꼈어요. 그 무렵 아직 고향에 살아 계시던 어머니에게 아무 말도 하지 않았고, 물론 아주머니들에게도 서운해하지 않도록 더더욱 말하지 않았어요. 아주머니들은 아가씨 문제에 있어서는 독점권을 갖고 있다고 믿었으니까요. 그 아가씨는 학교 선생으로 방학 중이었어요. 나는 겨우 한 달 전에 그녀를 알았고 춤추러 나이트클럽에 데려갔지요. 그녀는 정말이라고 생각하지 않았는데 나는 곧바로 데려갔어요. 그녀는 이야기만 늘어놓는 타입이 아니었어요.

그렇게 한 번에 세 가지 일, 즉 아가씨, 중요한 작업, 자동차 여행으로 나는 과열된 엔진처럼 지나치게 회전하는 느낌이었어요. 그 당시 스무 살은 지금 열일곱 살과 같았고, 나는 멍청이처럼 운전했어요. 아직 운전 경험도 많지 않았고 또 차가 약간 털털거렸는데도 나는 모두를 추월하려고 했고 또 스칠 듯이 추월하려고 했어요. 당시에는 아직 고속도로가 없었어요. 아가씨는 두려워했고, 그 나이에 어떤지 알다시피 나는 그녀가 두려워하는 것에 만족했어요. 그런데 어느 순간 차가 두세 번 콜록거리더니 멈춰버렸어요. 나는 보닛을 열고 내가 할 수 있는 것처럼 온갖 허세를 부리면서 엔진을 살펴보기 시작했지만 사실 아무것도 몰랐고 고장 난 곳을 찾아내지 못했어요. 잠시 후 아가

***　원문에는 furgoncino 600으로 되어 있는데, 1956년부터 피아트가 생산한 Fiat 600 시리즈를 가리킨다. 633cc 엔진에 봉고차나 픽업 형태로 생산되었고, 주로 승합차나 화물 운반용으로 사용되었다.

씨는 인내심을 잃었고, 내가 원하지 않았는데도 도로 순찰대의 오토 바이 순찰대원을 세워 도움을 요청했어요. 잠시 후 순찰대원은 연료 통 안으로 막대기를 집어넣었고 휘발유가 한 방울도 없다는 것을 보여주었어요. 사실 나는 계기반이 고장 났다는 것을 알고 있었지만 아가씨 때문에 잊고 있었던 겁니다. 순찰대원은 아무 말 없이 가버렸지만 나는 약간 정신이 드는 느낌이었고 오히려 다행이었어요. 그 다음부터는 보다 신중하게 운전했고 우리는 아무런 사고 없이 도착했으니까요.

우리는 값이 싼 조그마한 호텔에 숙박했는데, 체면상 분리된 방 두 개를 잡았지요. 그리고 나는 전기회사 사무실로 갔고 그녀는 나름대로 산책을 갔어요. 당신에게 일부 이야기했듯이, 그 이후에 한 다른 작업들과 비교해보면 대단한 작업은 아니었어요. 하지만 작업장 밖에서 하는 첫 번째 작업이었고 나는 열광에 넘쳤어요. 현장에서 나를 이미 거의 끝난 철탑으로 안내했고, 다른 조립공은 공제회 보건소에 입원해 있다고 설명했고, 전체 설계도와 연결 부위의 세부들을 준 다음 나를 그 자리에 놔두었어요. 철탑은 아연 도금이 된 파이프로 Y자 형태로 만들어졌어요. 현장의 해발 고도는 1,800미터 정도였고, 바위 그늘에는 아직도 일부 잔설이 남아 있었지만 풀밭에는 꽃들이 가득했어요. 물이 흘러가고 사방에서 방울져 떨어지는 소리가 들렸어요. 비가 내린 것 같았지만 사실은 얼음이 녹는 것이었어요. 밤에는 아직도 얼음이 얼었으니까요. 철탑은 30미터 높이였고, 호이스트들은 이미 설치되어 있었고, 지상에는 용접을 위한 부품들을 준비하는 재단 인부들의 작업대가 있었어요. 인부들은 이상한 태도로 나를 바라보았고, 그 자리에서 나는 이유를 몰랐어요. 나중에 약간 신뢰감이 형성되었을 때 전임 조립공은 공제회 보건소가 아니라 부상을 당해 병원에 있다는 것이 드러났어요. 간단히 말해 발을 헛디뎠고 아래로 떨어졌는데, 다행히 아주 높지는 않았고 갈비뼈가 여러 개 부러져 병원에 입원했다는 거예요. 그들은 나에게 말해주는 것이 좋겠다고 생각했다는군요. 나에게 두려움을 주기 위해서가 아니라, 상식이 있고 직업에 노련한 사람들이었기 때문이지요. 내가 그렇게 즐겁고 활기찬 모습에다 아래에서 나를 바라보는 아가씨와 함께 있는 것을 보고 말입니다. 게다가 안전벨트도 없이 20미터 높이에서 에를로* 짓을 하고 있었으니……."

나는 에를로 때문에 이야기를 중단시켜야 했다. 나는 그 표현을 알고 있었다('에를로 짓을 하다'는 대략 '대담함을 과시하다', '허풍을 떨다'를 의미한다). 하지만 파우소네가 그 표현의 기원을 설명해주거나 최소한 에를로가 무엇인지 밝혀주기를 원했다. 우리는 그리 멀리 가지 못했다. 파우소네는 에를로가 새라는 것을 모호하게 알고 있었고, 암컷을 짝짓기로 이끌기 위해 암컷에게 에를로 짓을 한다고 알고 있었을 뿐 더 이

---

* erlo. 뒤이어 설명하듯이 오리과의 새 비오리(학명은 Mergus merganser) 수컷을 가리키는 피에몬테 지방의 사투리이다. 반면 암컷은 에를라erla이다.

상은 몰랐다. 나중에 나는 나름대로 약간 찾아보았는데, 그 결과 에를로는 비오리인데, 자태가 아름다운 오리의 일종으로 지금은 이탈리아에서 매우 희귀한 새라는 것이다. 하지만 그 새의 행동이 지금도 널리 사용되는 은유를 정당화할 만큼 그렇게 특이한지 어떤 사냥꾼도 확인해주지 못했다. 파우소네는 목소리에 약간 귀찮다는 기색과 함께 다시 이야기를 시작했다.

"그래요. 나는 이탈리아나 해외 현장을 많이 돌아다녔어요. 특히 해외 현장에서 회사는 당신이 마치 부진아이거나 아니면 갓 태어난 아기인 것처럼 규정들과 예방책들 아래에 파묻어버리고, 또 때로는 당신이 원하는 대로 어떤 악마 짓도 하게 내버려두지요. 만약 당신 머리통이 깨지더라도 보험이 새로운 머리를 위해 당신에게 지불하기 때문이지요. 하지만 두 경우 모두 만약 당신이 나름대로 신중함을 갖고 있지 않으면 조만간 좋지 않게 끝나요. 신중함은 직업보다 더 배우기 어려운 것이에요. 대부분 나중에 배우게 되는데, 곤경을 통과하지 않고 배우기는 힘들어요. 조그마한 곤경을 곧바로 통과하는 사람은 행운아예요. 지금은 사고 감독관들이 있어 사방에서 간섭을 하는데 잘 하는 것이에요. 하지만 모두가 하느님 아버지 같고 모든 작업의 비밀들을 알고 있다면(그것은 절대 불가능해요. 작업과 비밀에는 언제나 새로운 것이 있기 때문이지요), 좋아요, 그렇다면 더 이상 아무 일도 일어나지 않을 것이라고 생각하세요? 그건 만약 모든 사람이 교통법규들을 따른다면 더 이상 자동차 사고가 일어나지 않을 것이라고 믿는 것과 같아요. 하지만 말해보세요. 사고가 전혀 없는 운전자를 알고 있어요? 나는 거기에 대해 여러 번 생각했어요. 사고는 일어나지 않아야 하지만 일어나고, 따라서 이렇게 언제나 눈을 뜨고 있는 법을 배워야 해요. 그렇지 않으면 직업을 바꿔야지요.

그래요. 당신에게 말한 작업이 끝날 때까지 나에게 아무 탈이 없고 멍 하나 들지 않은 것은 바로 술 취한 자들과 사랑에 빠진 자들을 위한 신神이 있기 때문이에요. 하지만 나는 술에 취한 것도 아니었고 사랑에 빠진 것도 아니었어요. 나에게 중요한 것은 풀밭에서 나를 바라보고 있는 아가씨에게 멋진 모습을 보여주는 것이었어요. 바로 사람들이 말하듯이 에를로가 자기 에를라에게 그러는 것처럼 말이에요. 하지만 다시 생각해보면 지금도 오싹해지고, 사실 많은 세월이 흘렀지요. 나는 절대 사다리로 가지 않고 가로대들에 매달려 타잔처럼 철탑을 오르락내리락 했어요. 용접을 하면서도 상식 있는 사람들이 하듯이 앉거나 걸터앉지도 않고 서서 했고, 때로는 한쪽 발로만 서 있기도 했고, 야호! 하고 용접기를 든 채 아래로 내려왔고, 설계도는 보는 둥 마는 둥 했어요. 검사원은 훌륭한 사람이었다는 것을 말해야겠군요. 아니면 아마 제대로 보지 않았을 수도 있어요. 작업이 끝났다고 말하면 그는 착한 아빠 같은 태도로 천천히 기어 올라갔고, 아마 200개도 넘었을 내 모든 용접들 중에서 단지 열 개 정도만 다시 하라고 했어요. 하지만 내 용접은 엉망이고, 모두 조잡하고 구멍들로 가득한 반면 그 옆에 다친 조립공의 용접들이 있었는데 자수를 놓은 것 같았다는 것을 나 자신도 잘 알아보았어요. 그런데 세상이 얼마나 정의로운지 잘 보세요. 신중한 그는 떨어졌고, 계속해서 이상한 짓만 했던 나는 아무 일도 없었어요. 물론 내 용접은 비틀리기는 했지만 튼튼했거나, 아니면 설계가 견고했다고 말할 필요가 있네요. 그 철탑은 열다섯 해가 지났는데도 아직 그 자리에 있으니까요. 아, 그래요, 나는 그런 약점을 갖고 있어요. 인도나 알래스카까지 가서 보고 싶은 것은 아니지만, 잘했든 못했든 어떤 작업을 했고, 너무 멀리 떨어져 있지 않다면, 이따금 가서 보는 것을 좋아해요. 나이 든 사람들이 그러듯이, 우리 아버지가 당신의 증류기들에 그렇게 하셨듯이 말입니다. 그래서 휴일에 더 나은 일이 없으면 차를 타고 가요. 그리고 그 철탑은 기꺼이 가보지요. 비록 특별할 것도 없고 그 옆으로 지나가는 어느 누구도 눈길 한 번 주지 않지만 말이에요. 왜냐하면 실질적으로 내 첫 작업이었기 때문이고, 함께 데려간 그 아가씨 때문이기도 해요.

처음에는 약간 이상한 아가씨라고 생각했어요. 나는 경험이 없었고, 모든 아가씨들이 이런 면이나 아니면 저런 면에서 이상하다는 것을 몰랐기 때문이에요. 또 어느 아가씨가 이상하지 않다면 그거야말로 비정상이기 때문에 다른 아가씨들보다 훨씬 더 이상하다는 것을 몰랐어요. 내가 제대로 설명하는지 모르겠네요. 그녀는 칼라브리아 아가씨였어요. 말하자면 그녀의 가족이 칼라브리아에서 왔다는 말이에요. 하지만 학교는 여기 우리 고장에서 다녔고, 그곳에서 왔다는 것은 단지 머리칼과 피부 색깔에서, 그리고 약간 작았기 때문에 알 수 있었어요. 말하는 것에서는 알 수 없었어요. 나와 함께 산으로 가기 위해 자기 가족에게 말해야 했지만 그러지 않았대요. 왜냐하면 자식들이 일곱이었으니 하나 많든 하나 적든 별로 신경도 쓰지 않았고, 또한 그녀는 장녀에다 학교 선생이었고, 따라서 상당한 독립성을 갖고 있었기 때문이지요. 나에게 이상해 보였다고 말했지요. 하지만 무엇보다 이상한 것은 그런 상황이었어요. 가족에게서 벗어나고 도시에서 벗어나 떠나는 것이 그녀에게도 처음이었으니까요. 게다가 나는 그녀가 전혀 가본 적이 없는 장소로 데려갔고 그래서 모든 것이 경이로웠지요. 여름의 눈에다 그녀를 놀래주려고 내가 벌인 쇼부터 모든 것이 말이에요. 그래요, 그곳에서의 첫날 저녁을 나는 절대 잊지 못할 거예요.

스키 시즌은 끝났고, 그 호텔에는 단지 우리 둘뿐이었고, 나는 세상의 주인 같았어요. 우리는 대단한 영주처럼 식사를 주문했지요. 그녀는 어땠는지 모르지만 나는 야외에서 그날 일과를 보낸 데다 그 모든 곡예를 한 뒤에 엄청나게 배가 고팠기 때문이에요. 그리고 우리는 많이 마시기도 했어요. 당신도 알다시피 나는 포도주에 잘 버티지만, 그녀는 햇볕에 있었던 데다 포도주에 익숙하지 않았어요. 또 사막 같은 곳에 단지 우리 둘만 있고, 우리를 아는 사람이 거의 없고, 그 섬세한 공기 때문이었는지, 그녀는 실실 웃기 시작했고 풀린 바퀴처럼 말을 했어요. 평소에는 별로 말이 없는데 말이에요. 게다가 놀라울 정도로 얼굴이 빨개졌어요. 심지어 열도 약간 있었다고 생각해요. 햇볕에 익숙하지 않은 사람에게는 그런 효과가 나타나기도 하니까요. 그러니까 간단히 말하자면 저녁 식사 후 우리는 밖으로 나가 산책을 했어요. 아직 약간 밝은 빛이 있었기 때문이지요. 하지만 벌써 선선했고, 그녀의 발걸음이 불안하다는 것을 알 수 있었어요. 아니면 혹시 일부러 그랬는지도 모르지요. 어쨌든 완전히 나에게 매달렸고 가서 자고 싶다고 말했어요. 그래서 나는 침대로 데려갔는데, 물론 그녀의 침대가 아니었지요. 방 두 개를 잡은 것은 단지 세상의 눈 때문이었으니까요. 마치 저 위에서 누군가가 우리 모습을 바라보고 있는 것처럼 말이에요. 그날 밤에 대해서는 당신에게 이야기할 필요가 없겠지요. 당신 혼자 상상할 수 있을 테니까요. 게다가 거기에 대해 알고 싶다면 별 어려움 없이 알아볼 수 있을 거예요.

사흘 동안의 작업으로 나는 용접을 끝냈고, 다른 철탑도 모두 준비되었기 때문에 전선들을 당기기 시작할 때였어요. 아래에서 올려보면 바느질실처럼 보이지만 직경 10밀리미터 구리선으로 간단히 말해 절대 쉽게 다룰 수 있는 것이 아니었어요. 물론 당신에게 이야기한 인도의 케이블 당기기와 비교해보면 그것은 아주 간단한 작업이지요. 하지만 내 첫 작업이었다는 것을 고려해야 해요. 그리고 특히 양옆의 케이블 두 개, 즉 Y자의 가지 두 개 밖으로 매달리는 케이블에 대해서는 장력이 정확하게 조정되어야 했고, 만약 그렇지 않으면 철탑의 토대 전체가 비틀어지게 돼요. 하지만 걱정하지 마세요. 이것은 나보다 먼저 온 조립공의 사고를 제외하면 사고가 없는 이야기니까요. 그리고 나중에도 철탑에는 사고가 일어나지 않았어요. 내가 말했듯이 아직도 그 위에 새것처럼 서 있으니까요. 전력선과, 그 유명한 인도의 현수교 사이에는 뚜렷한 차이가 있지요. 다리에는 사람들이 지나가고 전력선에는 단지 전력만 지나가기 때문이지요. 간단히 말해 전력선은 당신이 쓰는 책과 약간 비슷해요. 책은 아름다울 수도 있지만, 간단히 말해 반대로 약간 결점이 있더라도, 이렇게 말해도 될지 모르지만, 아무도 죽지 않고 단지 책을 구입한 사용자만 피해를 보지요.

케이블을 잡아당기는 것은 규정상 내 분야가 아니었고, 나는 돌아와야 했지요. 하지만 나는 용접이 끝나고 검사를 통과했을 때 사무실로 달려갔고 케이블 당기는 작업을 하겠다고 했어요. 그래야 아가씨와의 이야기가 며칠 더 계속될 수 있었으니까요. 당시에 나는 지금은 꿈도 꿀 수 없을 정도로 얼굴에 두꺼운 철판을 깔고 있었다는 것을 말해야겠군요. 왜 그랬는지 모르겠어요. 아마 단지 그 기회에는 그럴 필요가 있었고, 필요는 능력을 발전시키는 법이지요. 그래서 현장 사람들은 토리노에 전화를 했고 서로 합의하여 내 고용을 연장시켰어요. 내가 다른 사람들보다 더 영리했던 것은 아니에요. 사실 작업 팀은 멍청이들뿐이었고, 그래서 겸손함은 없지만 튼튼한 멍청이 하나 더 있는 것이 편했지요. 그래요, 믿을 수 있겠어요? 나는 깨닫지 못했지만 최소한 그 당시 작업하는 것은 바로 짐승들의 작업이었고, 그와 비교하면 란차의 작업은 귀부인들의 일이었지요. 그래요. 알다시피 구리 케이블은 무겁고 단단하면서 동시에 섬세한데 가는 선들을 꼬아서 만들기 때문이지요. 그래서 돌멩이들과 마찰해서 선들 중 하나가 손상 되면, 안녕! 양말의 올이 풀릴 때처럼 모든 것이 끝장나요. 몇 미터를 버려야 하고 두 군데를 연결해야 하고, 언제나 고용주가 동의해야 해 요. 그리고 어떤 방법으로 하든 흉측한 작업이 되지요. 그래서 지면과 마찰되지 않도록 높은 곳에 설치하고, 늘어지지 않게 아주 강하게 당 겨야 하고, 높이를 확보하기 위해 보빈을 아래에서 풀지 않고 위에서 풀어야 해요. 간단히 말해 우리 팀은, 현재 인원을 제외하면, 십여 명 의 부적격자들이었고 '볼가 강의 뱃노래'*가 머릿속에 떠오르게 했어 요. 차이점은 죽을 때까지가 아니라 단지 저녁 여섯 시까지 끈다는 것 이었지요. 나는 아가씨를 생각하며 용기를 냈지만, 하루하루 지남에 따라 매일 손에 물집이 점점 더 많이 생겼고, 그것은 나중에 아가씨와 함께 있을 때 귀찮게 했어요. 하지만 더욱더 괴로운 것은 수레에 매달 린 당나귀처럼 케이블에 매달린 내 모습을 그녀에게 보여주어야 한다 는 것이었지요. 나는 호이스트, 말하자면 땅에서 케이블 끝부분을 끌 어올려 애자礙子에 설치하는 호이스트 작업으로 옮기려고 노력했어 요. 하지만 방법이 없었어요. 잘 알다시피 어떤 작업이 편안하고 보수 를 많이 받으면 곧바로 마피아**가 탄생하지요. 어쩔 수 없었어요. 나

---

* 원문에는 Volga Volga로 되어 있는데, 문맥상 러시아의 전통민요 「볼가 강의 뱃노래」를 가리키는 것으로 짐작된다. 자작나무들을 자르고 뗏목을 끄는 러시아 사람들의 이미지는 구리 케이블을 끄는 주인 공의 이미지와 상호 연결된다. 위버의 영어 번역본은 The Volga Boatman으로 옮겼다.
** 원문에는 카모라camorra로 되어 있는데, 이탈리아 남부 나폴리를 중심으로 하는 범죄 조직을 가리 키는 용어로 마피아와 거의 동의어이다.

는 일주일 내내 '볼가 강의 뱃노래'와 함께 나아가야 했고, 마지막 이틀은 오르막길에 있었기 때문에 손뿐만 아니라 어깨에도 껍질이 벗겨졌어요.

　내가 일하는 동안 아가씨는 마을을 돌아다니면서 사람들과 이야기를 했고, 어느 날 저녁 자신의 주말 계획이 무엇인지 나에게 말했어요. 솔직히 말하자면 그것이 무슨 계획이었든 내가 케이블에 매달려 있는 동안 계획을 세웠다는 사실에 내 머리가 약간 돌았지만, 기사도 정신으로 아무것도 아닌 척했지요. 아니면 최소한 아무것도 아닌 척하려고 노력했어요. 하지만 아가씨는 웃으면서 내 코를 긁적이는 태도를 보면 안다고 말했어요. 나도 나름대로 타당한 이유가 있었지요. 말하자면 케이블에 매달려 엿새 동안 작업한 후에 나는 산으로 기어 올라가는 것보다 차라리 잠을 자고 싶었어요. 아니면 아마 사랑을 나누고 싶었지만, 간단히 말해 침대에 있고 싶었어요. 그런데 아니었어요. 그녀의 머릿속에는 자연에 관한 것으로 가득 차 있었어요. 그 전력선 가까운 계곡에 빙하와 산양, 스위스 산들이 보이는 환상적인 장소가 있다는 겁니다. 심지어 빙퇴석氷堆石도 볼 수 있다고 했는데, 나는 그게 무엇인지 전혀 이해하지 못했고 먹기 좋은 물고기라고 생각했지요. 그러니까 간단히 말해 그녀는 내 약점이 무엇인지, 바로 명예심이라는 것을 곧바로 깨달았어요. 그래서 약간은 농담으로, 약간은 진지하게 나를 하릴없는 게으름뱅이라고 했어요. 그녀는 칼라브리아 출신이지만 어렸을 때부터 우리말을 배웠으니까요. 그래서 토요일 현장의 작업 종료 사이렌이 울린 뒤 곧바로 그녀는 그날 하루의 새로운 물집들을 모두 바늘로 따주었고 어깨에 있는 상처에다 요오드팅크를 발라주었고, 그런 다음 배낭을 꾸려 출발했어요.

이것 보세요. 내가 왜 이 이야기를 하고 있는지 나도 모르겠네요. 아마 이 나라, 끝없이 내리는 이 비, 우리를 데리러 오지 않는 자동차 때문이겠지요. 바꾸어 말하자면 대비對比 때문이에요. 그래요. 그 아가씨 말이 맞았어요. 정말 아름다운 풍경이었어요. 그리고 잘 생각해보면 스무 살이라는 것과 서른다섯 살이라는 것 사이, 어떤 것을 처음으로 하는 것과 익숙해졌을 때 하는 것 사이의 또 다른 대비 때문이에요. 하지만 나보다 나이가 훨씬 많은 당신에게 이런 말은 할 필요도 없겠지요.

내가 말했듯이 그녀는 정보를 갖고 있었고, 우리의 신혼여행은(그녀는 정말로 그렇게 말했지만 나는 별로 확신이 없었어요) 고정된 비바크에서 해야 한다고 말했어요. 지금은 그 비바크의 이름도 기억나지 않지만, 장소는 결코 잊기 어려울 거예요. 우리가 보낸 밤도 그러한데, 거기에서 사랑을 나누었기 때문이 아니라 주변 환경 때문이었어요. 지금은 그 고정된 비바크를 헬리콥터로 내려놓는다고 하더군요. 하지만 당시에는 별것 아니었고, 포르타 누오바* 역에서 잠자는 사람들도 그 안에서 자라고 강요한다면 항의할 겁니다. 양철로 만든 통을 절반으로 잘라

---

* 토리노의 포르타 누오바Porta Nuova 역은 이탈리아에서 세 번째로 큰 역으로 시내 한복판에 있다.

놓은 것 같았고, 가로 2미터 세로 2미터에 들어가는 작은 문은 고양이들의 문 같았어요. 안에는 단지 말갈기 매트리스 하나에 약간의 이불, 신발 상자만한 크기의 작은 난로만 있었고, 만약 운이 좋다면 먼저 다녀간 사람들이 남겨둔 약간의 마른 빵이 있지요. 바로 원통을 절반으로 잘라놓은 형태였기 때문에 1미터 남짓한 높이였고 그래서 네 발로 들어가야 했어요. 지붕 위에는 구리 조각들 몇 개가 있었는데, 피뢰침 역할을 할 뿐 아니라 무엇보다도 폭풍우에 모두 쓸려가지 않도록 바람에 저항하는 역할을 했어요. 또 길이가 2미터도 넘는 손잡이가 달린 가래도 하나 똑바로 세워져 있었는데, 봄이나 가을에 내리는 눈에서 솟아나와 신호기 역할을 하고, 또한 비바크가 눈에 덮였을 때 눈을 치우는 데에도 사용되는 것이었어요.

물 문제는 없었어요. 그 비바크는 평평한 빙하 위로 2미터 정도 솟은 바위의 돌출부 위에 세워져 있었어요. 나는 빙하 위로 산책을 가고 싶었지만, 아가씨가 크레바스들 때문에 위험하다고 했어요. 아니, 만약 크레바스 안으로 떨어지면 위로 끌어올리기 위해 구조대가 오지도 않는다고 했어요. 당연히 본인 잘못이기 때문이기도 하고, 게다가 그렇게 고생할 필요도 없다는 겁니다. 대부분 바닥에 떨어질 때 이미 충격이나 공포로 죽기 때문이고, 혹시 당장은 숨이 붙어 있더라도 구조대가 도착하기 전에 추위로 죽기 때문이랍니다. 저 아래 계곡의 가이드 사무실에서 그렇게 설명했대요. 그게 사실인지 아닌지 나는 장담할 수 없어요. 우리 같은 두 얼간이를 보고 아마 나름대로 예방을 했을 테니까요. 물 문제는 없었다고 말했지요. 몇 주 전부터 더웠기 때문에 빙하 위의 눈이 녹아 빙하는 헐벗은 상태였고, 녹은 물이 빙하에 푸르스름한 작은 운하들을 팠고, 상당한 양의 물이 마치 길게 긁어 놓은 것처럼 모두 평행으로 흘러내리고 있었어요. 보세요. 때로는 이상한 것들을 보려고 알래스카까지 갈 필요도 없어요. 그리고 거기 흐르는 물은 예전에 전혀 느껴본 적이 없는 맛을 갖고 있었는데, 그 맛을 설명할 수 없군요. 잘 알다시피 맛이나 냄새는 예를 들지 않으면 설명하기 어렵기 때문이에요. 가령 마늘 냄새 또는 살라미 맛이라고 말하는 것처럼 말이에요. 하지만 그 물은 바로 하늘의 맛을 갖고 있다고 말하고 싶어요. 실제로 하늘에서 곧바로 내려온 물이지요.

먹는 것도 문제가 없었어요. 필요한 모든 것을 갖고 갔으니까요. 우리는 가는 길에 땔나무를 주워서 불도 피웠고 옛날 방식대로 요리를 했어요. 밤이 되었을 때 전혀 본 적도 없고 꿈도 꾸지 못한 하늘이 우리 머리 위로 펼쳐진 것을 깨달았어요. 너무나도 별들이 가득해서 나에게는 감당할 수 없어 보였어요. 말하자면 우리처럼 도시에서 온 두 사람, 조립공과 여선생에게 그것은 너무 과장되고 낭비된 사치 같았어요. 스무 살에는 얼마나 멍청한지! 생각해보세요. 우리는 거의 밤의 절반을 보내면서, 왜 별들은 그렇게 많은지, 어디에 필요한지, 언제부터 있었던 것인지, 그리고 우리는 어디에 필요한 것인지, 죽은 뒤에는 무슨 일이 일어나는지 서로 질문했어요. 간단히 말해 목 위에 머리를 갖고 있는 사람에게는, 특히 조립공에게는 아무런 의미도 없는 질문들이지요. 그리고 나머지 밤의 절반은 당신이 상상하듯이 보냈지만, 너무나도 완벽한 정적과 너무나도 빽빽한 어둠 속에서 보냈어요. 마치 다른 세계에 있는 것 같았고 거의 두려울 정도였어요. 이따금 먼 곳의 천둥이나 벽이 무너지는 것처럼 무언지 알 수 없는 소음들이 들렸기 때문이기도 해요. 멀지만 깊은 소음으로 우리 등 밑의 바위가 떨리곤 했어요.

그런데 어느 순간 다른 소음이 들리기 시작했어요. 그 소음에 나는 전에 없던 두려움을 느꼈고, 너무 무서운 나머지 신발을 신었고, 무슨 일인지 밖으로 나가보려고 했어요. 하지만 아가씨가 '안 돼. 감기 드니까 그냥 놔둬' 하고 속삭이는 말을 듣고 별로 확신이 없었고, 그래서 곧바로 뒷걸음질해서 이불 속으로 들어갔지요. 마치 톱질하는 것 같았는데, 듬성듬성하고 튀어나온 톱니로 톱질하여 비바크의 양철을 자르려고 하는 것 같았고, 비바크는 공명통이 되어 전혀 들어본 적이 없는 시끄러운 소리를 냈어요. 피곤한 듯이 한두 번 문지르고, 그런 다음 조용했고, 또 다시 한두 번 문질렀어요. 한 번 문지르고 그 다음 문지르는 사이에 쉭쉭거리는 소리와 기침소리 같은 것이 몇 번 들렸어요. 결론적으로 말하자면 춥다는 핑계로 우리는 문 주위로 온통 빛의 선들이 보일 때까지 안에 있었어요. 그 톱질 소음이 더 이상 들리지 않았고, 단지 쉭쉭거리는 소리만 점점 더 약해졌기 때문이기도 했어요. 나는 밖으로 나가보았는데, 산양 한 마리가 비바크의 벽에 기대어 길게 누워 있었어요. 컸지만 병든 것 같았고, 못생긴 데다 온통 털이 빠져 있었고, 침을 흘리고 기침을 했어요. 아마 죽어가는 것 같았어요. 도와달라고 우리를 깨우려고 했거나, 아니면 우리 옆에 와서 죽으려고 했다고 생각되자 마음이 아팠어요.

무슨 뜻이냐고요? 그것은 신호 같았어요. 뿔로 양철을 문지르면서 우리에게 무언가 말하려고 했던 것 같아요. 나는 그 아가씨와 함께 시작이라고 생각했는데 반대로 끝이었어요. 그날 하루 종일 우리는 더 이상 무슨 말을 해야 할지 몰랐어요. 그리고 나중에 토리노로 돌아온 뒤에 나는 그녀에게 전화해서 이런저런 제안을 했어요. 그녀는 아니라고 말하지 않고 받아들였지만, '나를 그냥 내버려 둬' 하고 말하는 태도라는 것을 쉽게 알 수 있었어요. 모르겠어요. 분명히 나보다 더 나은 사람을 찾았겠지요. 아마 바로 출근부에 도장을 찍는 그런 사람 말이에요. 하지만 지금의 내 생활을 고려해보면 그녀가 옳지 않았다는 것은 아니에요. 그리고 어쩌면 그녀는 아직 혼자일 수도 있어요."

갑자기 문이 활짝 열렸고, 동시에 버섯 냄새가 나는 돌풍과 함께 비로 반짝이는 방수 우의에 둘러싸인 운전수가 들어왔다. 마치 잠수부 같았다. 그는 자동차가 도착했고 밖에서, 출입문 앞에서 기다리고 있다고 우리에게 말했다. 두 대? 아니, 두 대가 아니라 한 대라고 했다. 우리는 서로 다른 곳으로 가야 한다고 설명했지만 운전수는 중요하지 않다고 말했다. 먼저 나를 데려다주고 나중에 파우소네를 데려다주겠다고, 아니면 우리의 선택에 따라 그 반대로 하겠다고 했다. 출입문 앞에서 우리는 자동차가 아니라 좌석이 50개인 관광버스를 발견했다. 파우소네는 두 시간 늦게, 나는 최소한 세 시간 늦게 우리 각자의 현장에 도착할 것이다. "시간 없는 나라로군." 파우소네가 반복해서 말했다.

베벨기어

"······일부 말썽이 단지 우리나라에서만 일어나고, 단지 우리만 다른 사람들을 곤경에 빠뜨리고 우리 자신은 곤경에 빠지지 않는 사람들이라고 절대 생각하지 말아야 해요. 그리고 당신은 얼마나 여행했는지 모르지만, 나는 상당히 많이 여행을 다녔고 그래서 알아요. 세상의 나라들이 학교에서 우리에게 가르친 것과 똑같고 이야기들에서 나오는 것과 똑같다고 믿을 필요가 없다는 것을 말이에요. 가령 영국인들은 모두 진지하고, 프랑스인들은 허풍쟁이이고, 독일인들은 모두 획일적이고, 스위스 사람들은 정직하다고 말이에요. 아, 꼭 그런 것은 아니에요. 온 세상이 다 똑같아요."

며칠 사이에 계절이 곤두박질했다. 밖에는 메마르고 단단한 눈이 내리고 있었다. 이따금 한바탕 돌풍이 구내식당의 유리창에다 한 움큼 우박 알갱이들을 부딪치게 했다. 눈들의 베일을 통해 주위가 온통 검은 숲으로 포위되어 있는 것이 보였다. 나는 파우소네의 이야기를 중단시키고 내 순수함을 항의하려고 했지만 허사였다. 나는 그처럼 많이 여행하지 않았지만, 민중적 지리 상식이 토대로 하는 상투적 표현들의 허구성을 구별하기에 충분한 만큼은 분명히 여행했다. 어찌할 방도가 없었다. 파우소네의 이야기를 멈춰 세우기는 밀려오는 파도를 멈춰 세우는 것과 같았다. 이제 이미 시작되었고, 서두의 화려한 장식 뒤에서 서서히 윤곽이 드러나는 이야기의 방대함을 구별하기는 어렵지 않았다. 우리는 커피를 다 마셨는데, 파우소네가 설명했듯이 '커피'라는 단어의 악센트가 첫 음절에 있는 모든 나라에서 그렇듯이 정말 역겨운 커피였다. 나는 파우소네가 담배를 피우지 않는다는 것을 잊고 그에게 담배를 권했다. 또한 나 자신이 전날 저녁 담배를 너무 많이 피운다는 것을 깨닫고 더 이상 피우지 않겠다고 엄숙하게 맹세했다는 사실도 잊고 있었다. 하지만 그만두자. 그런 커피를 마신 뒤에, 또 바로 그런 저녁에 다른 무엇을 할 수 있단 말인가?

"내가 말했듯이 온 세상이 다 똑같아요. 이 나라도 그래요. 왜냐하면 바로 여기에서 그런 일이 일어났기 때문이지요. 아니, 지금이 아니라 6~7년 전이었어요. 여객선 여행 기억하지요? 라스니차, 그 포도주, 거의 바다 같은 호수, 내가 멀리에서 보여준 댐 기억하지요? 일요일에 한번 가봐야겠어요. 당신에게 보여주고 싶어요. 아주 멋진 작업이니까요. 여기 사람들은 약간 과장이 심하지만, 큰 작업에서 우리보다 더 훌륭하다는 것은 두말할 필요도 없어요. 그래요, 현장에서 가장 큰 기중기는 바로 내가 조립했어요. 말하자면 내가 조립을 진행했어요. 그것은 혼자 조립되는 기중기, 버섯처럼 땅에서 자라나는 기중기였으니까요. 그건 정말 멋진 광경이에요. 기중기 조립하는 이야기로 자주 돌아와서 미안해요. 이제 당신도 잘 알겠지만, 나는 내 직업을 좋아하는 사람이에요. 비록 때로는 불편하지만 말이에요. 예를 들면 바로 그때가 그랬어요. 우리는 1월에 조립했는데, 일요일에도 일했고, 모든 것이 얼었어요. 케이블의 그리스까지 얼었고 그래서 뜨거운 증기로 녹여야 했어요. 어느 순간 구조물 위에도 얼음이 얼었는데, 손가락 두 개 두께였고 쇠처럼 단단했어요. 타워의 부품들이 다른 부품 안으로 잘 들어가지 않을 정도였어요. 말하자면 미끄러져 들어가기는 했지만 꼭대기에 도착하면 더 이상 스코디멘토*가 되지 않았어요."

나는 대부분 파우소네의 말을 분명히 이해했지만 그 스코디멘토가 무엇인지 몰랐다. 나는 물었고, 파우소네는 어떤 긴 물체가 직선의 도관 속을 잘 통과하지만 굽이진 곳이나 모퉁이에서 멈출 때, 말하자면 더 이상 통과되지 않을 때 스코디멘토가 되지 않는 것이라고 설명했다. 그때는 조립 매뉴얼에서 예상된 스코디멘토를 복원하기 위해 얼음을 조금씩 모두 쪼아내야 했는데, 바로 닭들이 하는 것과 똑같은 작업이었다.

"간단히 말해 좋든 나쁘든 우리는 일을 끝냈고 최종 검사 날이 되

---

* scodimento. 뒤이어 그 의미를 설명하지만 정확한 의미나 어원은 파악하지 못했다. 아마도 동사 scodire 또는 scodere의 명사형으로 짐작되는데, 피에몬테 지방의 사투리나 아니면 기계 용어의 속어로 짐작된다.

었어요. 내가 말했듯이 좋은 것보다는 나쁜 것이 더 많았어요. 하지만 일에서는, 단지 일에서만 그런 것은 아니지만, 만약 어려움이 전혀 없다면 나중에 이야기할 맛이 없을 거예요. 당신이 잘 알듯이, 아니, 나 자신에게 말하기도 했는데, 이야기하는 것은 삶의 즐거움들 중 하나예요. 나는 어제 갓 태어난 것도 아니고, 검사는 물론 내가 먼저 나름대로 각 부품마다 이미 했어요. 모든 움직임이 잘 이루어졌고, 하중 시험도 전혀 문제가 없었어요. 검사 날은 언제나 약간 축제 같지요. 나는 아주 매끄럽게 수염을 깎았고 포마드도 발랐어요. 물론 그래요, 여기 뒤에 머리칼이 약간 남아 있었지요. 그리고 벨벳 재킷을 입고 완전히 준비된 상태로 정해진 시간보다 충분히 반시간 전에 검사장에 나가 있었어요.

통역관이 왔고, 책임자 엔지니어가 왔고, 예의 그 노파들 중 한 명도 왔는데, 그녀들은 무슨 상관이 있는지 모르겠어요. 사방에 참견을 하고, 의미도 없는 질문을 하고, 종잇조각에다 이름을 끼적거려 적고, 불신의 표정으로 바라보고, 그런 다음 한쪽 구석에 앉아 뜨개질을 하기 시작하지요. 댐의 엔지니어도 도착했는데, 바로 여자 엔지니어였어요. 그녀는 호감을 주고, 태양처럼 훌륭하고, 이런 두 어깨에다 권투선수처럼 코가 뭉개져 있었어요. 우리는 여러 번 구내식당에서 만났고 약간의 우정도 생겼어요. 아무 데도 쓸모없는 남편이 있었고, 자식이 세 명이었고 사진도 보여주었어요. 그녀는 학위를 받기 전에 콜호스에서 트랙터를 운전했대요. 식탁에서는 정말 인상적이었어요. 사자처럼 먹었고, 먹기 전에 보드카 100그램을 단숨에 목 안에 털어 넣었지요. 나는 그런 사람들이 좋아요. 그리고 누군지 내가 전혀 이해하지 못한 하릴없는 사람들도 여러 명 왔어요. 그들은 이른 아침인데도 벌써 반쯤 취해 있었고, 한 사람은 큰 술병도 들고 있었고, 자기들끼리 계속해서 마셨어요.

마침내 검사관이 도착했어요. 그는 완전히 거무스레하고 자그마한 사람으로 검은색 옷을 입은 사십대였는데, 한쪽 어깨가 다른 쪽 어깨보다 더 높았고, 소화가 잘 되지 않은 것 같은 얼굴이었어요. 러시아인 같지도 않았어요. 마치 굶어 죽는 고양이 같았어요. 그래요, 도마뱀을 잡아먹는 악습이 들고, 그래서 자라지 못하고, 울적해지고, 털이 더 이상 반짝거리지 않고, '야옹' 하고 울지 않고 '흐흐흐흐' 하고 우는 그런 고양이 말이에요. 그런데 검사관들은 거의 모두 그래요. 즐거운 직업은 아니지요. 만약 약간의 사악한 성격을 갖고 있지 않으면 훌륭한 검사관이 아니에요. 사악한 성격이 없다면 시간이 지남에 따라 갖게 되지요. 모든 사람이 당신을 나쁜 시선으로 바라본다면 쉬운 삶이 아닐 겁니다. 하지만 그런 사람들이 필요해요. 나도 이해합니다. 설사를 하게 만드는 약이 필요한 것처럼 말이에요.

그러니까 검사관이 왔고 모두 조용해졌어요. 그는 전기를 넣었고, 계단 위로 높이 기어 올라갔고, 조종실 안으로 들어갔어요. 그 당시 기중기에는 모든 통제장치가 아직 조종실에 있었기 때문이지요. 조종실 안에 들어가 아래에다 모두 비키라고 소리쳤고, 모두들 물러났어요. 이동을 시험했고 모든 것이 잘 되었어요. 팔 위로 대차를 이동시켜보았고 호수 위의 배처럼 부드럽게 움직였어요. 1톤을 걸어 들어올렸고 무게감을 느끼지도 않는 것처럼 완벽했어요. 그런 다음 회전을 시험했는데, 세상이 무너지는 것 같았어요. 30미터가 넘는 길이의 멋진 팔이 완전히 덜컹거리며 돌았고, 심장이 떨릴 정도로 쇠가 삐걱거리는 소리가 들렸지요. 잘 알다시피 부품이 잘못 작동하고 덜컹거리고 삐걱거리는 소리가 들릴 때에는 그것이 마치 사람인 것처럼 가슴 아프게 만들지요. 서너 번 덜컹거리더니 갑자기 멈춰버렸고, 구조물 전체가 떨렸고, 왼쪽에서 오른쪽으로 오른쪽에서 왼쪽으로 흔들렸어요. 마치 아니라고, 제발 그렇게 나아갈 수는 없다고 말하는 것처럼 말이에요.

나는 사다리로 달려가 올라갔고 동시에 위에 있는 그 사람에게 제발 움직이지 말라고, 다른 어떤 조작도 하지 말라고 소리쳤어요. 꼭대기에 도착했는데, 정말로 마치 폭풍우 치는 바다에 있는 것 같았어요. 그런데 그 자그마한 남자는 완전히 평온하게 의자에 앉은 채 벌써 책자 위에다 보고서를 쓰고 있었어요. 그 당시 나는 러시아어를 조금밖에 몰랐고, 그는 이탈리아어를 전혀 몰랐어요. 그래서 우리는 띄엄띄엄 서툰 영어로 말했지요. 하지만 계속해서 흔들거리는 조종실과 공포, 언어 문제에다 기괴한 논쟁이 벌어졌다는 것을 상상해보세요. 그는 계속해서 '니에트, 니에트'* 하고 말했고, 기계가 '카푸트'**라고, 나에게 검사를 통과시켜주지 않겠다고 말했어요. 나는 그가 보고서를 쓰기 전에 약간 평온하게 진정된 상태에서 문제를 밝히고 싶다고 설명하려고 했어요. 이 시점에서 벌써 의심이 들었지요. 첫째, 내가 말했듯이 전날 나는 나름대로 시험했고 모든 것이 잘 되었기 때문이지요. 둘째, 얼마 전부터 몇몇 프랑스인들이 돌아다니고 있는 것을 알아차렸기 때문이지요. 그것과 똑같은 다른 기중기 세 대를 위한 입찰이 열렸고, 그 경쟁에서 우리가 약간의 차이로 이겼고, 바로 프랑스인들이 2등이라는 것을 알고 있었어요.

알다시피 주인을 위해 그런 것은 아니었어요. 나는 주인에 대해서는 별로 고려하지 않아요. 단지 나에게 정당한 보수를 지불하고, 조립은 내 방식대로 하게 놔두기만 하면 돼요. 아니, 그것은 작업 때문이었어요. 그런 기계를 설치하고 며칠 동안 거기에서 손과 머리로 일하고, 그렇게 기계가 높고 똑바르게, 나무처럼 강하고 유연하게 자라는 것을 보았는데, 나중에 걷지 못하게 되면 고통스럽지요. 마치 어느 여자가 임신했는데 얼마 뒤 비틀리거나 결핍된 아기가 태어나는 것과 같아요. 내가 제대로 설명했는지 모르겠네요."

그는 제대로 설명했다. 파우소네의 이야기를 들으면서 내 내부에서 한 가지 가설이 형성되었지만, 그 가설을 나는 더 이상 정교하게 다듬지 못했고, 따라서 여기에서 독자 여러분에게 맡기고 싶다. 그러

---

*   러시아어로는 нет. '아니'를 뜻한다.
**   kaputt. 독일어로 '고장난', '망가진'을 뜻한다.

니까 '자유'라는 용어는 악명 높게 많은 의미를 갖고 있지만, 아마 가장 접근하기 쉽고, 주관적으로 가장 잘 즐기고, 인간 공동체에 가장 유용한 자유의 유형은 자신의 일에 유능하다는 것, 그러니까 자기 일을 하는 즐거움을 느끼는 것과 일치한다는 가설이다.

"어쨌든 나는 그가 아래로 내려오기를 기다렸고, 그런 다음 어떤 상황인지 잘 살펴보기 시작했어요. 확실히 무엇인가가 베벨기어 안에서 잘못되고 있었어요…… . 왜 웃어요?"

나는 웃지 않았다. 다만 나 자신도 모르게 미소를 짓고 있었다. 나는 열세 살 때 메카노*** 장난감을 갖고 놀기 시작한 후로 베벨기어와는 더 이상 아무런 상관도 없었다. 하지만 그 외롭고 강렬한 일 같은 놀이, 그리고 빛나는 주석을 프레스로 찍어 만든 그 조그마한 베벨기어의 기억은 잠시 동안 나를 감동시켰던 것이다.

"그래요, 다른 원통형 기어보다 훨씬 더 섬세한 것이에요. 조립하기도 훨씬 더 어렵지요. 그리스 유형만 틀려도 삐걱거리는 것이 정말 대단해요. 그리고 모르겠어요. 나에게는 일어나지 않았지만, 전혀 어려운 것 없고 모든 것이 언제나 똑바로 이루어지는 일을 하는 건 분명히 정말 지겨울 것이고, 결국에는 사람들을 멍청이로 만들 거예요. 나는 사람들이 고양이와 같다고 생각해요. 고양이로 돌아와서 미안하지만 직업 때문이에요. 만약 고양이가 무엇을 해야 할지 모른다면, 만

***　Meccano. 1901년 영국에서 처음 생산되기 시작한 조립장난감 세트이다.

약 잡아야 할 쥐가 없다면, 그들은 자기들끼리 할퀴거나 지붕 위로 달아나거나 아니면 나무 위로 기어 올라간 다음 어떻게 내려가는지 모르기 때문에 야옹거리기만 할지도 몰라요. 만족스럽게 살기 위해서는 당연히 무엇인가 해야 할 일이 있어야 하지만 너무 쉽지 않아야 한다고 생각해요. 아니면 무엇인가 원하는 것이 있어야 하지만 그렇게 무분별한 욕망이 아니라 도달할 희망이 있는 것이어야 해요.

하지만 베벨기어로 돌아옵시다. 5분 만에 나는 바로 깨달았어요. 얼라인먼트, 알겠어요? 바로 가장 섬세한 것이지요. 베벨기어가 기중기의 심장이라고 말하는 사람도 있으니까요. 그리고 얼라인먼트는…… 간단히 말해 얼라인먼트가 되지 않는다면 베벨기어는 두 바퀴 돈 다음 쓰레기통에 버려야 해요. 길게 이야기하고 싶지 않아요. 그 위에 누군가가, 누군가 잘 아는 사람이 올라갔던 겁니다. 그리고 받침대의 모든 구멍들을 하나하나 다시 뚫었고, 베벨기어의 토대를 다시 조립했고, 그래서 똑바른 것처럼 보였지만 사실은 어긋나 있었던 겁니다. 예술가 같은 작업이지요. 만약 나를 속이려고 그렇게 한 것이 아니라면 칭찬까지 했을 정도예요. 하지만 나는 짐승처럼 화가 났지요. 물론 프랑스인들이었어요. 바로 자기들 손으로 그랬는지, 아니면 누군가의 도움을 받았는지 모르겠어요. 가령 바로 그 검사관, 그렇게 완전히 서둘러서 보고서를 작성한 그 사람 말이에요.

……하지만 물론 그래요. 고발, 증인들, 조사, 법정 소송이 이어졌지요. 하지만 그러는 동안 기중기는 여전히 그 자리에 그림자처럼, 벗

어나기 어려운 기름 얼룩처럼 남아 있어요. 지금 벌써 여러 해가 지났지만 소송은 아직도 진행 중이에요. 스베르들로프스크* 기술 연구소의 80페이지짜리 조사 보고서에 변형 조사들, 사진들, 엑스레이 등 모든 것과 함께 말이에요. 당신은 어떻게 끝날 것이라고 생각해요? 쇠로 만든 것이 종이로 만든 것으로 변할 때 어떻게 끝날지 나는 이미 알고 있어요. 잘못된 것으로 끝나지요."

멸치 I

나는 접시에서 입을 떼면서 혼
자 속으로 말했다. '당신은 내가 이야기를 다시 하게 만드는군요.'* 파
우소네의 마지막 말은 내 신경을 생생하게 자극했다. 그 스베르들로
프스크 기술 연구소는 바로 그 당시 나의 적이었다. 나를 공장에서,
실험실에서, 사랑하고 증오하던 책상에서 강제로 끌어내 그곳으로 내
동댕이친 적이었다. 파우소네와 마찬가지로 나도 두 개의 언어로 된
서류들의 위협적인 그림자 아래에 있었고, 피고의 입장에서 그곳에
와 있었던 것이다. 심지어 나는 그 사건이 어떤 면에서는 내 지상 편
력의 여정에서 하나의 전환점, 특이한 지점이 되리라는 느낌을 받았
고, 게다가 흥미로운 운명으로 인해 그 거대하고 이상한 나라에서 내

---

* tu vuoi ch'io rinnovelli. 단테의 『신곡』「지옥」 33곡 4행에 나오는 표현으로 피사 출신 우골리노 백
작의 영혼이 단테에게 하는 말의 일부이다. 전체 문장은 다음과 같다. "이야기하기도 전에 / 생각만 해도
마음을 짓누르는 절망적인 / 고통의 이야기를 다시 하게 만드는군요." 우골리노 백작은 얼음 구덩이에서
자기 원수 루제리 대주교의 뒤통수를 입으로 물어뜯는 '잔혹한 식사'를 하다가 순례자 단테의 질문에 입
을 떼면서 이렇게 대답한다.

삶의 전환이 일어날 것 같다는 느낌이 들었다.

　피고의 입장은 불편하기 때문에 그것은 화학자로서 나의 마지막 모험이 될 것이다. 그리고 그것으로 충분하다. 향수는 있겠지만 두 번 다시 생각하지 않고 나는 다른 길을 선택할 것이다. 그럴 능력이 있다고, 또는 그럴 힘이 있다고 느끼니까. 그건 바로 이야기꾼의 길이다. 자루 안에 내 이야기가 있을 때까지는 내 이야기를, 그런 다음에는 다른 사람들의 이야기를, 훔치거나 강탈하거나 빼앗거나 아니면 예를 들어 파우소네의 이야기처럼 선물로 받은 이야기를 할 것이다. 아니면 모든 사람의 이야기이면서 동시에 누구의 이야기도 아닌 이야기, 허공에 떠도는 이야기, 베일 위에 그려진 이야기를 할 것이다. 나에게 어떤 의미가 있거나, 아니면 독자에게 놀라움이나 웃음의 순간을 선물할 수 있다면 말이다. 삶은 사십대에 시작한다고 말한 사람도 있다. 좋다. 나는 쉰다섯 살에 시작할 것이다. 아니면 다시 시작할 것이다. 그리고 아마도 이웃에게 유익할 기다란 분자들을 함께 꿰매는 직업에서, 그리고 그와 병행하여 내 분자들이 실제로 유익했다고 이웃을 설득하는 직업에서 30년 이상을 보냈는데, 낱말들과 관념들을 함께 꿰매는 방법에 대해, 또는 동료 인간들의 일반적이거나 특수한 속성에 대해 아무런 가르침도 주지 못한다고 말할 수 없을 것이다.

　나의 거듭되는 요청에 파우소네는 잠시 망설인 후 자기 이야기들을 내가 자유롭게 이야기할 수 있다고 선언했고, 그리하여 이 책이 탄생한 것이다. 스베르들로프스크의 전문가 조사에 대해서는 신중한 호기심으로 나를 바라보았다. "그러니까 당신은 골치 아픈 일 때문에 여기에 와 있군요. 신경 쓰지 마세요. 내 말은 거기에 너무 신경 쓰지 말라는 겁니다. 그렇지 않으면 아무것도 해낼 수 없어요. 아주 훌륭한 가문에서도 실수를 저지르거나, 아니면 다른 누군가가 실수를 저지르게 만드는 일이 발생하지요. 그리고 골치 아픈 일이 없는 직업을 나는 상상할 수도 없어요. 물론 그런 직업도 있겠지만, 그것은 직업이 아니라 목초지의 젖소들과 같아요. 그래도 젖소들은 최소한 우유를 생산하고 나중에는 도살되기라도 해요. 아니면 운동장에서 보차 게임을 하고 자기들끼리 이야기를 나누는 노인들과 같아요. 당신의 골치 아픈 일을 나에게 이야기해보세요. 이번에는 당신 차례예요. 나는 내 이야기를 벌써 여러 개 했으니까요. 그래야 비교를 하지요. 그리고 다른 사람의 어려움을 듣고 있으면 자기 어려움을 잊는 법이에요."

나는 그에게 이야기했다.

"내 진짜 직업은, 학교에서 공부했고 또 지금까지 내가 먹고 살게 해준 직업은 화학자예요. 당신이 분명한 관념을 갖고 있는지 모르겠지만 당신 직업과 약간 비슷해요. 다만 우리는 아주 작은 구조물들을 조립하고 분해하지요. 우리는 두 가지 주요 분야로 나뉘어요. 조립하는 사람들과 분해하는 사람들인데, 어떤 분야이든 우리는 예민한 손가락을 가진 장님들과 같아요. 왜냐하면 바로 우리가 다루는 것들은 너무나 작아서 눈에 보이지 않고 아주 강력한 현미경으로도 보이지 않기 때문이에요. 그래서 우리는 그것들을 보지 않고도 확인하기 위해 여러 가지 영리한 장치들을 발명했어요. 여기에서 상상해볼 필요가 있어요. 예를 들어 장님은 탁자 위에 벽돌이 몇 개 있는지, 어떤 위치에 있는지, 서로의 거리가 얼마인지 별 어려움 없이 당신에게 말할 수 있지만, 만약 벽돌들 대신 쌀알들이 있다면, 아니면 더 나쁘게 베어링 구슬들이 있다면, 손대자마자 이동하기 때문에 장님이 어디에 있는지 말하기 어려우리라는 것을 이해할 겁니다. 그래요. 우리가 바로 그래요. 그리고 종종 우리는 단지 장님일 뿐만 아니라 시계 수리공의 탁자 앞에 있는 눈먼 코끼리라는 인상을 받기도 해요. 우리의 손은 우리가 붙이거나 떼어내야 하는 그 조그마한 것들 앞에서 너무나도 크고 조잡하기 때문이지요.

분해하는 사람들, 말하자면 분석 화학자들은 어느 구조를 한 조각 한 조각 전혀 손상시키지 않고, 아니면 최소한 지나치게 손상시키지 않고 분해할 수 있어야 해요. 그리고 여전히 보지 않고 분해한 조각들을 탁자 위에 나란히 늘어놓고, 하나하나 알아보고, 어떤 순서로 함께 연결되어 있었는지 말할 수 있어야 해요. 요즈음에는 작업을 간단히 줄여주는 멋진 도구들이 있지만, 예전에는 모든 것을 손으로 했고, 그래서 믿을 수 없을 정도로 인내심이 필요했어요.

하지만 나는 언제나 조립 화학자, 합성을 하는 화학자, 말하자면 주문에 따라 구조들을 세우는 화학자 일을 했어요. 나에게 모델을 주지요. 가령 이런 것이요."

여기에서 파우소네가 자기 구조물을 설명하기 위해 여러 번 그랬던 것처럼 나도 종이 냅킨을 펴놓고 대략 다음과 같은 그림을 그렸다.

$$
\begin{array}{c}
\text{H} \\
\text{N} - \text{CO} \\
\text{CH}_2 \qquad \text{N} - \\
\text{CH}_2\text{-NHCO} - \text{N} - \text{CH}_2 \\
\text{CO} - \text{N} \\
\text{CH}_2 \\
\text{CH}_2\text{-N} \\
\text{CO} - \text{NHCH}_2 - \text{N}
\end{array}
$$

"……아니면 때로는 나 자신이 그것을 만들기도 하는데 그러면 내가 어떻게든 해내야 해요. 서 있을 수 있는 구조와, 무너지거나 아니면 곧바로 산산조각이 나는 구조, 아니면 단지 종이 위에서만 가능한 다른 구조는 약간의 경험으로 처음부터 쉽게 구별하지요. 하지만 상황이 좋을 때에도, 말하자면 구조가 단순하고 안정적인 경우에도 우리는 언제나 장님이에요. 장님인 우리는 마치 목마른 사람이 샘물을 꿈꾸듯이 종종 한밤중 꿈속에서 떠올리는 그런 핀셋을 갖고 있지 않아요. 그러니까 한 부분을 집을 수 있고, 아주 단단히 똑바로 붙잡고, 이미 조립된 부분 위의 정확한 곳에 붙일 수 있는 그런 핀셋 말이에요. 만약 그런 핀셋을 갖고 있다면(언젠가는 가질 수도 있어요), 지금까지는 단지 전능하신 아버지만 할 수 있었던 우아한 일들을 할 수 있게 될 겁니다. 예를 들어 개구리나 잠자리를 조립할 수는 없더라도, 최소한 미생물이나 곰팡이의 포자 같은 것은 가능할 거예요.

하지만 지금으로서는 그런 핀셋이 없고, 결론적으로 우리는 원시적 조립공들이에요. 바로 시계의 모든 부품이 안에 든 채로 닫힌 조그마한 상자를 건네받은 코끼리들과 같아요. 하지만 우리는 매우 강하고 인내심이 많아서 그 상자를 모든 방향으로 모든 힘을 다해 흔들지요. 때로는 가열하기도 해요. 가열하는 것은 흔드는 방법 중의 하나이기 때문이에요. 그래요. 만약 시계가 너무 복잡한 모델이 아니라면, 때로는 반복해서 흔들다 보면 조립에 성공하기도 해요. 하지만 먼저 단지 부품 두 개를 조립하고 그 다음에 세 번째 부품을 조립하는 식으로 한 번에 조금씩 나아가는 것이 합리적이라는 것을 이해할 겁니다. 거기에는 더 많은 인내심이 필요하지만 실제로는 먼저 도착하지요. 대부분의 경우 우리는 바로 그렇게 해요.

보다시피 당신들은 더 행운이 있어요. 당신들의 구조물은 손과 눈 아래에서 자라나는 것이 보이고, 조금씩 세워지면서 확인할 수 있고, 만약 틀리면 쉽게 고칠 수 있기 때문이에요. 물론 우리도 장점을 갖고 있어요. 우리의 모든 조립은 단지 하나의 구조물만 세우는 것이 아니라 한번에 많은 구조물을 세워요. 정말로 많아요. 당신은 상상할 수 없는 숫자, 스물다섯 또는 스물여섯 자리 숫자일 때도 있어요. 만약 그렇지 않다면, 분명히……."

"분명히 당신들은 다른 영역으로 갈 수 있겠지요." 파우소네가 문장을 마무리했다. "계속하세요. 언제나 새로운 것을 배우는 법이니까요."

"우리는 다른 영역으로 갈 수 있을 것이고, 때로는 실제로 가기도 해요. 예를 들어 일이 잘못될 경우 우리의 미세한 구조들은 모두 동일하게 나오지 않고, 아니면 혹시 동일하게 나오더라도 모델에서 예상 못한 세부細部가 나타날 수 있어요. 그래도 우리는 장님이기 때문에 곧바로 알아차리지 못해요. 그것은 고객이 먼저 알아차려요. 그래요, 바로 그렇기 때문에 내가 여기 있는 거예요. 이야기를 쓰기 위해서가 아니에요. 나는 합의된 것에 부합되지 않는 상품을 공급한 것에 대한 항의 편지를 호주머니에 갖고 왔어요. 만약 우리가 옳다면, 모든 것이 괜찮고 내 여행비용까지 그들이 지불하지요. 하지만 만약 그들이 옳다면, 우리는 600톤을 교환해줘야 하고 거기에다 손해 배상까지 해야 해요. 만약 공장이 계획한 양을 달성하지 못한다면 우리 잘못이기 때문이지요.

나는 조립 화학자예요. 그것은 내가 말했지요. 하지만 내가 도료塗料 전문가라는 것은 말하지 않았어요. 내가 개인적인 이유로 선택한 전문 분야는 아니에요. 단지 전쟁이 끝난 뒤 나는 일을 해야 할 절실한 필요가 있었고, 페인트 공장에서 자리를 찾았는데 '가능한 한 하자' 하고 생각했지요. 그리고 그 일이 싫지 않았고, 결국 전문가가 되어 남아 있게 되었어요. 페인트를 만든다는 것은 이상한 직업이라는 것을 나는 상당히 일찍 깨달았어요. 실질적으로 그것은 피막皮膜, 말하자면 인공피부를 만든다는 것을 의미해요. 인공피부지만 우리 자연적인 피부의 많은 성질을 갖고 있어야 해요. 그건 간단한 일이 아니에요. 피부는 귀중한 생산품이니까요. 우리의 인공피부도 서로 모순되지 않는 성질을 가져야 하고, 살에, 말하자면 도색 부위에 잘 붙어야 하고, 하지만 그 위에는 더러운 것이 붙지 않아야 하고, 아름답고 섬세한 색깔을 가져야 하고, 그리고 동시에 빛에 잘 견뎌야 해요. 물이 통과할 수 있으면서 동시에 방수가 되어야 하는데, 이것은 너무나도 모순적이어서 우리 인간의 피부도 만족스럽지 않아요. 실제로 비나 바닷물에 상당히 잘 저항하고, 말하자면 수축되지 않고, 부풀거나 그 안에서 용해되지 않지만, 계속 그러면 류머티즘이 생긴다는 의미에서 그래요. 그것은 그래도 약간의 물이 통과한다는 증거예요. 그리고 최소한 땀은 당연히 통과되어야 하지만 단지 안에서 밖으로 통과되어야 해요. 보다시피 단순한 것이 아니에요.

회사에서 나에게 식품 저장용 깡통의 내부에 바를 도료를 개발하라는 임무를 주었는데 이 나라에 수출할 것이었지요. 물론 깡통이 아니라 도료 말이에요. 피부로서 그것은 분명히 아주 탁월한 피부가 되었을 것이라고 장담해요. 주석 도금이 된 양철에 잘 붙어야 하고, 섭씨 120도의 살균 처리를 견뎌야 하고, 금이 가지 않고 이러저러한 축軸 위로 구부러져야 하고, 내가 지금 별로 묘사하고 싶지 않은 장치로 시험했을 때 마찰에 견뎌야 했어요. 하지만 무엇보다 일반적으로는 우리 실험실에서 보이지 않는 일련의 모든 공격적인 것들, 말하자면 멸치, 산酸, 레몬즙, 토마토(빨간색 착색제를 흡수하지 않아야 했어요), 소금물, 올리브기름 등에 견뎌야 했어요. 그런 것들의 냄새를 띠지 않아야 했고, 어떤 냄새에도 굴복하지 않아야 했어요. 하지만 그런 특성을 확인하기 위해서는 검사관의 코에 의존해야 해요. 마지막으로 일부 연속적 기계들로 도료를 입힐 수 있는데, 기계들 한쪽에서는 보빈에서 풀려나오는 양철이 들어가고, 일종의 롤러로 도료를 칠하고, 구워 말리기 위해 화덕을 지나가고, 운송용 롤러에 감기요. 이런 상황에서 공급 계약서에 첨부된 두 개의 샘플 색깔 사이에 포함되는 황금빛 노란색으로 매끄럽고 빛나는 코팅을 해야 해요. 이해하겠어요?"

"물론이지요." 파우소네는 거의 기분이 상한 어조로 대답했다. 아마 독자가 이곳이나 다른 곳에서, 가령 축, 분자들, 구슬 베어링, 터미널에 대해 말하는 곳에서는 이해하지 못할 수 있을 것이다. 하지만 어떻게 해야 할지 모르겠다. 미안하지만 그에 대한 동의어들이 없다. 만약 독자가 적당한 시기에 19세기의 바다에 대한 책을 읽는다면, 제1사장斜檣*이나 팔리스케르모**를 이해했을 개연성이 높다. 그러니 용기를 내기 바란다. 상상력을 발휘하거나 사전을 참조하기 바란다. 독자 여러분에게 유용할 것이다. 우리는 분자들과 베어링들의 세계에 살고 있기 때문이다.

"물론 나에게 발명하라고 요구한 것은 아니었어요. 그런 도료들은 이미 아주 많아요. 하지만 예상되는 모든 시험을 제품이 통과하기 위해서는 세부들을 살펴보아야 해요. 특히 구워 말리기 시간은 상당히

---

*   배의 이물에서 앞으로 튀어나온 돛대 모양의 둥근 나무.
**   palischermo. 돛이나 노로 움직이는 대형 배의 일종이다.

짧아야 해요. 실질적으로 평균 밀도의 천을 토대로 일종의 반창고를 고안해내는 것인데, 일정한 탄력성을 간직하도록 천의 조직이 너무 치밀하지도 않아야 하지만 너무 열려 있어도 안 돼요. 그렇지 않으면 멸치와 토마토가 통과할 수 있으니까요. 그리고 자체적으로 펠트처럼 치밀해지고 구워 말리기 동안 양철에 확고하게 들러붙도록 조그맣고 튼튼한 갈고리들을 많이 갖고 있어야 하지만 동시에 구워 말리는 동안 갈고리들은 사라져야 해요. 그렇지 않으면 색깔, 냄새, 또는 맛을 붙잡고 있을 수 있으니까요. 또 두말할 필요도 없이 독성 성분을 함유하지 않아야 해요. 보다시피 그렇게 우리는 그 당신의 원숭이 조수처럼 당신들을 모방하려고 노력하지요. 우리는 조잡하고 유치하다는 것을 알면서도 머릿속으로 기계적인 모델을 세우고 가능한 한 그것을 따르지요. 하지만 우리는 언제나 당신들, 오감을 갖춘 사람들, 하늘과 땅 사이에서 옛날의 적들에 대항하여 싸우고, 우리처럼 눈에 보이지 않는 조그마한 소시지들과 그물들이 아니라 센티미터와 미터 단위로 작업하는 당신들에 대해 오래된 질투심을 갖고 있어요. 우리의 피곤함은 당신들의 피곤함과 달라요. 피곤함은 등의 척추에 있지 않고 더 위에 있고, 힘든 하루 일과 뒤에 오는 것이 아니라, 이해하려고 노력했지만 이해할 수 없을 때 오지요. 대개 잠을 자도 낫지 않아요. 그래요, 오늘 저녁 나는 피곤해요. 그렇기 때문에 당신에게 이야기하는 거예요.

그래요, 모든 것이 잘되었어요. 우리는 국립 법인에 샘플을 보냈고 여섯 달을 기다렸는데 답장은 긍정적이었어요. 우리는 이곳 공장으로 샘플 한 드럼을 보내고 또 다시 아홉 달을 기다렸고, 수락 편지, 인정서, 300톤의 주문서가 도착했어요. 그리고 이유를 모르겠지만 그 직후에 곧바로 다른 서명과 함께 다시 300톤에 대한 다른 주문서를 아주 급박하게 받았어요. 아마 그것은 어떤 관료적 혼란에서 비롯된 첫 번째 주문서의 복사본에 불과한 것 같아요. 어쨌든 정상적인 주문이었고, 그것은 바로 연간 매상고를 끌어올리는 데 필요한 것이었어요. 우리는 모두 아주 친절해졌고, 공장의 숙소나 복도에는 온통 큼지막한 미소뿐이었어요. 완전히 똑같은 품질에다 가격도 나쁘지 않은 도료 600톤을 생산하기는 어렵지 않았어요.

우리는 양심적인 사람들이에요. 모든 로트에서 경건하게 샘플을 뽑아 실험실에서 확인했어요. 샘플이 내가 말한 모든 항목들에 맞는지 확인하기 위해서였어요. 우리 실험실은 새롭고 기분 좋은 냄새들로 가득했고 검사 탁자는 약재상 가게 같았어요. 모든 것이 잘되었어요. 우리는 자신감에 넘쳤고, 금요일마다 드럼통들을 배에 선적하기 위해 제노바로 운반하는 트럭들의 군단이 출발할 때면 조그마한 잔치를 열었어요. 검사에 사용되는 음식들까지 '버리는 것보다 낫기 때문에' 활용했지요.

그런데 첫 번째 경보가 울렸어요. 친절한 텔렉스를 보내 이미 배에 실은 일부 제품에 대한 멀치 저항 시험을 반복해달라고 요청하더군요. 검사 담당 아가씨는 한바탕 웃더니 당장이라도 시험을 반복하겠다고 나에게 말했어요. 결과에 대해 완전히 확신하고 있었고, 그 도료는 상어에게도 저항할 것이라고 했어요. 하지만 나는 그런 상황이 어떻게 진행되는지 알고 있었고, 그래서 가슴이 답답해지는 것을 느끼기 시작했어요."

파우소네의 얼굴은 예상치 못한 슬픈 미소로 주름져 있었다. "그래, 맞아요. 그런데 나는 여기 오른쪽이 아파요. 아마 간인 것 같아요. 하지만 내 생각에 부정적인 검사를 받아보지 않은 사람은 성숙한 사람이 아니라 첫 영성체에 머물러 있는 사람 같아요. 말할 필요 없어요. 내가 잘 아는 일이에요. 당장 그 순간에는 아프게 하지만 그것을 겪지 않으면 성숙해지지 않아요. 학교에서 서너 대 맞는 것과 약간 비슷하지요."

"그런 일이 어떻게 되는지 나도 알고 있었어요. 이틀 후에 다시 텔렉스가 왔는데 이번에는 전혀 친절하지 않았어요. 그 제품은 멸치에 견디지 못했고 그동안 도착한 이후 제품들도 마찬가지라고 했어요. 우리는 확실한 도료 1,000킬로그램을 곧바로 항공편으로 보내야 했고, 그렇지 않으면 지불 중단과 손해 배상 소송을 제기한다는 것이에요. 여기에서 열이 올라가기 시작했고 실험실은 멸치들로 가득 차기 시작했어요. 이탈리아 멸치, 큰 멸치, 작은 멸치, 스페인 멸치, 포르투갈 멸치, 노르웨이 멸치로 넘쳤지요. 도료를 칠한 양철에 어떤 효과를 주는지 보기 위해 일부러 200그램을 썩게 놔두기도 했어요. 우리는 모두 도료에 있어서는 상당히 훌륭하지만 우리 중 멸치 전문가는 아무도 없었어요. 미친 듯이 수없이 많은 시험관들을 하루에 수백 개씩 준비했고, 모든 바다의 멸치들과 접촉하게 했지만 아무 일도 일어나지 않았어요. 우리에게서는 모든 것이 잘되었어요. 그래서 혹시 러시아 멸치는 우리 멸치보다 더 공격적일지 모른다는 생각이 머릿속에 떠올랐어요. 우리는 곧바로 텔렉스를 보냈고, 일주일 후에 샘플이 실험실 탁자에 도착했어요. 그 사람들은 정말 대규모로 하더군요. 30그램이면 충분할 텐데 30킬로그램짜리 통이었어요. 아마 기숙학교나 군부대를 위한 포장 단위인 것 같아요. 맛이 아주 좋다는 것을 말해야겠군요. 우리는 맛도 보았으니까요. 하지만 그 멸치도 시험관 어느 것에도 전혀 영향을 주지 않았어요. 가장 최악의 상황을 재현하기 위해 시험관을 약간 굽거나, 두께를 부족하게 하거나, 검사 전에 구부리는 등 아주 열악한 방법으로 시험관을 준비하기도 했어요.

그러는 동안 내가 말한 스베르들로프스크의 검사 보고서가 도착했어요. 저 위에 내 방의 서랍 안에 갖고 있는데, 맹세하건대 정말 냄새가 나는 것 같아요. 아니, 멸치 냄새가 아니에요. 서랍에서 밖으로 나오는 악취로 특히 밤에는 공기를 오염시켜요. 그것 때문인지 밤에 나는 이상한 꿈을 꿔요. 아마 내 잘못이겠지요. 내가 너무 신경을 쓰고 있어서……."

파우소네는 이해한다는 표정이었다. 잠시 내 말을 중단시키고 카운터 뒤에서 졸고 있는 아가씨에게 보드카 두 잔을 주문했다. 그리고 특별한 보드카라고, 불법으로 증류한 것이라고 나에게 설명했다. 실제로 거슬리지 않는 특이한 향을 갖고 있었고, 나는 거기에 대해 조사해보고 싶지 않았다.

"마셔요. 당신에게 좋을 거예요. 물론 당신은 신경을 많이 쓰고 있어요. 당연해요. 사람이 무엇인가에 자기 서명을 하면 거기에 책임을 질 필요가 있어요. 그것이 수표든 기중기든 멸치든(미안합니다. 나는 도료를 말하려고 했어요), 중요하지 않아요. 마셔요. 그러면 오늘밤 시험관 꿈도 꾸지 않고 잘 잘 겁니다. 그리고 내일 아침 일어나면 두통도 없다는 것을 알 거예요. 이것은 밀매 물건이지만 진짜예요. 그리고 어떻게 끝났는지 이야기해보세요."

"아직 끝나지 않았어요. 일이 언제 어떻게 끝날 것인지 나도 듣지 못했어요. 나는 열이틀 전부터 여기에 와 있는데 얼마나 더 머무를지 모르겠어요. 매일 아침 때로는 대표의 자동차로, 때로는 포베다*로 나를 데리러 와요. 실험실로 데려가지만 아무 일도 없어요. 통역이 와서 미안하다고 전해요. 기술자가 없거나, 전기가 없거나, 아니면 전체 인원이 회의에 소집되었다고 말이에요. 나에게 불손하게 굴지는 않아요. 하지만 내가 여기 있다는 것을 잊고 있는 것 같아요. 지금까지 기술자와 30분 이상 이야기하지 못했어요. 자기들의 시험관을 보여주었는데 내 머리가 깨지는 줄 알았어요. 우리 시험관과는 완전히 달랐기 때문이에요. 우리 시험관은 매끄럽고 깨끗한데 반해 그들의 시험관에는 작은 알갱이들이 많이 있었어요. 운송 중에 무슨 일이 일어난 것이

---

*   공식 명칭은 러시아어로 ГАЗ-M20 Победа. 소련에서 1946년부터 1958년까지 생산된 승용차이다.

분명한데 그게 무엇인지 상상할 수가 없어요. 아니면 그들의 검사에서 무엇인가가 잘 되지 않았을 텐데, 잘 알다시피 다른 사람에게, 특히 고객에게 잘못했다고 하는 것은 좋은 정책이 아니지요. 나는 기술자에게 완전한 과정을, 시험관 준비 과정을 처음부터 끝까지 참관하고 싶다고 말했어요. 기술자는 반대하는 것 같았지만 좋다고 말했어요. 하지만 그 이후로 더 이상 나타나지 않았어요. 기술자 대신 나는 어느 무서운 여자와 말하게 되었지요. 콘드라토바 부인은 조그맣고 뚱뚱하고 나이 많고 못생긴 여자였는데, 주제에 집중하여 말하게 할 방도가 없었어요. 도료에 대해서는 말하지 않고 줄곧 자기 이야기만 했는데 놀라운 이야기였어요. 레닌그라드가 포위되었을 때 거기 있었는데 자기 눈앞에서 남편과 두 아들이 죽었고, 그녀는 총알 만드는 공장에서 일했는데, 작업장의 온도가 영하 10도나 되었대요. 나는 무척 마음이 아팠지만 화도 났어요. 나흘 후에 내 비자가 만료되는데, 아무 결론도 내리지 못하고, 특히 아무것도 이해하지 못하고 어떻게 이탈리아로 돌아갈 수 있겠어요?"

"비자가 만료된다는 것을 그 여자에게 이야기했어요?" 파우소네는 물었다.

"아니요. 그녀는 내 비자에 대해서 분명 아무런 상관도 없다고 생각할 거예요."

"내 말 들으세요. 그 여자에게 말해요. 당신이 이야기하는 것으로 보면 분명히 아주 중요한 일이에요. 그리고 비자가 만료되면 여기 사람들은 곧바로 할 일을 줘요. 그렇지 않으면 자기들이 곤란한 상황에 빠지기 때문이에요. 해보세요. 해보는 것은 나쁘지 않아요. 당신에게 해가 될 것은 아무것도 없어요."

그의 말이 옳았다. 내 체류 비자가 곧 만기된다는 소식에 마치 옛날 희극 무성영화의 끝부분처럼 내 주위에서 놀라운 변화가 일어났다. 콘드라토바 부인을 필두로 갑자기 모두의 행동과 말이 빨라졌고, 보다 포용적이고 협력적으로 변했고, 나에게 실험실 문을 열어주었고, 나는 시험관의 준비 과정을 충분히 점검할 수 있게 되었다.

남은 시간은 많지 않았고, 그래서 나는 무엇보다도 마지막에 도착한 드럼들의 내용물을 조사해볼 것을 요구했다. 드럼을 확인하는 것은 쉽지 않았지만 나는 반나절 만에 찾아냈다. 우리는 모든 세심한 주의를 기울여 시험관들을 준비했고, 멸치와 도료를 함께 섞어 하룻밤을 지켜보았다. 그러나 그 모습은 바뀌지 않았다. 이렇게 결론을 내릴 수 있었다. 도료가 그곳의 창고 상황에서 변질되었거나, 아니면 러시아인들이 꺼내는 과정에서 무슨 일인가가 일어난 것이다. 떠나는 날 아침 나는 더 오래된 드럼들 중 하나를 제 시간에 조사하지 못했다. 작은 알갱이들이나 줄이 있는 의심스러운 시험관들이 나왔지만 이제는 깊이 있게 조사할 시간이 없었다. 내 비자 연장 요청은 거부되었다. 파우소네는 작별 인사를 하려고 역으로 왔다. 우리는 다시 만나자는 약속을 했다. 그곳이나 아니면 토리노에서. 하지만 그 자리에서 다시 만날 가능성이 더 높았다. 실제로 파우소네는 거기에 몇 달 더 머물러야 했다. 러시아 조립공들과 함께 아주 거대한 굴착기를 조립하고 있었는데, 3층 건물 높이의 굴착기는 네 개의 거대한 다리로 마치 선사시대의 공룡처럼 어떤 지형에서도 이동할 수 있는 것이었다. 나는 공장에서 두세 가지 일을 처리해야 했지만, 의심할 바 없이 최대한 한 달 이내에 다시 돌아올 것이다. 콘드라토바 부인은 한 달 동안, 잘되든 잘못되든, 일은 똑같이 진행될 것이라고 말했다. 바로 그날 그녀는 다른 통조림 공장에서 독일 도료를 사용하고 있는데 아무런 문제가 없는 것 같다는 말을 들었다고 했다. 그런 우연의 일치를 밝히려고 노력하는 동안 그들은 그 도료의 일부를 급히 보내줄 것이라고 했다. 어쨌든 나를 놀라게 한 비논리성과 함께 그녀는 나에게 가능한 한 빨리 돌아오라고 강조했다. '모든 것을 고려한 결과' 우리 도료가 더 바람직하다는 것이었다. 그녀는 마음대로 연장할 수 있는 새로운 비자를 받도록 가능한 한 최선을 다하겠다고 했다.

파우소네는 이제 내가 토리노로 돌아가니까 자기 아주머니들에게 꾸러미 하나와 편지를 전달하고, 자신은 이곳에서 만성절萬聖節을 보낼 것이니 미안하다고 전해달라고 했다. 꾸러미는 가벼웠지만 큼지막했고 편지는 간단한 메모였는데, 설계를 공부한 사람의 약간 세련되고 꼼꼼하며 분명한 글씨체로 주소가 적혀 있었다. 그는 꾸러미의 내용물에 대한 신고서를 잃어버리지 말라고 부탁했고, 우리는 작별 인사를 했다.

아주머니들

          파우소네의 아주머니들은 라그
란제 거리의 오래된 집에 살고 있었다. 3층짜리 집은 최소한 그보다
세 배는 높고, 보다 최근에 세워졌지만 그만큼 관리되지 않는 건물들
사이에 끼어 있었다. 집 앞면은 소박하고 불분명한 흙 색깔이었고, 거
기에는 이제 가까스로 알아볼 수 있는 가짜 창문과 가짜 발코니가 붉
은 벽돌에 그려져 있었다. 내가 찾던 계단 B는 뜰의 구석에 있었다.
나는 멈춰 서서 뜰을 둘러보았고, 그동안 주부 두 명이 각자의 베란다
에서 의혹의 눈길로 나를 바라보았다. 뜰과 입구 회랑에는 자갈이 깔
려 있었고, 회랑 아래에는 루세르나* 돌로 포장된 차량용 궤도 두 개
가 있었는데, 몇 세대에 걸친 차량들의 통행으로 홈이 패고 닳아 있었
다. 한쪽 구석에 있는 사용되지 않는 세탁용 물통은 흙으로 채워지고

---

*　루세르나 산 조반니Luserna San Giovanni는 피에몬테 서부의 소읍으로 그곳에서 생산되는 변성암
의 일종은 오래전부터 건축이나 돌 포장에 널리 사용되었다.

수양버들 한 그루가 심어져 있었다. 또 다른 구석에는 모래 한 무더기가 있었다. 수리 공사를 위해 그곳에 쌓아두었다가 잊어버린 것이 분명했다. 빗물은 돌로미티 산맥*을 상기시키는 형태로 모래 더미를 침식했고, 고양이들은 거기에다 편안한 잠자리를 여러 개 파놓았다. 맞은편에는 옛날 화장실의 나무문이 있었는데, 문 아래쪽은 습기와 알칼리 훈기로 썩어 있었고, 위쪽은 더 검은 배경 위에 칠해진 회색 페인트가 갈라져 있어 마치 악어가죽 같은 모습이었다. 두 개의 베란다는 세 면을 따라 나 있었고, 단지 창의 쇠끝처럼 뾰족한 난간 위로 솟은 녹슨 철제 대문에서만 막혀 있었다. 혼잡하고 과시적인 거리에서 8미터 떨어진 그 뜰에서는 모호한 수도원 냄새 같은 것이 풍겼고, 그와 함께 한때 유용했다가 나중에 오랫동안 버려진 것들의 소박한 매력이 있었다.

3층에서 내가 찾던 문패를 발견했다. 오데니노 갈로. 그러니까 아버지의 누이들이 아니라 어머니의 자매들이거나, 아니면 먼 친척 아주머니들, 아니면 용어의 모호한 의미에서 아주머니들이었다. 둘 다 함께 와서 문을 열었고 첫눈에 나는 둘 사이에서 일종의 거짓 닮음이 있다는 것을 알아보았다. 두 사람이 서로 다른데도 똑같은 상황과 똑같은 시간 속에 있을 때 우리가 종종 불합리하게 주목하는 그런 닮음

---

* 돌로미티Dolomiti 산맥은 이탈리아 북동부 알프스 산맥의 일부로 높은 산들과 깊은 계곡, 독특한 지형으로 아름다운 경관을 자랑한다.

이었다. 실제로 두 여인은 그리 많이 닮지 않았다. 정의할 수 없는 가족 분위기, 강건한 골격, 소박한 옷차림 외에는 전혀 닮지 않았다. 한 명은 머리칼이 하얗고, 다른 한 명은 짙은 밤색이었다. 염색했을까? 아니, 염색한 것이 아니었다. 가까이에서 보니 관자노리에 하얀 머리칼이 몇 가닥 보였는데 그것이 확실한 증거였다. 두 여인은 꾸러미를 받고 나에게 고맙다고 했고, 자리가 두 개인 조그마한 소파에 앉게 했다. 소파는 상당히 낡았고 내가 전혀 본 적이 없는 형태로, 마치 절반으로 쪼개 그 반쪽 두 개가 서로 직각이 되게 배치한 것 같았다. 소파의 다른 쪽 자리에는 밤색 자매가 앉았고, 하얀색 자매는 맞은편의 조그마한 안락의자에 앉았다.

"편지를 열어봐도 될까요? 아시다시피 티노는 별로 편지를 쓰지 않아요……. 그래요, 정말로 여기 좀 보세요. '사랑하는 아주머니들, 친구의 친절한 배려 덕택에 이 조그마한 선물을 전할게요. 언제나 아주머니들을 기억하면서 애정 어린 인사와 입맞춤을 보내요. 티노가.' 이게 전부예요. 분명히 머리 아픈 일은 없을 거예요. 그러니까 당신은 친구지요?"

나는 그야말로 친구는 아니라고, 최소한 나이 차이에서 친구는 아니지만, 그 머나먼 곳에서 우리는 함께 있었고, 많은 저녁 시간을 함께 보냈다고, 간단히 말해 좋은 동료가 되었고, 파우소네가 흥미로운 이야기를 많이 해주었다고 설명했다. 나는 하얀색 자매가 밤색 자매에게 재빠른 눈짓을 보내는 것을 보았다.

"정말이에요? 우리에게는 별로 말이 없어요⋯⋯." 밤색 자매가 말했다.

나는 실수를 수습하려고 노력했다. 그곳에는 여흥거리가 적고, 아니, 전혀 없고, 수많은 외국인들 한가운데에 이탈리아 사람 둘만 있으니 자연히 이야기를 많이 하게 되었다고 말했다. 게다가 그는 거의 자기 일에 대해서만 이야기했다고 말했다. 나는 예의에 따라 두 여인에게 번갈아가며 시선을 돌리려고 노력했지만 쉽지 않았다. 하얀색 자매는 거의 나에게 시선을 돌리지 않았다. 대부분 바닥을 바라보고 있거나, 아니면 내가 그녀에게 시선을 돌리더라도 그녀의 눈은 밤색 자매의 눈을 바라보았다. 몇 마디 말을 할 때에도 옆의 자매를 바라보았다. 마치 내가 이해할 수 없는 언어로 말하고 밤색 자매가 통역을 해주어야 하는 것 같았다. 반대로 밤색 자매가 말할 때 하얀색 자매는 그녀를 향해 상체를 약간 구부린 채 마치 그녀를 감시하고 잘못을 곧바로 잡아내려는 것처럼 뚫어지게 응시했다.

밤색 자매는 말이 많고 쾌활한 성격이었다. 간단히 말해 나는 그녀에 대해 많은 것을 알게 되었다. 자식이 없는 미망인으로 예순세 살이고, 자매는 예순여섯 살이라고 했다. 자기 이름은 테레사이고, 하얀색 자매의 이름은 멘티나인데 클레멘티나를 뜻한다고 했다. 불쌍한 자기 남편은 상선의 자격증 있는 엔진 기술자였지만 전쟁 동안 동원되어 구축함에 승선했다가 아드리아 해에서 실종되었는데, 그때가 1943년 초 바로 티노가 태어난 해라고 했다. 결혼한 지 얼마 되지 않앉을 때였고, 반면에 멘티나는 결혼을 한 적이 없다고 했다.

"……하지만 티노에 대해 말해주세요. 잘 지내고 있지요? 구조물 위에서 감기 걸리지 않았어요? 먹는 것은요? 당신은 티노가 어떤 타입인지 벌써 보았을 거예요. 정말 황금 같은 손을 갖고 있어요. 언제나 그랬어요. 그래요, 어렸을 때부터 그랬어요. 수도꼭지가 새거나, 재봉틀*이 고장 나거나, 라디오가 고장 나면, 티노가 모든 것을 순식간에 고쳤어요. 하지만 다른 면도 있었지요. 공부할 때 언제나 뭔가 분해하고 조립할 것을 손에 들고 있어야 했으니까요. 아시다시피 분해하는 것은 쉽지만 조립하는 것은 그렇지 않잖아요. 하지만 바로 조립하는 법을 배웠고, 그래서 어려운 일은 없었어요." 나는 파우소네의 손을 눈앞에 떠올리고 있었다. 그의 손은 길고 단단하고 재빠르고 그의 얼굴보다 훨씬 더 잘 표현했다. 필요에 따라 가래, 멍키스패너, 망치를 모방하면서 그의 이야기를 생생히 보여주고 분명하게 해주었다. 회사 구내식당의 고요한 대기 속에서 현수교의 우아한 케이블과 데릭의 뾰족한 철탑을 그렸고, 언어가 궁지에 처할 때면 도와주었다. 옛날에 읽었던 다윈에 대한 책이 생각나게 했는데, 아주 유능한 손이 도구들을 제작하고 재료들을 구부리는 과정에서 인간의 두뇌를 무기력한 상태에서 일깨웠고, 지금도 마치 개가 장님 주인에게 그러하듯이, 인

---

* 　원문에는 Singer로 되어 있는데, 발명자 아이잭 매리트 싱거Isaac Merritt Singer의 이름으로 재봉틀의 또 다른 이름으로 사용되기도 한다.

간을 안내하고 자극하고 이끌고 있다는 이야기였다.

"우리에게는 아들과 같아요. 생각해보세요. 이 집에서 8년 동안 살았어요. 그리고 지금도……."

"8년이 아니라 7년이야." 멘티나가 설명할 수 없는 단호함으로 나를 바라보지도 않고 수정해주었다. 테레사는 신경도 쓰지 않고 계속 이야기했다.

"……그리고 우리에게는 귀찮은 것이 거의 없었어요. 최소한 란 차에 남아 있었을 때까지, 그러니까 약간 규칙적인 생활을 했을 때까지는 말이에요. 지금은 물론 더 많이 벌지만, 말해보세요, 이렇게 평생 동안 살아갈 수는 없잖아요? 나뭇가지의 새처럼 오늘은 여기에, 내일은 아무도 모를 곳에 있어야 하고, 때로는 사막에서 익어가고, 때로는 눈 속에 있어야 해요. 그리고 힘든 것은 말하지 않더라도……."

"……그리고 그런 탑 꼭대기에서 일하는 위험을 생각만 해도 나는 어지러워요." 멘티나가 마치 동생을 비난하고, 동생에게 책임을 돌리는 것처럼 덧붙였다.

"세월이 지나면 약간 가라앉을 것으로 기대해요. 하지만 지금으로서는 아무것도 할 수 없어요. 여기 토리노에 있을 때 한 번 보셔야 해요. 이삼 일 후에는 우리에 갇힌 사자 같아요. 여기 집에는 거의 더 이상 나타나지도 않아요. 때로는 곧바로 하숙집으로 가고 우리 둘에게는 나타나지도 않는다는 의심이 들기도 해요. 아무리 튼튼해도 계속 그렇게 살면 분명히 위장이 망가질 거예요. 우리는 여기에서 티노가 시간에 맞춰 집에 먹으러 오고 식탁에 편안히 앉아 따뜻하고 실질적인 것을 먹게 할 방도가 없어요. 마치 바늘방석에 앉아 있는 것 같고, 빵 한 조각, 치즈 한 조각만 먹은 뒤 나가버리고, 저녁에 우리가 이미 잠든 뒤에야 돌아와요. 우리는 일찍 잠자러 가니까요."

"그리고 우리는 티노에게 약간 특별한 요리를 해주는 것이 즐거워요. 우리에게는 별로 힘들지도 않아요. 우리에게 유일한 조카이고, 우리는 시간이 많아요……."

이제 개략적인 윤곽이 그려졌고, 나로서는 약간의 불편함이 없지 않았다. 테레사는 나를 바라보며 말했고, 멘티나는 테레사를 바라보면서 중간에 끼어들었다. 그리고 나는 주로 멘티나에게 시선을 돌린 채 들었고, 그녀에게서 정확하게 정의할 수 없는 신랄함을 감지했다. 그것이 나를 향한 것인지, 아니면 자매를 향한 것인지, 아니면 멀리 떨어진 조카를 향한 것인지, 아니면 조카의 운명, 내가 보기에는 불쌍하게 생각할 필요가 없는 운명을 향한 것인지 알 수 없었다. 나는 부부가 아닌 쌍들에게서 필연적으로 종종 관찰되는 상이함과 양극화의 예를 두 자매에게서 확인할 수 있었다. 함께 사는 초기에는 가령 돈을 잘 쓰는 성향의 구성원과 인색한 구성원, 정돈을 잘하는 사람과 못하는 사람, 돌아다니기 좋아하는 사람과 싫어하는 사람, 말이 많은 사람과 과묵한 사람 사이의 차이들이 가벼울 수 있지만, 시간이 지남에 따라 심화되어 구체적인 전문화에 이르게 된다. 때로는 직접적인 경쟁을 거부하는 경우들이 있는데, 그럴 경우 한쪽 구성원이 특정 분야에서 지배하려는 기미가 보이면 상대방은 그 분야에서 싸우는 대신 그와 가깝거나 먼 다른 분야를 선택한다. 다른 경우에는 한쪽 구성원이 의식적이든 그렇지 않든 자신의 행동으로 상대방의 부족함을 채우려고 노력한다. 가령 관조적이고 게으른 남자의 아내가 어쩔 수 없이 실질적인 것들에 적극적으로 몰두하는 경우가 그렇다. 그와 유사한 차별화가 많은 종류의 동물들 사이에서 정착되었는데, 예를 들면 수컷은 오로지 사냥에만 몰두하고 암컷은 오로지 새끼들을 돌보는 데 몰두한다. 그와 마찬가지로 테레사 아주머니는 세상과의 접촉에 전문화되었고, 멘티나 아주머니는 집안에 틀어박혀 있었다. 한 명은 외부 일에, 다른 한 명은 내부 일에 몰두하지만, 분명히 질투심과 갈등, 상호 비판이 없지는 않았다.

나는 두 여인을 안심시키려고 노력했다.

"아닙니다. 먹는 것에 대해서는 걱정할 것 없어요. 나는 티노가 어떻게 사는지 보았어요. 일터에서는 어느 나라로 가든지 당연히 시간표대로 따라야 해요. 그리고 안심해도 돼요. 문명 나라에서 멀리 떨어진 곳으로 갈수록 분명히 더 건강한 것을 먹으니까요. 아마 이상할 수 있지만 건강한 음식이에요. 그러니 건강을 망치지 않아요. 게다가 내가 본 바에 의하면 티노는 부러울 정도로 건강해요. 그렇지 않아요?"

"그래, 그래요. 정말이에요." 멘티나가 끼어들었다. "전혀 아무 일 없고, 언제나 잘 지내요. 뭐 필요한 것이 전혀 없었어요. 아무도 필요하지 않아요." 불쌍한 멘티나 아주머니는 아주 분명했다. 그렇다. 그녀에게는 누군가가 그녀를 필요로 할 필요가 있었다. 특히 티노가 그랬다.

테레사 아주머니는 리큐어와 과자를 제공했고, 내가 러시아에서 가져온 선물 꾸러미를 열어보아도 되겠냐고 물었다. 모피 목도리 두 개가 들어 있었다. 하나는 밤색이고 하나는 하얀색이었다. 나는 잘 모르지만 아주 값비싼 모피가 아니라는 느낌이 들었다. 아마 사흘 동안 모스크바를 방문하는 관광객이 거의 필수적으로 들르는 베료스카* 가게의 물건이었다.

"정말 놀라워요! 여기까지 직접 전해주다니 정말로 친절하시군요. 번거롭게 해서 정말로 미안해요. 전화만 하면 우리가 당신에게 받으러 갔을 텐데 말이에요. 그 아이가 돈을 얼마나 썼는지 누가 알겠어요? 그리고 우리에게는 너무 과분해요. 아마 우리가 아직도 로마 거리로 산책하러 간다고 생각하는 모양이군요. 하지만 안 될 이유도 없지요? 기회가 되면 예전처럼 다시 할 수도 있어요. 그렇지 않아요, 멘티나 언니? 아직 우리가 완전히 늙어빠진 것은 아니에요."

"티노는 별로 말이 없지만, 감정이 풍부해요. 그 점에 있어서는 완전히 제 엄마를 닮았어요. 겉보기에는 거칠지만, 단지 겉모습만 그래요."

---

*   러시아어로는 Берёзка. 소련의 국영 가게 체인으로 예전에는 주로 외국 관광객들을 대상으로 했고 외화로 직접 거래할 수 있었다.

나는 예의상 고개를 끄덕였지만 거짓말이라는 것을 알고 있었다. 파우소네는 단지 겉모습만 거친 것이 아니었다. 물론 그게 선천적인 것이 아니고, 예전의 그는 달랐을 수도 있다. 하지만 거친 성격은 이제 현실적이고 몸에 밴 것이었고, 단단한 적과의 무수한 결투에 의해 강화되어 있었다. 구조물과 볼트의 쇠는 절대 실수를 용납하지 않고 오히려 실수를 과장하여 책임을 부과하는 적이었다. 내가 알게 된 파우소네는, 두 착한 아주머니가("한 분은 영리하고 다른 한 분은 그다지 영리하지 않아요.") 별로 보상받지 못하는 사랑의 대상으로 만들기 위해 세워놓은 인물과는 다른 사람이었다. 라그란제 거리에서 그녀들의 은둔과 고립은 수십 년 세월의 흐름에서 벗어나 있었고 내가 앉아 있는 2인용 소파*로 간단하게 표현되는데, 좋지 않은 관측소였던 것이다. 파우소네가 조금 더 이야기하는 데 동의했더라도, 그 오래된 커튼 사이에서 그가 패배와 승리, 두려움과 창안의 삶을 다시 살아가도록 만들 방도는 전혀 없었을 것이다.

"티노에게 필요한 것은 좋은 아가씨일 거예요." 테레사가 말했다. "당신도 그렇게 생각하지 않아요? 우리가 얼마나 많이 생각했는지 하느님만 아실 거예요. 우리는 수없이 많이 시도했어요. 아마 쉬워 보일 거예요. 티노는 착하고, 직업이 있고, 못생기지 않았고, 나쁜 습관도 없고, 또 돈도 잘 버니까요. 그렇죠? 우리가 만나게 해주면, 두 사람

---

* 원문에는 프랑스어 causeuse로 되어 있다.

이 만나서 이야기하고 두세 번 함께 외출하지요. 그런 다음 아가씨가 여기 와서 울기 시작해요. 끝이에요. 무슨 일이 있었는지 전혀 알 수도 없어요. 물론 티노는 절대 말하지 않고, 아가씨들은 각자 다른 이야기를 해요. 티노가 곰 같다고 하고, 말 한 마디 없이 6킬로미터나 걷게 만들었다고 하고, 잘난체한다고 해요. 간단히 말해 골치 아픈 일이에요. 이제는 모두가 알아요. 사방에서 이야기하고, 이제 우리는 다른 만남을 감히 주선할 수도 없어요. 그 아이는 자기 미래를 생각하지 않을지 모르지만 우리는 생각해요. 우리가 몇 살이라도 더 많고 혼자 산다는 것이 무엇인지 잘 알고 있기 때문이지요. 그리고 누군가와 함께 살려면 고정된 집이 있어야 한다는 것도 알아요. 그렇지 않으면 결국 떠돌이가 되지요. 특히 일요일에는 그런 사람을 얼마나 많이 만나는지 몰라요. 바로 알 수 있어요. 그런 사람을 볼 때마다 티노가 생각나고 슬퍼져요. 혹시 당신이, 남자들 사이에 그렇듯이, 어느 날 저녁 약간 마음을 털어놓게 되면, 그 아이에게 몇 마디 해주시겠어요?"

나는 그러겠다고 약속했다. 그리고 다시 한 번 거짓말하고 있음을 느꼈다. 나는 그에게 한 마디도 하지 않을 것이고, 어떤 충고도 하지 않을 것이다. 어떤 식으로든 그에게 영향을 주고, 미래를 설계하도록 하거나, 그 자신이 세우고 있는 미래 또는 그의 운명을 바꾸게 하지 않을 것이다. 오로지 아주머니들의 사랑처럼 모호하고 혈연적이고 오래된 사랑만이, 원인에서 어떤 결과가 나올 것인지, 한 여자와 '고정된 집'과 결합된 조립공 티노 파우소네가 어떤 변신을 겪게 될 것인지 안다고 추정할 수 있을 것이다. 화학자에게 있어 경험을 넘어서서 단순한 두 분자 사이의 상호작용을 예상하는 것도 이제 어려운데, 상당히 복잡한 두 분자의 만남에서 무슨 일이 일어날 것인지 예상하기는 완전히 불가능하다. 두 인간 존재의 만남에서 무엇을 예상하겠는가? 새로운 상황 앞에서 어느 개인의 반응을 예상할 수 있겠는가? 아무것도 없다. 확실한 것도 전혀 없고, 개연적인 것도 전혀 없고, 솔직한 것도 전혀 없다. 작위作爲보다는 부작위不作爲로 실수하는 것이 낫다. 자신의 운명을 조종하는 것이 그렇게 어렵고 불확실한 마당에 다른 사람의 운명을 지배하지 않도록 자제하는 것이 낫다.

두 여인에게 작별 인사를 하기는 쉽지 않았다. 그녀들은 언제나 새로운 대화 주제를 찾아냈고, 그 주제를 이용하여 내가 출입문을 향해 가려는 발길을 가로막았다. 노선 비행기의 굉음이 들렸고, 식품 저장고의 창문을 통해 벌써 어두워진 하늘을 배경으로 위치 표시등이 깜박이는 것이 보였다.

"비행기가 지나갈 때마다 티노를 생각해요. 이젠 떨어질까 두려워하지도 않아요." 테레사 아주머니가 말했다. "생각해보세요. 우리는 밀라노에도 가본 적이 없고, 바다를 보러 단 한 번 제노바에 갔다니까요!"

멸치 II

"두말할 필요 없이 아주 좋은 분들이에요. 다만 때로는 약간 지나친 경우가 있어요. 선물 전해줘서 고마워요. 너무 많은 시간을 빼앗기지 않았기를 바라요. 그러니까 당신도 화요일에 떠나요? '사물리오트'로요? 좋아요, 그러면 우리 함께 여행하겠군요. 모스크바까지는 길이 똑같으니까요."

그건 길고 복잡한 길이었고, 나는 그 여정의 일부를 동료와 함께할 수 있어서 좋았다. 그 길을 여러 번 갔던 파우소네가 나보다 잘 알고 있었기 때문이기도 하다. 특히 지름길들을 잘 알고 있었다. 나는 멸치와의 전투가 실질적으로 나에게 유리하게 해결되었기 때문에 기쁘기도 했다.

비가 부슬거리고 있었다. 계획에 의하면 공장의 차가 광장에서 우리를 기다리고 있다가 약 40킬로미터 떨어진 공항까지 데려다주어야 했다. 여덟 시가 지났고, 여덟 시 반이 지났다. 광장은 진흙으로 가득했고 아무도 보이지 않았다. 아홉 시경에 승합차가 한 대 도착했고,

운전수가 내리더니 우리에게 물었다.

"세 명입니까?"

"아니, 우리 둘이오." 파우소네가 대답했다.

"프랑스 사람이에요?"

"아니, 이탈리아 사람이오."

"역으로 가야 합니까?"

"아니, 공항으로 가야 해요."

운전수는 얼굴이 불그스레하고 아주 건장한 젊은이였는데 간단하게 결론을 내렸다. "갑시다." 그는 우리 짐을 실었고 우리는 떠났다. 길에는 널찍한 웅덩이들이 여기저기 흩어져 있었는데 운전수는 잘 알고 있는 것이 분명했다. 어떤 것은 속도를 늦추지도 않고 지나갔고, 또 어떤 것은 조심스럽게 돌아갔기 때문이다.

"나도 기뻐요." 파우소네가 말했다. "첫째, 내가 이 땅을 약간 이해하기 시작했기 때문이에요. 둘째, 저기 저 괴물, 다리 달린 굴착기가 중요했는데 조립이 끝났기 때문이에요. 아직 작업을 시작하지 않았지만 간단히 말해 훌륭한 손에 맡겨놓았어요. 그런데 당신의 그 멸치 통조림 이야기는 어떻게 되었어요?"

"잘되었어요. 결과적으로는 우리가 옳았지만 아름다운 이야기는 아니에요. 오히려 멍청한 이야기였어요. 즐겁게 이야기할 것은 아니에요. 그 이야기를 하면 멍청해서 상황을 이해하지 못했다는 것을 깨닫기 때문이지요."

"너무 신경 쓰지 말아요." 파우소네가 말했다. "일에 대한 이야기들은 거의 모두가 그래요. 아니, 무엇인가 이해하는 것이 문제인 모든 이야기가 그래요. 추리소설을 읽을 때에도 마찬가지예요. 마지막에 가서야 손으로 이마를 치면서 '아, 그래' 하고 말하게 되지요. 하지만 단지 겉보기에만 그래요. 삶에서는 일이 절대 그렇게 단순하지 않으니까요. 학교에서 풀라고 하는 문제들은 단순해요. 그래, 어떻게 되었어요?"

"그래서 나는 토리노에 한 달 이상 머물렀어요. 모든 것을 다시 점검했고, 내가 유리한 카드를 갖고 있다는 확신과 함께 이곳으로 돌아왔지요. 하지만 러시아 사람들도 자신들이 유리한 카드를 갖고 있다고 확신하고 있었어요. 그들은 드럼 수십 통을 검사했고, 그들의 말에 의하면 최소한 다섯 드럼에 하나는 결함이 있다는 거예요. 말하자면 시험관에 작은 알갱이들이 생긴다는 겁니다. 한 가지 확실한 것은 알갱이가 있는 시험관들, 단지 그것들만 멸치에 견디지 못한다는 거지요. 기술자는 인내심 없는 사람이 멍청이를 대하듯이 나를 대했어요. 그는 개인적으로 발견을 하나 했으니까요……."

"무언가 발견하는 고객들을 조심해야 해요. 노새보다 더 나빠요."

"아니에요. 나에게도 심각한 사실을 발견한 거예요. 나는 지역적인 요인이 있다고 확신했지요. 알갱이는 시험관의 양철에서 나오거나, 아니면 그들이 도료를 칠할 때 사용하는 붓에서 나오는 것이 아닐까 의심했어요. 하지만 그는 나를 곤경에 처하게 했어요. 알갱이들이 도료 안에 이미 있다는 것을 나에게 보여주었지요. 점도계를 가져왔어요……. 복잡한 도구가 아니에요. 원통형 컵으로 바닥이 깔때기 모양이고 아래 끝부분에 눈금이 그려진 노즐이 있어요. 노즐을 손가락으로 막고, 도료를 채운 다음 공기 방울들이 둥둥 떠오르게 놔두었다가 손가락을 치우면서 동시에 스톱워치를 작동시켜요. 컵이 비워질 때까지 걸리는 시간이 점도의 측정 단위지요. 그건 중요한 확인이에요. 도료는 창고에 있으면서 점도가 변하지 않아야 하니까요.

그래요. 기술자는 도료를 시험관에 적용하지 않고도 결함 있는 드럼을 구별할 수 있다는 것을 발견했어요. 점도계 노즐에서 떨어지는 도료의 선을 주의 깊게 관찰하기만 하면 되었어요. 문제 없는 드럼의 경우 도료의 선이 매끄럽고 균일하며 마치 유리 같았어요. 그런데 불량 드럼의 경우 도료의 선이 끊어지고 돌발적이었어요. 측정 때마다 서너 번 또는 그 이상 그랬지요. 그러니까 알갱이들이 도료 안에 이미 있다고 기술자는 말했어요. 나는 십자가에 매달린 그리스도 같은 기분이었고, 다른 방법으로는 보이지 않는다고 대답했어요. 사실 도료는 측정 이전이나 이후에 아주 매끄러웠어요."

파우소네는 나를 중단시켰다. "미안하지만, 그가 옳은 것 같네요. 무엇인가가 보인다면 있다는 증거예요."

"물론이지요. 하지만 잘 알다시피 실수란 너무 흉측한 짐승이라 아무도 집안에 데리고 있으려 하지 않는 법이지요. 마치 나를 놀리는 것처럼 그 단속적으로 떨어지는 황금빛 선 앞에서 나는 피가 머리로 솟구치는 것을 느꼈고, 머릿속에서는 한 무더기 혼란스러운 생각들이 빙빙 도는 것을 느꼈어요. 한편으로 토리노에서 한 검사들을 생각했는데 그것은 아주 잘 되었어요. 다른 한편으로 도료는 일반적으로 생각하는 것보다 훨씬 복잡한 물질이라는 것을 생각했지요. 내 친구 엔지니어들은 이렇게 설명했어요. 오랜 시간 뒤에 벽돌 또는 코일 스프링이 어떻게 될 것인지 확신하기는 어렵다고 말이에요. 그래요, 내가 오랜 세월 동안 실험을 했으니까 나를 믿어요. 도료는 벽돌보다 우리 사람들을 더 닮았어요. 우리처럼 태어나고, 늙어가고, 죽지요. 늙어갈 때에는 괴상해져요. 젊을 때에도 속임수들로 가득하고, 심지어 거짓말을 할 줄도 알고, 실제로는 아니면서 그런 척하고, 건강하면서 아픈 척하고 아프면서 건강한 척하기도 해요. 동일한 원인에서 동일한 결과가 나와야 한다고 말하기는 쉬워요. 그것은 어떤 일을 직접 하지 않고 이미 만들어진 것을 갖고 있는 사람들이 생각해낸 것이에요. 거기에 대해 어느 농부나 학교 선생, 의사, 아니면 더 나쁜 경우로 정치가와 이야기해보세요. 만약 솔직하고 지성이 있다면 웃을 겁니다."

갑자기 우리는 위로 튀어 올라 머리를 차 지붕에 부딪혔다. 차단기가 내려진 철도 건널목 앞에 이른 운전수가 돌발적으로 오른쪽으로 방향을 돌렸고, 비스듬히 웅덩이로 들어가면서 도로에서 벗어났고, 이제는 방금 갈아엎은 밭으로 철도와 나란히 달리고 있었다. 그는 즐거운 표정으로 우리를 향해 몸을 돌렸는데, 우리가 안전한지 확인하기 위해서가 아니라 내가 이해하지 못한 말을 소리치기 위해서였다.

"이렇게 하면 더 빨리 간다고 하네요." 파우소네가 별로 설득되지 않은 태도로 통역해주었다. 잠시 후 운전수는 의기양양하게 차단기가 내려진 다른 건널목을 우리에게 보여주었고, 마치 '보았지요?' 하고 말하는 것 같은 몸짓을 했다. 그리고 돌발적으로 가속하며 가파른 곳을 올라갔고 다시 도로로 들어갔다. "러시아 사람들은 저래요. 지겹거나 아니면 미쳤어요. 다행히 공항이 가까워요." 파우소네가 나에게 중얼거렸다.

"그 기술자는 미친 것도 아니고 지겨운 것도 아니었어요. 나와 똑같은 사람이었고, 자기 맡은 일을 하고 자기 의무를 다하려고 노력했어요. 다만 점도계의 발견에 너무 열광해 있었어요. 하지만 그 모든 날들을 함께 보냈어도, 성서에서 원하는 것처럼 그를 사랑하고 싶은 마음은 없었다는 것을 인정해야겠군요. 나는 명백히 밝히려면 충분한 시간을 가져야 했고, 그래서 전체적인 확인 계획을 허락해달라고 부탁했어요. 이제 우리가 공급한 3,000드럼이 모두 그들의 창고에 있었고, 순서대로 번호가 매겨져 있었지요. 나는 전체가 아니더라도 최소한 세 개 중에 하나를 재조사하겠다고 요구했어요. 멍청하고 긴 작업이었어요. 실제로 거기에 열나흘을 보냈지요. 하지만 다른 돌파구가 없었어요.

우리는 하루 여덟 시간 동안 수백 개의 시험관들을 준비했어요. 알갱이가 있는 것들은 시험도 하지 않았고 매끄러운 것들만 밤에 멸치와 접촉하게 했는데 모두 버텨냈어요. 4~5일 작업하고 나니 일정한 규칙성을 발견한 것 같았지만, 그건 내가 설명할 수 없었고 또한 나에게 아무것도 설명하지 않았어요. 좋은 날도 있고 나쁜 날도 있는 것 같았어요. 말하자면 매끄러운 날도 있었고 알갱이가 있는 날도 있었어요. 하지만 아주 뚜렷한 것은 아니었어요. 매끄러운 날에도 알갱이가 있는 시험관들이 여전히 있었고, 알갱이가 있는 날에도 상당수 시험관들은 매끄러웠어요."

우리는 공항으로 들어갔다. 운전수는 우리에게 인사를 했고, 엄청나게 급한 일이 있는 것처럼 귀에 거슬리는 타이어 소리와 함께 차를 돌렸고, 눈 깜박할 사이에 가버렸다. 두 개의 진흙 커튼 사이로 날아가는 승합차를 바라보면서 파우소네는 투덜거렸다. "여기에서도 이상한 녀석들의 엄마는 언제나 임신 중이군." 그러고는 나에게 몸을 돌렸다. "미안하지만 나머지 이야기는 잠시 기다리세요. 흥미롭지만 지금은 세관을 통과해야 해요. 나에게 흥미로운 것은, 언젠가 내 손에서도 기중기가 어떤 날에는 작동되다가 또 어떤 날에는 작동되지 않은 적이 있었기 때문이에요. 하지만 나중에 알았는데 전혀 잘못된 것이 없었어요. 단지 습기 때문이었어요."

우리는 세관 통과를 위해 줄을 섰다. 그런데 영어를 상당히 잘하는 중년의 자그마한 여인이 이쪽으로 왔고 우리를 줄 맨 앞으로 가게 했는데 아무도 항의하지 않았다. 나는 깜짝 놀랐지만 파우소네는 우리가 외국인이라는 것을 알아보았기 때문이라고 설명했다. 아니면 혹시 공장에서 전화로 우리에 대해 알렸는지도 모른다. 우리는 순식간에 통과했다. 아마 기관총이나 헤로인 1킬로그램도 반출할 수 있었을 것이다. 다만 세관원은 나에게 책을 갖고 있느냐고 질문했다. 나는 돌고래들의 생활에 대한 영어 책을 한 권 갖고 있었고, 세관원은 당황한 듯이 왜 갖고 있는지, 어디에서 구입했는지, 내가 영국인인지, 어류 전문가인지 물었다. 내가 아니라고 하자, 그렇다면 어떻게 그 책을 갖고 있는지, 왜 이탈리아로 가져가려고 하는지 물었다. 내 대답을 듣더니 세관원은 자기 상관과 상의한 다음 통과시켰다.

비행기는 벌써 이륙 활주로에 있었고, 좌석은 거의 모두 차 있었다. 조그마한 터보 프로펠러 비행기였고, 내부는 집안 같은 모습이었다. 농부들이 분명한 온 가족들이 있었다. 아이들은 엄마의 팔 안에서 잠들어 있었고, 과일과 야채 바구니들이 사방에 널려 있었고, 한쪽 구석에는 함께 다리가 묶인 살아 있는 닭 세 마리가 있었다. 조종실과 승객들을 위한 공간 사이에 분리 칸막이가 없었는데, 일부러 제거했는지 알 수 없었다. 조종사 두 명은 이륙 신호를 기다리면서 해바라기씨를 우물거리며 먹었고, 스튜어디스나 관제탑의 누군가와 무선으로 잡담을 나누었다. 스튜어디스는 아름다운 아가씨로 매우 젊고 튼튼하고 창백했다. 유니폼 대신 검은 옷을 입었고 어깨 주위로 아무렇게나 보랏빛 숄을 두르고 있었다. 잠시 후 손목시계를 바라보더니 승객들 사이로 왔고 두세 명 아는 사람과 인사를 했다. 그리고 자기 이름은 비예라 필리포브나이며 스튜어디스라고 말했다. 부드러운 목소리에 친절한 어조로 말했고, 스튜어디스들 사이에서 사용되는 기계적인 강조도 없었다. 그런 다음 10분 후에 아니면 반시간 후에 출발할 것이며, 비행은 한 시간 반 아니면 아마 두 시간이 걸릴 것이라고 말했다. 미안하지만 안전벨트를 매고 이륙할 때까지 담배를 피우지 말라고 말했다. 그리고 작은 가방에서 길고 투명한 비닐 봉투들을 꺼내더니 말했다. "주머니에 만년필을 갖고 있는 분이 있으면 이 안에 넣으세요."

"왜요? 혹시 이 비행기는 기압이 일정하게 유지되지 않는가요?" 한 승객이 물었다.

"아니에요, 약간은 기압이 일정하게 유지됩니다. 그래도 제 충고대로 하세요. 그리고 모두 잘 알다시피 만년필은 종종 지상에서도 잉크가 새요."

비행기는 이륙했고, 나는 내 이야기를 계속했다.

"당신에게 말했듯이, 대략 좋은 날도 있고 나쁜 날도 있었어요. 그리고 대개 오후에 만든 시험관보다 오전에 만든 시험관이 더 나빴어요. 나는 낮에는 시험하면서 보내고 저녁에는 시험에 대해 생각했는데 도대체 종잡을 수 없었어요. 상황이 어떤지 알려고 토리노에서 전화할 때면 나는 부끄러워서 얼굴이 온통 빨개졌고, 약속을 했지만 오래 끌었어요. 말하자면 나는 마치 기둥에 묶인 배에서 노를 젓고 있는 것 같았어요. 짐승처럼 고생하지만 1센티미터도 앞으로 나가지 못했어요. 저녁 내내 거기에 대해 생각했고, 밤에도 잠을 이루지 못했기 때문에 또 생각했어요. 이따금 불을 켜고 시간을 보내기 위해 돌고래에 대한 책을 읽기도 했어요.

어느 날 밤 나는 책을 읽지 않고 내 일기를 다시 읽기 시작했어요. 엄밀히 말하면 일기가 아니라 그날그날 적어둔 메모들이었어요. 약간 복잡한 일을 하는 사람들이 모두 갖게 되는 습관이지요. 특히 몇 년이 지나면 더 이상 자기 기억을 믿을 수 없게 되니까요. 의심을 받지 않으려고 낮에는 아무것도 적지 않았고 저녁에 숙소에 돌아오자마자 내 관찰이나 메모를 적었어요. 부언하자면 그건 정말 슬픈 일이었어요. 그래요, 그걸 다시 읽는 것은 더 슬펐지요. 거기에서 정말로 어떤 결과도 나오지 않았기 때문이에요. 단지 하나의 규칙성이 있었지만 우연에 불과할 수도 있었어요. 나쁜 날들은 콘드라토바 부인이 나타난 날이었어요. 그래요, 전쟁 때 자식들과 남편을 잃은 부인 기억하지요? 혹시 그녀가 겪은 불행 때문일 수도 있지만 실제로 불쌍한 그녀는 나뿐만 아니라 모든 사람의 마음에 걸려 있었어요. 나는 비자 문제 때문에 그녀가 온 날들을 메모해두었지요. 간단히 말해 그녀가 비자 문제를 처리해야 했는데, 그 대신 나에게 자신의 역경 이야기를 했고 결국 일할 시간만 낭비하게 만들었으니까요. 멸치 이야기 때문에 나를 약간 놀리기도 했어요. 나쁘다고 생각하지는 않아요. 아마 그녀는 내가 개인적으로 대가를 치러야 한다는 것을 고려하지 못했을 거예요. 하지만 분명히 가까이 있으면 즐거운 사람은 아니었어요. 어쨌든 나는 악의 눈*을 믿는 사람이 아니고, 콘드라토바 부인의 불행이 도료 안의 알갱이가 될 수 있다고 인정할 수 없었어요. 게다가 그녀의 손은 아무것도 건드리지 않았어요. 매일 오는 것도 아니었어요. 하지만 올 때에는 일찍 도착했고 첫 번째 일과로 실험실 안의 모든 사람들을 꾸짖었어요. 그녀가 보기에는 실험실이 깨끗하지 않기 때문이었어요.

그래요. 바로 청소 문제가 나를 올바른 길로 가게 했어요. 밤이 충고를 가져다준다는 것은 정말 사실이에요. 하지만 단지 잠을 잘 자지 못하고, 머리가 쉬고 있는 것이 아니라 계속해서 돌고 있을 때만 그래요. 그날 밤 나는 흉측한 영화를 상영하는 영화관에 있는 것 같았어요. 영화는 흉측할 뿐만 아니라 망가져 있었지요. 매번 끊겼다가 다시 처음부터 시작했고, 첫 번째로 등장하는 인물은 바로 콘드라토바 부인이었어요. 그녀는 실험실로 들어왔고, 나에게 인사를 했고, 청소에 대한 똑같은 설교를 했고, 그런 다음 영화가 끊어졌어요. 그 다음에 무슨 일이 일어났을까요? 그 다음에 얼마 동안 끊어져 있었는지 모르겠지만, 시퀀스는 몇 프레임 앞으로 나아갔고, 콘드라토바 부인이 아가씨들 중 하나를 보내 걸레를 가져오게 했어요. 그 걸레가 가까이에 클로즈업으로 보였는데, 일반적인 걸레가 아니라 병원에서 쓰는 붕대처럼 하얗고 올이 성긴 천이었어요. 그런 일이 어떻게 일어나는지 당신도 알 겁니다. 그것은 단순히 경이로운 꿈이 아니었어요. 아마 내가 바로 그 장면을 보았지만 그 순간 방심하고 있었을 가능성이 많아요. 혹시 다른 것을 생각하고 있었는지, 아니면 콘드라토바 부인이 포위

---

* 　사안邪眼이라고도 하는데 사람이나 물체에 재앙을 가져오는 초자연적인 힘을 가진 눈 또는 그 힘의 행사나 작용을 말한다. 영어로는 evil eye.

된 레닌그라드 이야기를 하고 있었는지 모르겠어요. 어쨌든 내가 무의식적으로 그 기억을 기록해둔 것이 분명해요.

다음 날 아침에는 콘드라토바 부인이 없었어요. 나는 아무것도 아닌 척했고, 들어가자마자 걸레들이 담긴 상자 안을 들여다보았어요. 바로 붕대들과 실밥 뭉치들이었어요. 온갖 손짓과 몸짓으로 집요하게 캐물은 결과 내 직관과 함께 기술자의 설명에서 나는 그것이 검사에서 버려진 의료 물품이라는 것을 알아냈어요. 물론 그 남자는 언어 장벽을 이용하여 멍청한 척했지만, 나는 그것이 아마 어떤 물물교환이나 친구 관계를 통해 불법으로 얻은 물건이라는 것을 쉽게 알 수 있었어요. 혹시 매달 공급되는 걸레가 부족했거나 아니면 공급이 늦어져서 그가 마련했을지도 모르지요. 물론 좋은 의도로 말입니다.

그날은 일주일 동안 구름만 끼어 있다가 처음으로 햇살이 비치는 날이었어요. 솔직히 말해 만약 햇살이 먼저 비쳤다면 나도 알갱이 있는 시험관을 먼저 이해했을 것이라고 생각해요. 나는 상자에서 걸레 하나를 꺼내 두세 번 흔들었어요. 잠시 후 실험실의 맞은편 구석에서 거의 보이지 않는 한 줄기 햇빛이 아주 작은 빛나는 티끌들로 가득 찼고, 마치 5월의 반딧불이처럼 켜졌다 꺼졌다 했어요. 그런데 도료는 까다로운 종족이라는 것을 알아야 해요(아니면 내가 이미 말했는지 모르겠네요). 특히 섬유와 일반적으로 허공에 날아다니는 모든 것에 대해 그래요. 내 동료 한 사람은 공장에서 600미터 떨어진 곳의 포플러 나무들을 자르도록 소유주에게 상당한 금액을 지불하기도 했어요. 그렇지 않으면 5월에 그 씨앗이 들어 있는 솜털, 우아하고 멀리 날아가는 그 솜털이 제분製粉 단계의 도료 안으로 들어가 망쳐버리지요. 모기장도 전혀 소용없어요. 솜털은 모든 차단물의 틈새로 들어가요. 밤에는 구석에 모여 있다가 아침에 송풍기 팬이 작동하자마자 들어가서 미친 듯이 허공에 떠돌아다녀요. 언젠가는 작은 초파리 때문에 문제가 발생한 적도 있어요. 초파리를 아는지 모르겠지만, 아주 커다란 염색체를 갖고 있기 때문에 과학자들이 좋아해요. 아니, 유전에 대해 오늘날 알려진 것은 거의 모두 생물학자들이 초파리 덕분에 배운 것이지요. 초파리들을 온갖 가능한 방법으로 서로 교배시키고, 잘라내고, 주사하고, 굶기고, 이상한 것들을 먹이면서 말이에요. 보다시피 자기 모습을 많이 드러내는 것은 위험해요. 초파리들을 드로소필라Drosophila라고 부르는데, 3밀리미터가 넘지 않는 데다 빨간 눈으로 아름답기까지 해요. 누구에게도 해를 끼치지 않아요. 아니, 아마 그들의 의지와는 달리 우리 인간에게 좋은 일을 했지요.

그 작은 것들은 산酸을 좋아하는데 왜 그런지는 모르겠어요. 정확히 말하자면 식초 안에 들어 있는 초산을 좋아해요. 믿을 수 없을 정도로 먼 거리에서도 냄새를 맡고 온 사방에서 구름처럼 몰려들어요. 예를 들면 포도주 액에 그렇게 모이는데, 실제로 거기에는 초산의 흔적이 담겨 있지요. 그리고 드러난 식초를 발견하면 거기에 취하는 것 같아요. 모두 빽빽하게 주위에 모여 원을 그리며 날아다니고 종종 그 안으로 들어가 빠져죽기도 해요."

"아, 그래요. 돼지비계에게 자주 가는 암고양이* 같군요……." 파우소네가 말했다.

"냄새를 맡는다고 했는데, 말하자면 그렇다는 말이에요. 초파리는 코가 없고 냄새를 더듬이로 느끼기 때문이에요. 어쨌든 코로 말하자면, 우리는 말할 것 없고 개들도 능가해요. 합성물 안에 든 산까지 느끼기 때문이지요. 예를 들면 니트로셀룰로오스 도료의 용해제인 에틸 아세테이트나 부틸 아세테이트에서도 느껴요. 그래요, 우리는 특별한 색깔의 손톱용 니트로셀룰로오스 매니큐어를 갖고 있었어요. 색조를 집어넣는 데에 이틀이 걸렸고, 롤러가 세 개인 분쇄기를 통과시키고 있었지요. 그런데 도대체 어떻게 된 일인지, 혹시 초파리들의 계절이 있었는지, 아니면 평소보다 더 굶주렸는지, 아니면 소문이 돌았는지 모르겠지만, 초파리들이 떼로 몰려들었고 돌아가는 롤러 위에 앉아 매니큐어 안에서 함께 갈렸어요. 우리는 분쇄가 끝났을 때에야 깨달았어요. 여과할 방법이 없었고, 전부 내버리지 않으려고 우리는 부식 방지제로 회수했지요. 그래서 아름다운 장밋빛 부식 방지제가 나왔어요. 본론에서 약간 벗어나서 미안해요.

결론적으로 말해 그 시점에 나는 완전히 올바른 길을 찾은 느낌이었어요. 내 추정을 기술자에게 설명했지요. 내 마음속으로는 이미 확

---

* 원래의 속담은 "돼지비계에 자주 가는 암고양이는 발자국을 남긴다"이다. 반복적으로 금지된 일을 하다 보면 결국 대가를 치른다는 뜻이다.

신이 있었으니까요. 심지어 이탈리아 공장에 소식을 전하기 위해 전화하게 해달라고 요구하기도 했어요. 하지만 기술자는 굴복하지 않았어요. 드럼에서 방금 꺼낸 여러 개의 도료 샘플이 점도계에서 간헐적으로 떨어지는 것을 자기 눈으로 직접 보았으니까요. 어떻게 허공에서 걸레의 섬유를 붙잡을 시간이 있었겠어요? 그에게는 분명했던 겁니다. 섬유가 그 안에 들어가거나 들어가지 않을 수 있지만, 알갱이들은 공급된 드럼 안에 이미 들어 있었다는 것이지요.

그렇지 않다는 것을, 각 알갱이 안에 섬유가 있다는 것을 기술자에게, 그리고 나 자신에게도 증명할 필요가 있었어요. 나는 현미경이 있느냐고 물었지요. 시험용으로 하나 갖고 있었는데 단지 200배율 현미경이었어요. 하지만 내가 하고 싶은 것을 하기에는 충분했지요. 또 편광자偏光子와 검광자檢光子도 있었어요."

파우소네는 말을 중단시켰다. "잠깐만요. 내 직업 이야기를 할 때에는 내가 절대 유리한 입장에 서지 않았다는 것을 당신은 인정해야 해요. 오늘 당신이 기분 좋은 것은 이해하지만, 당신도 유리한 입장에 서면 안 돼요. 서로 이해할 수 있도록 이야기해야 해요. 그렇지 않으면 정당한 게임이 아니에요. 혹시 책을 쓰고 나서, 읽는 사람은 이미 책을 샀으니까 알아서 하라고 내버려두는 그런 사람들 편에 서 있는 것은 아니겠지요?"

그의 말이 옳았다. 내가 멀리 끌려갔었다. 더구나 서둘러 내 이야기를 마무리해야 했다. 비예라 필리포브나가 벌써 승객들 사이로 와서 자기 생각으로는 20분 또는 30분 안에 모스크바에 착륙할 것이라고 알려주었기 때문이다. 그래서 나는 단지 긴 분자와 짧은 분자가 있다고 설명했다. 그리고 자연적이든 인공적이든 긴 분자만이 강한 섬유질을 형성할 수 있으며, 양모든, 면화든, 나일론이든, 또는 실크이든 그런 섬유질 안에서만 분자들이 길고 조잡하게 평행이 되게 늘어서고, 편광자와 검광자는 바로 현미경으로 겨우 보이는 섬유 조각에 대해서도 그런 평행성을 확인하는 도구라고 설명했다. 만약 분자들이 길게 늘어서 있다면, 말하자면 그것이 섬유라면 멋진 색깔이 보이고, 만약 혼란스럽게 흩어져 있다면 아무것도 보이지 않는다. 파우소네는 나에게 계속하라는 표시로 투덜거렸다.

"나는 서랍에서 작고 멋진 유리 숟가락들도 찾아냈어요. 정확한 무게를 잴 때 사용하는 숟가락이지요. 나는 점도계에서 떨어지는 모든 알갱이 안에 섬유가 있고, 섬유가 없는 곳에는 알갱이도 없다는 것을 기술자에게 증명하고 싶었어요. 나는 젖은 걸레로 사방을 청소하게 했고 걸레 상자를 치우게 했어요. 그리고 오후에 사냥을 시작했지요. 알갱이가 점도계에서 떨어지는 순간 재빨리 숟가락으로 붙잡아 현미경으로 보아야 했어요. 그건 집에서도 할 수 있는 원반 맞추기 같은 일종의 스포츠가 될 수 있을 것이라고 생각해요. 하지만 불신의 눈 너덧 쌍 아래에서 훈련하는 것은 재미있지 않았어요. 10분 또는 20분 동안 아무것도 하지 못했어요. 언제나 너무 늦었고 알갱이는 이미 지나간 뒤였어요. 아니면 신경과민 때문인지 상상의 알갱이를 향해 숟가락을 갖다 대기도 했어요. 그러다가 앉은 자세를 편안히 하고, 강한 조명을 비추고, 떨어지는 도료의 선에 아주 가까이 숟가락을 대고 있는 것이 중요하다는 것을 깨달았지요. 마침내 잡는 데 성공한 첫 번째 알갱이를 현미경으로 보았는데 섬유가 있었어요. 그것을 붕대에서 일부러 떼어낸 다른 섬유와 비교했는데 똑같았지요. 둘 다 면화 섬유였어요.

다음 날, 그러니까 바로 어제예요. 나는 의기양양해졌고 아가씨들 중 한 명에게 그 기술을 가르치기도 했어요. 의심할 여지가 없었어요. 모든 알갱이에는 섬유가 들어 있었어요. 섬유가 멸치의 도료 공격에서 제5열 역할을 한다는 것은 충분히 잘 설명되었어요. 면화 섬유는 구멍들이 뚫려 있고 도관導管으로 이용될 수 있기 때문이지요. 결국 러시아 사람들은 나에게 다른 것을 묻지도 않았고, 나의 무죄 방면 서류에 서명을 했고, 내 호주머니 안에 새로운 도료 주문서와 함께 보내주었어요. 여담이지만 러시아어를 잘 모르고도 나는 이런저런 구실로 어쨌든 나에게 주문하리라는 것을 깨달았어요. 콘드라토바 부인이 한 달 전에 말했던 독일 도료도 알갱이와 멸치에 관한 한 분명히 우리 도료와 똑같았을 것이기 때문이지요. 그리고 나를 무척 걱정하게 만들었던 기술자의 발견은 우스꽝스러운 원인 때문이라는 것이 밝혀졌어요. 측정할 때마다 점도계를 용해제로 씻은 다음 말리지 않고 곧바로 상자의 걸레로 닦아냈고, 그래서 점도계 자체가 바로 알갱이 오염에서 최악의 온상이었던 것입니다."

우리는 모스크바에 도착하여 짐을 찾았고, 호텔로 데려다줄 버스에 올라탔다. 내가 파우소네에게 복수하려는 시도는 오히려 나에게 약간의 실망감만을 안겨주었다. 그는 습관적인 무표정한 얼굴로 내 이야기를 끝까지 들었고, 거의 중단시키지도 않고 질문도 하지 않았다. 자기 생각의 실마리를 뒤쫓고 있는 것이 분명했다. 한참 동안 침묵하더니 이렇게 말했기 때문이다.

"그러니까 당신은 정말로 가게 문을 닫고 싶어요? 잘 알겠지만, 내가 당신 입장이라면 잘 생각해보겠어요. 손으로 만질 수 있는 일을 한다는 것은 커다란 장점이에요. 서로 비교해볼 수 있고 얼마나 가치 있는지 알 수 있지요. 실수하면 고치고, 또 다음번에는 실수하지 않게 되지요. 하지만 당신은 나보다 나이가 많고, 아마 삶에서 더 많은 것을 보았겠지요."

물론 필요한 것은 맥휘어 선장이었다. 그를 구상하자 나는 그가 바로 상황에 어울리는 사람이라는 것을 알 수 있었다. 내가 맥휘어 선장을 실제로 만났거나, 그의 문학적 마음이나 대담한 기질과 접촉해보았다고 말하려는 것이 아니다. 맥휘어 선장은 단지 몇 시간, 또는 몇 주일, 또는 몇 달 동안에 알게 된 사람이 아니라, 20년 동안의 삶, 바로 내 삶의 산물이다. 의식적인 창안은 그와 별 상관이 없다. 맥휘어 선장이 이 지상에서 걸어 다니고 숨을 쉬지 않은 것이 사실이라고 해도(나로서는 그것을 믿기가 지극히 어렵다), 어쨌든 나는 그가 완벽하게 진정한 인물이라고 독자 여러분에게 보장할 수 있다.

조셉 콘래드, 『태풍』에 대한 작가의 메모

호모 파베르 예찬

나치의 끔찍한 강제 수용소 아우슈비츠에서 살아남았는데 결국 스스로 삶을 마감함으로써 사람들을 놀라게 한 프리모 미켈레 레비(그의 죽음이 자살인지 아니면 단순한 사고인지에 대해서는 논란의 여지가 있지만 대부분의 학자들은 자살로 본다). 레비가 살아온 극적인 삶과 사상의 발자취는 명쾌하고 인상적인 문체의 작품들 속에 고스란히 남아 있다. 그의 작품들은 개인적 삶에 대한 기록이면서 동시에 인간의 존재 의미에 대해 탐색하고 있다. 『이것이 인간인가』와 『휴전』은 아우슈비츠의 체험을 생생하게 증언하고 있으며, 『주기율표』는 화학자의 관점에서 다채로운 자서전적 일화들을 화학 원소의 고유한 성격과 연결시켜 이야기하고 있다. 이어서 1978년 출판된 『멍키스패너』La chiave a stella는 레비에게 여러모로 중요한 의미가 담긴 작품이다.

무엇보다 그것은 전업작가로서 집필한 최초의 작품이다. 아우슈비츠에서 살아 돌아온 후 레비는 고향 토리노에서 화학자로 일하면서 틈틈이 집필한 작품을 발표하여 문학계의 관심을 끌었다. 말하자면 화학자의 일과 작가의 일을 동시에 수행했던 것이다. 그러다 1975년 화학자로 근무하던 회사에서 퇴직하고 글쓰기에만 전념하기로 결심했고 그 결과 탄생한 작품이 『멍키스패너』이다. 아울러 이 소설로 1978년 이탈리아 최고의 문학상으로 꼽히는 스트레가Strega 문학상을 받음으로써 레비는 작가로서의 역량을 공개적으로 인정받게 되었다.

이전 작품들이 거의 전적으로 자신의 체험을 토대로 한 것과는 달리 『멍키스패너』는 문학적 상상력이 가미된 작품이다. 물론 여기에서도 레비의 자서전적 부분들을 쉽게 찾아볼 수 있지만 서사 기법이나 플롯의 전개 방식에서 탄탄한 상상력과 구성 능력을 보여준다. 특히 주인공 리베르티노 파우소네를 통해 특징적인 인물상을 제시하고, 또한 그를 통해 몇 가지 주제에 대해 흥미로운 담론을 펼치는 것은 커다란 성과라고 말할 수 있다.

리베르티노 파우소네는 조립공이다. 그는 이탈리아뿐만 아니라 세계 각지의 현장을 돌아다니면서 기중기, 현수교, 고압선 철탑, 화학 설비, 석유 시추 장비 등 다양한 구조물들을 조립하는 숙련 노동자이다. 작품의 제목으로 삼은 멍키스패너 또는 멍키렌치는 쓰임새가 다양한 조립 공구이다. 하지만 조립공 파우소네에게 있어 멍키스패너는 단순히 볼트와 너트를 조이는 공구를 넘어서서 그의 실존적인 존재 의미 자체를 상징한다. 옛날 기사들이 검을 차듯이 그는 멍키스패너를 허리에 차고 세계 여러 곳을 돌아다니면서 겪은 다양한 모험을 일인칭 화자narrator에게 이야기해준다.

　여기에서 일인칭 화자는 바로 작가 프리모 레비로 보아도 무방하다. 이론적인 관점에서 엄밀하게 말하자면, 각종 서사물에서 작가와 화자는 분명히 구별되어야 하지만 이 작품에서는 레비 자신이 화자 역할을 하는 것처럼 보인다. 실제로 레비는 화학자라는 직업 때문에 1970년대 초반에 러시아 볼가 강 하류 지역의 도시 톨리야티로 몇 차례 출장을 간 적이 있는데, 거기에서 마찬가지로 일하러 와 있던 이탈리아 기술자들을 만나 여러 가지 이야기를 나누었다고 술회한다. 그리고 그것이 이 작품을 탄생시킨 무대이자 배경이 되었다. 톨리야티는 오랫동안 이탈리아 공산당의 지도자였던 팔미로 톨리아티Palmiro Togliatti(1893~1964)가 사망한 해에 그를 기념하기 위해 이름을 바꾼 도시로 『멍키스패너』에서 그 지명이 직접 거론되지는 않는다. 하지만 볼가 강 하류의 거대한 댐과 바다처럼 넓은 강에 대한 언급을 통해 이야기의 무대를 짐작할 수 있도록 간접적인 실마리를 제공한다.

　파우소네가 실존 인물인지 아니면 레비가 창조해낸 허구적 존재인지 분명하게 알 수는 없다. 작품의 말미에 인용하는 조셉 콘래드의 문구로 미루어보면 그는 분명 허구적 존재이지만, 삶의 실제적 체험을 토대로 탄생시킨 "완벽하게 진정한 인물"처럼 보인다. 어쨌든 이 작품은 주로 조립공 파우소네가 화자 또는 작가 레비에게 들려주는 여러 편의 이야기로 구성되어 있다.

　그리고 거기에다 다른 이야기들이 교묘하게 뒤섞여 있다. 그러니까 서사 방식으로 보자면 서로 다른 여러 이야기들이 상호 유기적으로 긴밀하게 연결되어 있는 것이다. 개략적으로 보면 단계가 서로 다른 세 개의 이야기 상황이 중복되어 있다. 첫 번째 단계의 기본적인 상황은 파우소네와 화자가 러시아 공사 현장의 구내식당에서 만나 함께 이야기를 나누고 산책하고 배를 타고 소풍을 가는 이야기들(「테이레시아스」, 「포도주와 물」, 「시간 없음」)로 구성되어 있다. 두 번째 단계는 소위 이야기 속의 이야기 형식으로 전개되는데 크게 보아 두 부류로 나뉜다. 하나는 파우소네가 화자에게 들려주는 이야기들로 작품의 대부분을 차지한다. 다른 하나는 화자 자신이 파우소네에게 들려주는 이야기들로 후반부의 「멸치 I」, 「아주머니들」, 「멸치 II」가 여기에 속한다. 물론 이 세 가지 상황은 각각의 이야기에서 서로 긴밀하게 연결되어 동시에 나타나기도 한다.

『멍키스패너』의 핵심 주제는 노동 또는 일이다. 파우소네의 성격은 거칠고 약간 조잡하지만 조립공으로서 자신의 일에 대해서는 커다란 자부심과 확고한 신념을 갖고 있다. 한마디로 자신이 하는 일을 사랑하고, 결과적으로 그 일이 자신의 삶 자체이면서 존재의 의미가 되는 인물이다. 그렇기 때문에 세계 여러 곳의 현장에서 갖가지 사건과 어려움을 겪으면서도 그는 언제나 자신감에 넘치고 당당하고 의연하며 자유로운 인간의 모습을 보여준다. 모든 작업을 마치 첫사랑처럼 대하고 거기에다 영혼을 쏟아붓는다. 영웅적인 이미지라고 말할 수 있는 그런 모습은 노동을 통한 인간의 해방 또는 노동과 인간 삶의 이상적인 합일을 지향한다. 아울러 노동에 대한 이런 담론을 통해 레비는 인간에 대한 강한 신뢰감을 보여준다. 그리하여 이 작품은 노동하는 인간, 끊임없이 무엇인가를 만드는 인간, 즉 호모 파베르에게 바치는 헌사가 된다.

이 작품에는 서너 가지 형태의 노동이 나름대로의 중요성을 갖고 나타난다. 조립공 파우소네의 일, 화학자 레비(또는 화자)의 일, 레비의 글쓰기 작업, 그리고 파우소네의 아버지가 구리 세공인으로서 했던 일이 부수적인 에피소드처럼 삽입되어 있다. 그중에서 돋보이는 것은 조립공 파우소네이다. 그에게 있어 노동은 삶의 수단을 넘어서서 모든 것의 기준이 되고 삶의 다른 모든 것을 판단하고 평가하는 토대가 되며, 궁극적으로는 숭고한 정신적 고양으로 이어진다.

노동에 대한 레비의 이런 인식은 바로 자신의 경험에서 비롯된 것이다. 토리노 대학에서 화학을 전공한 레비는 화학자라는 직업 덕택에 아우슈비츠의 절멸 수용소에서 살아남을 수 있는 기회를 얻었고 또한 고향으로 돌아온 다음에는 안정된 직장을 갖고 살아갈 수 있었다. 그렇기 때문에 이 작품에서는 파우소네 못지않게 레비가 화학자로서의 자기 일에 대해 갖는 애착과 사랑도 각별하다는 것을 충분히 느낄 수 있다.

인간은 노동을 통해 자유로운 삶을 구현할 수 있다는 것, 그것은 진정한 인간의 해방을 향해 나아가는 첫 걸음이 될 것이다. 그런 관점에서 레비는 "악명 높게 많은 의미를 가진" 용어 '자유'를 노동과 관련하여 이렇게 정의할 수 있다고 말한다. 말하자면 아마 "인간 공동체에 가장 유용한 자유의 유형은 자신의 일에 유능하다는 것, 그러니까 자기 일을 하는 즐거움을 느끼는 것과 일치"한다는 것이다.(이 책 215쪽) 하지만 불행하게도 이렇게 노동을 통해 진정한 삶의 자유로움을 맛볼 수 있는 사람들은 소수에 불과하다.

> 만약 운명이 우리에게 선물할 수 있는 개별적이고 경이로운 순간들을 제외하면 자신의 일을 사랑하는 것은(불행히도 그건 소수의 특권이다) 지상의 행복에 구체적으로 가장 훌륭하게 다가가는 것이 된다. 하지만 그것은 소수만이 알고 있는 진리이다. 그 무한한 영역, 직업의 영역, 간단히 말해 일상적인 일의 영역은 남극 대륙보다 덜 알려져 있다.(이 책 121쪽)

파우소네는 분명 그런 소수 중 하나이며 어떤 것에도 구애받지 않는 자유로운 삶의 주인공처럼 보인다. 그것은 그의 아버지가 바랐던 바이다. 하지만 그런 염원은 특이한 그의 이름으로 나타났다. 파우소네의 아버지는 아들이 회사에 얽매이지 않고 자유롭게 살기를 원했기 때문에 '자유로운'을 뜻하는 '리베로'라고 부르려고 했다. 하지만 파시즘 치하의 시청 서기가 완강하게 거부하는 바람에 그와 발음이 비슷하지만 '방탕아'를 뜻하는 '리베르티노'가 되어버렸다는 것이다. 어쨌든 아버지가 원하던 대로 파우소네는 자유롭게 세상을 돌아다니면서 일한다.

물론 자기 일에 대한 사랑과 확신이 언제나 행복한 결말로 귀결하는 것은 아니다. 시대의 흐름에 따라 직업의 세계가 변화하기 때문이다. 예를 들어 파우소네의 아버지는 오랫동안 구리판을 두드려 냄비나 그릇을 만드는 일을 했으나 알루미늄과 스테인리스 제품들이 나오면서 그 일은 사양길로 접어들게 된다. 그리하여 일에 대한 의욕이 줄어들고 결국 평소에 말했듯이 "손에 망치를 든 채" 쓸쓸한 최후를 맞이하게 된다. 그런 아버지가 친구들과 함께 만든 역설적인 기념비, 말하자면 전통적인 기념비나 동상과 달리 직접 쇠를 자르고 용접하여 만든 기념비는 그런 운명을 상징하는 듯하다. 그들의 기념비, 둥그스름하고 큼지막한 덩어리 빵 파뇨타를 만드는 방법을 고안해낸 어느 미지의 제빵업자를 기리는 동상은 그렇게 스러져가는 직업과 노동에 바치는 장엄한 헌사가 되고 있다. 비록 광장이나 공원에 세워지지 않고 "지하실에서, 좋은 포도주 병들 한가운데에서 녹이 슬고" 있지만 말이다.(이 책 112쪽)

그런데 이런 노동과 인간의 이상적 합일이라는 관념은 아이러니하게도 나치의 구호를 상기시킨다. 말하자면 아우슈비츠를 비롯한 강제 수용소 입구에 뻔뻔스럽게 붙여놓았던 구호 Arbeit macht frei, 즉 "노동이 자유롭게 해준다"는 것을 실증적으로 증명하는 것처럼 보인다. 하지만 레비는 자신이 원해서 하는 노동과 억지로 강요되는 노동을 구별한다. 예를 들어 "아우슈비츠에서의 아르바이트Arbeit처럼 목적 없는 노동은 고통과 기능의 퇴화를 불러온다"는 것이다.(『주기율표』 한국어 번역본 후반부에 실린 「프리모 레비와 필립 로스의 대담」 참조) 필립 로스의 말을 인용하면 "아우슈비츠에서의 일은 쓸모도 의미도 없는, 노동에 대한 끔찍한 패러디일 뿐"이다. 두말할 필요 없이 그것은 인간을 억압하고 구속하는 노동으로 파우소네의 자유롭고 즐거운 노동과는 분명하게 대립된다.

『멍키스패너』에서 또 한 가지 주목할 만한 것은 작가의 일에 대한 성찰이다. 작품 창작을 위한 글쓰기도 분명 노동의 한 분야이다. 레비는 거의 30년 동안 화학자의 일과 작가의 일을 동시에 했는데, 그 두 가지는 서로 독립적이면서도 상호 긴밀한 관계 속에서 연결되어 있었다. 화학자의 일, 즉 "기다란 분자들을 함께 꿰매는 직업"은 "낱말들과 관념들을 함께 꿰매는 방법"에도 영향을 주었기 때문이다.(이 책 219쪽) 당시를 회고하면서 레비는 "세상의 눈에는 화학자이지만 내 혈관 속에서는 작가의 피를 느끼면서 내 몸 속에 너무 많은 두 개의 영혼을 갖고" 있었다고 고백한다.(이 책 77쪽) 그리고 그것은 남자로서의 삶과 여자로서의 삶을 동시에 체험해본 그리스 신화의 인물 테이레시아스와 닮은 느낌이었다는 것이다.

하지만 『멍키스패너』를 집필할 당시 레비는 전업작가가 되기로 결심할 무렵이었고, 그런 이유 때문인지 글쓰기에 대해 여러모로 깊이 생각하고 있다. 그건 바로 작가로서 레비의 인식, 또는 글쓰기 행위 자체에 대한 비판적 성찰로 볼 수 있다. 글쓰기 역시 노동의 한 분야이지만 다른 형태의 노동과는 구별될 수 있는데, 무엇보다 글쓰기는 먹고살기 위한 수단보다 글쓰기 행위 자체에서 얻는 의미나 즐거움을 목적으로 할 수 있다는 점이다.

글쓰기의 즐거움에 대해 레비는 작품 서두에 셰익스피어의 비극 『리어 왕』 1막 1장의 한 구절을 인용한 제사題詞에서 압축적으로 표현하고 있다. 여기에서 글로스터 백작은 "약간 뻔뻔스럽게 이 세상에 태어난" 아들을 소개하면서 "이 녀석을 만들 때 잘 즐겼다"고 말한다. 약간 외설스러운 비유처럼 보일 수도 있지만 글쓰기의 즐거움 없이 작품이 탄생하기는 어려울 것이다. 그리고 그렇게 탄생한 작품은 최소한 작가 자신에게는 아름답고 소중한 것이다. 경우에 따라서는 단지 작가 자신에게만 멋지게 보일지라도 "아마 다른 사람은 해낼 수 없을 것"이라고 생각하며 뿌듯한 자부심을 느낄 수도 있다. 최소한 작가 자신에게 "어떤 의미가 있거나, 아니면 독자에게 놀라움이나 웃음의 순간을 선물할 수 있다면" 그것으로 충분하다는 것이다.(이 책 219쪽)

반면에 작가가 부딪칠 수 있는 어려움에 대해서도 토로한다. 작가에게도 일종의 직업병이 있을 수 있고 힘들여 완성한 작품에 실망할 수도 있다. "열광적으로 한 페이지 또는 책 한 권을 통째로 썼는데, 나중에 좋지 않다는 것을 깨닫고, 어설프고, 어리석고, 이미 쓴 것이고, 부족하고, 지나치고, 불필요하다는 것을 깨닫고" 슬퍼지기도 한다는 것이다.(이 책 71쪽) 또한 독자는 작품에 대한 평가의 잣대이며, 작품이 좋지 않을 경우 독자가 먼저 깨닫기 때문에 괴로워진다고 고백하기도 한다.

작가와 독자 사이의 관계에 대한 고찰도 흥미롭다. 그것은 특히 이야기를 하는 파우소네와 이야기를 듣는 화자 사이의 긴밀한 관계를 통해 비유적으로 언급된다. "확고하게 코드화된 이야기하기의 기술이 있는 것처럼, 그만큼 오래되고 고귀한 경청하기의 기술"도 있으며, 이야기하는 사람은 "모든 이야기에서 듣는 사람이 결정적인 기여를 한다는 것을 경험상 알고 있다"는 것이다.(이 책 52쪽) 그러니까 듣는 사람의 반응에 따라 이야기꾼은 힘을 얻거나 낙담하게 된다.

화자와 파우소네 사이의 이러한 관계는 작품 전반에 걸쳐 긴장감 있게 유지되면서 전체 구조를 떠받치는 받침대 역할을 한다. 진지하게 듣는 사람이 있기 때문에 작가 또는 이야기꾼은 자신의 모든 것을 드러내 보일 수 있고, 둘 사이에 공감의 장이 만들어질 수 있다. 그런 맥락에서 파우소네는 고백한다. "그런데 당신은 내가 이런 이야기를 하게 만든 멋진 사람이라는 것을 알아요? 당신 외에는 아무에게도 이야기하지 않았어요."(이 책 67쪽) 그리고 화자의 요구도 있었지만 바로 그런 신뢰를 토대로 파우소네는 자기 이야기들을 마음대로 써도 좋다고 허락한다. 화자는 혹시라도 저작권과 관련된 문제가 없다는 것을 명백히 밝히는 것처럼 보인다. 어쨌든 이런 이야기를 통해 암시하듯이 독자는 단지 수동적으로 작가의 이야기를 듣는 사람에 머무르지 않고 작가의 거의 모든 것을 결정하는 가늠자 역할을 한다. 그리고 이제는 우리가 레비의 이야기들을 그렇게 읽어보아야 할 차례이다.

번역은 1991년 새로운 시리즈로 나온 에이나우디Einaudi 출판사의 판본을 저본으로 삼았으며, 윌리엄 위버William Weaver의 영어 번역본 The Monkey's Wrench, Penguin, 1987을 참조하였다. 피에몬테 지방의 사투리나 속어로 표현된 몇몇 부분에 대해서는 정확한 의미나 뉘앙스를 파악하지 못했다. 독자 여러분의 양해를 구한다. 또한 기술 용어들에 대한 정확한 우리말 번역어를 찾기 어려웠는데 전문 용어의 번역어를 체계적으로 정립하고 통일해야 할 필요성을 다시 한 번 느꼈다. 일부 외래어와 특정한 용어, 또는 이탈리아의 역사적 상황과 관련하여 간략한 역주들을 덧붙였는데 일부 독자들에게는 사족처럼 보일지도 모르겠다.

그야말로 극적인 삶을 살았던 레비의 이야기는 시간과 공간을 넘어 현재의 우리에게도 우리 자신을 되돌아보게 만든다. 특히 눈앞의 삶에 급급하여 지나간 과거를 잊거나, 진정한 노동의 가치를 찾지 못하고 방황하는 사람들이 많아지는 요즘 상황에서 레비의 경험과 생각에 잠시 귀를 기울일 필요가 있을 것이다. 레비를 통해 척박한 세상에서도 삶의 의미를 묻고 되찾기 위해 노력하는 돌베개 가족들에게 감사의 마음을 전한다.

2013년 9월 하양 금락골에서
김운찬

1919년   프리모 레비는 7월 31일 토리노에서 태어나, 자기가 태어난 집에서 평생을 살아간다. 레비의 조상들은 스페인과 프로방스 출신으로 이탈리아 피에몬테 지방에 자리 잡은 유대인들이었다. 레비는 『주기율표』의 첫 장에서 그들의 관습과 생활 방식 그리고 은어들을 묘사했지만, 조부모에 대한 것 이외에는 개인적으로 그들에 관해 간직하고 있는 기억은 없었다. 친할아버지는 토목기사로 베네 바지엔나에 살았다. 할아버지는 그곳에 집과 작은 농장을 소유하고 있었고, 1885년 사망했다. 외할아버지는 포목상이었고 1941년 사망했다. 아버지 체사레는 1878년에 태어났고 1901년 전기공학부를 졸업했다. 외국(벨기에, 프랑스, 헝가리)에서 일한 뒤 1917년, 1895년생인 열일곱 살연하 에스테르 루차티와 결혼했다.

1921년   동생 안나 마리아 탄생. 프리모는 평생 동생과 강한 유대감을 지닌 채 살았다.

1925~1930년   초등학교에 다님. 건강이 좋지 않았다. 결국 초등학교 마지

막에는 1년 동안 개인 교습을 받는다.

1934년　　　　파시즘에 반대하는 저명한 교사들이(아우구스토 몬티, 프랑코 안토니첼리, 움베르토 코스모, 지노 지니, 노르베르토 보비오 등) 재직하기로 유명한 다첼리오 고등학교에 입학. 다첼리오 고등학교는 이미 '정화'되어 정치적으로 불가지론不可知論의 입장을 취했다. 레비는 수줍음을 많이 타는 모범생이었다. 화학과 생물학에 관심을 보였고 역사나 이탈리아어에는 별다른 관심이 없었다. 특별히 눈에 띄는 학생은 아니었지만 단 한 과목도 낙제하지 않았다. 고등학교에 입학하자마자 몇 달 동안은 체사레 파베제가 국어 교사였다. 파베제와 평생 동안 지속될 우정을 다진다. 토레 펠리체, 바르도네키아, 코녜에서 긴 방학을 보낸다. 산에 대한 애정이 싹트기 시작한다.

1937년　　　　10월 대학입학자격시험에서 국어 시험을 다시 보게 된다. 토리노 대학 과학부의 화학과에 입학한다.

1938년　　　　파시스트 정부가 최초의 인종법을 공포한다. 유대인들이 공립학교에 다니는 것이 법으로 금지된다. 그렇지만 이미 대학에 등록해 다니고 있던 사람들은 학업을 계속하는 것이 허용되었다. 레비는 유대인과 비유대인으로 결성된 반파시스트 서클에 나가기 시작한다. 아르톰 형제와 친구가 된다. 토마스 만, 올더스 헉슬리, 스턴, 베르펠, 다윈, 톨스토이의 책을 읽는다.

대학의 자유는 이런 소리를 들었을 때의 상처와 겹쳐졌다. "조심해. 넌 다른 학생들과 달라. 아니 다른 학생들보다 훨씬 가치가 없어. 넌 인색하고 이방인이고 더럽고 위험하고 믿을 수 없는 인물이야." 나는 공부에 더욱 몰두하며 무의식적으로 반항했다.

인종법은 나쁜 아니라 다른 사람들에게도 신의 섭리 같은 것이었다. 그것은 파시즘의 어리석은 불합리를 증명했다. 파시즘이 지닌 범죄자의 얼굴(말하자면 범죄자 마테오티의 얼굴)은 이미 잊혀졌다. 그것의 어리석은 측면만을 볼 수 있게 되었다. 〔……〕 우리 가족은 참을 수 없어하면서도 결국 파시즘을 받아들였다. 아버지는 마지못해 당에 가입하긴 했지만 어쨌든 검은 셔츠를 입었다. 나는 바릴라 소년단(파시즘 체제하의 소년 훈련 조직)이었고 그 뒤 애국청년단원도 했다. 인종법은 다른 사람들에게 그랬듯 내게도 오히려 자유 의지를 되찾게 해주는 계기가 되었다.

1941년　　　7월 레비는 최우등으로 대학을 졸업한다. 그의 졸업증서에는 '유대인'이라고 기재되었다. 레비는 부지런히 일자리를 찾았다. 가족의 생계가 막막했고 아버지가 말기 암 투병 중이었기 때문이다. 그는 란초의 석면 광산에서 반半합법적인 일자리를 구한다. 공식적으로 임금 대장에 오르지는 않았지만 화학연구소에서 일한다. 레비가 열심히 몰두한 문제는 폐기물에서 소량으로 발견되는 니켈을 분리하는 것이었다(『주기율표』의 「니켈」장 참고).

1942년　　　밀라노, 반더 스위스 제약 공장에서 경제적으로 좀더 나은 일자리를 구한다. 이 공장에서 당뇨병 치료를 위한 신약 개발 업무를 맡는다. 이때의 경험은 『주기율표』의 「인」에서 이야기하고 있다.

11월 연합군이 북아프리카에 상륙한다.

12월 소련군이 스탈린그라드를 성공적으로 방어한다. 레비와 그의 친구들은 파시즘에 저항하는 몇몇 요인들과 접촉해 정치적으로 급속히 성숙해진다. 레비는 지하 조직인 행동당에 가입한다.

1943년 7월 파시스트 정권이 몰락하고 무솔리니가 체포된다. 레비는 미래의 국민해방위원회를 구성할 당들의 연락망으로 활발히 활동한다. 9월 8일 바돌리오 정부가 휴전을 선언하지만 "전쟁은 계속 된다." 독일 무장군이 이탈리아 북부와 중부를 점령한다.

레비는 발 다오스타에서 활동하는 유격대에 합류하지만 12월 3일 새벽 다른 동료들과 브루손에서 체포된다. 레비는 카르피—포솔리 임시수용소로 보내진다.

1944년 2월 포솔리 수용소는 독일군의 감독을 받는다. 독일군은 레비와 노인, 여자, 어린이들을 포함한 다른 포로들을 아우슈비츠로 가는 화물 수송 열차로 보낸다. 여행은 5일 동안 지속된다. 아우슈비츠에 도착해 남자들은 여자와 아이들과 격리되어 30호 바라크로 보내진다. 레비는 자신이 아우슈비츠에서 생존한 것을 주변 상황이 운 좋게 돌아간 덕으로 돌린다. 독일어에 대한 충분한 지식 덕분에 그는 간수들의 명령을 잘 이해할 수 있었다. 게다가 1943년 말, 스탈린그라드에서의 패배 이후 독일에서는 노동력이 급격히 부족해져서 돈이 전혀 들지 않는 노동력인 유대인들을 이용하는 것이 불가피해졌다.

물자 부족, 노역, 허기, 추위, 갈증들은 우리의 몸을 괴롭혔지만, 아이러니하게도 우리 정신의 커다란 불행으로부터 신경을 돌릴 수 있게 해주었다. 우리는 완벽하게 불행할 수 없었다. 수용소에서 자살이 드물었다는 게 이를 증명한다. 자살은 철학적 행위이며 사유를 통해 결정된다. 일상의 절박함이 우리의 생각을 다른 곳으로 돌려놓았다. 우리는 죽음을 갈망하면서도 자살할 수 있다는 생각은 하지 못했다. 나는 수용소에 들어가기 전이나 그 후에는 자살에, 자살할 생각에 가까이 간 적이 있다. 하지만 수용소 안에서는 한 번도 없었다.

수용소에 머무르는 동안 레비는 다행히 병에 걸리지 않았다. 하지만 1945년 1월 소련 군대가 가까이 다가오는 가운데 독일군이 수용소를 비우며 병자들을 각자의 운명에 맡긴 채 버려두고 떠나던 바로 그때 성홍열에 걸렸다. 다른 포로들은 부헨발트와 마우트하우젠 수용소로 재이송당했고 거의 다 사망했다.

아우슈비츠에서의 내 경험은 내가 받았던 종교 교육 중 그나마 남아 있던 것을 모두 일소해버리는 것과 같았다. 〔……〕 아우슈비츠가 있다. 그러므로 신은 있을 수 없다. 이런 딜레마의 해결점은 아직 찾지 못했다. 찾고 있지만 찾지 못했다.

1945년   레비는 몇 달 동안 카토비체의 소련군 이동캠프에서 생활한다. 간호사로 일한다.

6월 귀향이 시작된다. 이 여행은 터무니없게도 10월까지 이어진다. 레비와 그 동료들은 미궁 같은 여정을 통과해야만 했다. 처음에는 벨로루시, 우크라이나, 루마니아, 헝가리, 오스트리아를 거쳐 마침내 고국에 도착한다(10월 19

일). 이때의 경험을 레비는 『휴전』에서 이야기한다.

1946년   전후에 피폐해진 이탈리아에 힘들게 복귀한다. 레비는 토리노 근교 아빌리아나에 있는 두코—몬테카티니 페인트 공장에서 일자리를 구한다. 자신의 처참한 경험을 떨쳐버리지 못한 그는 열정적으로 『이것이 인간인가』를 쓴다.

『이것이 인간인가』에서 가장 크고 무겁고 중요한 이야기를 쓰려 애썼다. 분노의 테마가 우세해 보였다. 그러나 이 책은 거의 법적인 차원의 증언이었다. 고발을 하려는 의도가 담겨 있었던 게 틀림없지만—보복, 복수, 처벌을 야기시키려는 목적이 아니라—그저 증언을 하려 했을 뿐이다. 그래서 어떤 주제들은 다소 한 옥타브 낮은 주변적인 것으로 보이기도 했다. 그런 것들은 나중에 세월이 많이 흐른 뒤에 다루었다.

1947년   두코 사社를 그만둔다. 독립해서 친구와 잠깐 사업을 하지만 쓰라린 경험만 한다.

9월 루치아 모르푸르고와 결혼한다. 레비는 에이나우디 출판사에 원고를 보내지만 형식적인 말과 함께 출판이 거부된다. 프랑코 안토니첼리의 소개로 책은 데실바 출판사에서 2,500부만 출판된다. 훌륭한 평가를 받았지만 판매 면에서 성공을 거두지 못했다. 레비는 작가—증언자로서의 자신의 임무를 다했다고 결론 내리고 화학자로서의 일에 몰두한다.

12월 레비는 토리노와 세티모 토리네제 사이에 있는 조그만 페인트 공장 시바의 연구소에서 화학자로 일할 기회를 받아들인다. 불과 몇 달 뒤 그는 총감독이 되었다.

1948년 딸 리사 로렌차가 태어난다.

1956년 토리노에서 열린 수용소 전시회에서 놀라운 성공을 거둔다. 레비는 자신의 수용소 경험을 묻는 젊은이들에게 에워싸인다. 그는 자신의 표현 수단에 대한 신뢰를 되찾아 『이것이 인간인가』를 에이나우디 출판사에 다시 보낸다. 이번에는 출판사에서 이 책을 '에세이' 시리즈에 넣어 출판하기로 한다. 그 뒤 책은 중쇄를 거듭했고 여러 나라에서 번역된다.

1957년 아들 렌초가 태어난다.

1959년 『이것이 인간인가』가 영국과 미국에서 번역된다.

1961년 『이것이 인간인가』 프랑스어판과 독일어판이 나온다.

1962년 『이것이 인간인가』의 성공에 용기를 얻어 수용소 생활에서 돌아오던 모험으로 가득 찬 여행을 다룬 일기 『휴전』의 초고를 쓰기 시작한다. 전작과는 달리 이 작품은 계획에 의해 쓴다. 레비는 밤과 휴일, 휴가 때 글을 써서 한 달에 한 장章씩 정확하게 완성시킨다. 단 한 시간도 근무 시간을 빼서 쓰지 않았다. 그의 생활은 가정, 공장, 글쓰기 이 세 영역으로 정확히 구분되어 있었다. 철저히 화학자로서 활동한다. 독일과 영국으로 몇 차례 출장을 다녔다.

1963년 4월 에이나우디 출판사에서 『휴전』을 출판하고 매우 호의적인 평가를 받는다. 이탈로 칼비노가 표지글과 추천사를 썼다.
9월 베네치아에서 『휴전』으로 제1회 캄피엘로상을 수상한다.

1964~1967년   연구실과 공장의 업무를 통해 영감받은 생각들을 정리해서 과학기술을 배경으로 한 단편들을 써서『일 조르노』와 다른 신문에 발표한다.

1965년   폴란드에서 거행한 아우슈비츠 해방 20주년 기념식을 위해 아우슈비츠를 방문한다.

1967년   그동안 쓴 단편들을『자연스러운 이야기』라는 제목으로 출간한다. 다미아노 말라바일라라는 필명을 사용한다.

1971년   두번째 단편집『형식의 결함』을 발표하는데 이번에는 본명을 사용한다.

1972~1973년   소련으로 수차례 출장 간다(『멍키스패너』,「멸치 1」,「멸치 2」참고).

나는 톨리야티를 방문했다. 그리고 소련인들이 우리 숙련공들을 존경 어린 마음으로 대한다는 것에 주목했다. 나는 이런 사실에 호기심을 느꼈다. 그 숙련공들과 구내식당에서 나란히 앉아 식사를 하게 되었다. 그들은 위대한 인류의 기술적인 유산을 상징했다. 그러나 그들은 익명의 존재들로 남겨질 뿐이었다. 아무도 그들에 대해 글을 쓰지 않기 때문에……『멍키스패너』는 어쩌면 바로 그곳, 톨리야티에서 탄생했는지 모른다. 게다가 그곳이 소설의 배경이기도 하다. 도시 이름은 한 번도 확실히 거명된 적이 없지만.

1975년   퇴직을 결심하고 시바 총감독 자리를 떠난다. 2년 동안 고문으로 일하게 된다. 레비는 샤이빌러에서 그동안 쓴 시들을 모아『브레마의 선

술집』이라는 제목의 시집을 낸다.

회고록·명상록의 성격을 띤『주기율표』를 출판한다.

1978년　　　　철탑, 다리, 석유시추 설비들을 건설하기 위해 전 세계를 떠도는 피에몬테 출신의 노동자 파우소네의 이야기『멍키스패너』를 출판한다. 주인공은 사람들과의 만남, 모험, 자신의 일에서 매일 부딪히게 되는 어려움들을 이야기한다.

이 책은 '창조적인' 노동 혹은 간단히 말해 노동에 대한 재평가를 겨냥한다. 존재하는 수천 명의 파우소네의 노동이든, 다른 직업과 다른 사회적인 노동이든 노동은 창조적일 수밖에 없다……. 파우소네는 내가 책에서 암시했듯이, 실존하지 않으면서도 존재한다. 그는 내가 알았던 실존 인물들을 응집시킨 인물이다…….

7월『멍키스패너』로 스트레가상을 수상한다.

1980년　　　　『멍키스패너』프랑스어판 출간. 저명한 인류학자 클로드 레비스트로스로부터 찬사를 받는다.

1981년　　　　줄리오 볼라티의 제안으로 에이나우디 출판사에서 개인 작가 선집, 즉 그의 문화적 형성에 영향을 주었거나 좀더 단순하게는 자신과 닮았다고 느끼는 작가들의 작품을 모은 책을 준비한다. 이 책은『뿌리 찾기』라는 제목으로 출판된다.

11월 1975년부터 1981년까지 쓴 단편들을『릴리트와 단편들』이라는 제목으로 출판한다.

1982년   4월 소설 『지금이 아니면 언제?』를 발표한다. 출간하자마자 대성공을 거둔다. 이 작품으로 6월에는 비아레조상을, 9월에는 캄피엘로상을 수상한다. 두번째로 아우슈비츠를 방문한다.

우리 일행은 몇 명 되지 않았다. 이번에는 깊은 감동을 받았다. 나는 처음으로 아우슈비츠에 있던 수용소 가운데 하나로 가스실이 있었던 비르케나우 기념관을 방문했다. 철로가 보존되어 있었다. 녹슨 철로는 수용소 안으로 이어져 일종의 텅 빈 공간 가장자리에서 끝났다. 앞에는 화강암 벽돌로 만든 상징적인 기차가 있었다. 벽돌마다 나라의 이름이 하나씩 적혀 있었다. 선로와 벽돌들. 기념관은 이것이었다. 나는 감각을 되찾았다. 가령 그 장소의 냄새 같은 것 말이다. 무해한 냄새. 석탄냄새인 것 같았다.

8~9월 이스라엘의 레바논 침공. 사브라와 샤틸라 팔레스타인 구역에서 대학살이 일어난다. 레비는 특히 9월 24일 『라 레프블리카』에 발표된 잠파올로 판사Giampaolo Pansa와의 대담에서 자신의 입장을 밝힌다.

우리 디아스포라 유대인들은 두 가지, 즉 도덕적인 것과 정치적인 면에서 베긴 수상에 반대할 수 있다. 먼저 도덕적인 것은 다음과 같다. 아무리 전쟁 중이라 해도 베긴과 그의 동료들이 보여주었던 잔인한 오만함을 정당화할 수 없다. 정치적인 주장도 이와 마찬가지로 분명하다. 이스라엘은 지금 완전한 고립의 상태 속으로 급속히 추락하고 있다. 〔……〕 우리는 보다 냉철한 이성으로 현재 이스라엘 지도부의 실수에 판결을 내리기 위해 이스라엘과의 감정적인 연대감을 억눌러야만 한다.

『지금이 아니면 언제?』가 프랑스어로 번역된다. 줄리오 에이나우디의 권유로 '작가가 번역한 작가' 시리즈를 위해 카프카의 『심판』을 번역하기 시작한다.

1983년　　　　레비스트로스의 『가면을 쓰는 법』 번역. 카프카의 『심판』 번역 출간. 레비스트로스의 『먼 곳으로부터의 시선』 번역. 번역 문제에 대해서는 『타인의 직업』에 수록된 「번역한 것과 번역된 것」을 참조.

1984년　　　　6월 토리노에서 물리학자 툴리오 레제를 만난다. 두 사람 사이의 대담은 녹음되어 코무니타 출판사에서 『대화』라는 제목으로 12월에 출판된다.

10월 1975년 샤이빌러에서 이미 출판되었던 27편의 서정시와 일간지 『라 스탐파』에 발표했던 34편의 시, 그리고 스코틀랜드의 무명 시인, 하이네와 키플링 시를 번역해 모은 시집 『불확실한 시간에』를 가르잔티 출판사에서 출판한다.

11월 『주기율표』가 미국에서 번역되어 출판, 비평가들의 극찬을 받는다.

1985년　　　　1월 주로 『라 스탐파』에 발표했던 50여 편의 글을 모아 『타인의 직업』이라는 제목으로 발표한다.

2월 『아우슈비츠 소장 루돌프 회스의 자전적 기억』 문고판의 서문을 쓴다.

4월 미국에서 어빙 하우의 서문이 실린 『지금이 아니면, 언제?』가 번역되는 것과 때를 맞춰, 그리고 여러 대학의 강연을 위해 미국을 방문한다.

1986년   4월 아우슈비츠의 경험에서 우러난 사유를 집대성한 책 『가라앉은 자와 구조된 자』 출간. 미국에서 『멍키스패너』와 『릴리트』에서 발췌된 단편들이 '유예의 순간'Moment of reprieve이라는 제목으로 번역 출간된다. 『지금이 아니면 언제?』가 독일에서 번역된다. 런던과(여기서 필립 로스를 만난다) 스톡홀름을 방문한다.

9월 토리노에서 로스의 방문을 받는다. 그에게 『뉴욕타임스 북리뷰』에 실릴 대담 제의를 받아 동의했다.

1987년   3월 『주기율표』 프랑스어판과 독일어판 출간. 외과 수술을 받는다.

4월 11일 토리노 자택에서 사망했다.